HEDWIG COURTHS-MAHLER

Die Pelzkönigin

HEDWIG COURTHS MAHLER

Die Pelzkönigin

WELTBILD VERLAG

Genehmigte Lizenzausgabe für
Weltbild Verlag GmbH, Augsburg 1995

Einbandgestaltung: Peter Engel, München
Umschlagfoto: Superbild, München
Gesamtherstellung: Presse-Druck Augsburg
Printed in Germany
ISBN 3-89604-109-6

I

In Montreal, der bedeutendsten Handels- und Hafenstadt Kanadas, hatte sich Peter Hartau, der vor fünfunddreißig Jahren von Deutschland nach Kanada ausgewandert war, ein palastähnliches Wohnhaus erbauen lassen.

Vor acht Jahren hatte er seine deutsche Frau durch den Tod verloren. Er konnte ihren Verlust lange nicht verwinden. Das Kind aus dieser Ehe, eine Tochter, trug den Namen Winnifred. Einige Jahre nach dem Tod seiner Frau ließ Hartau seine einzige Schwester Kora aus Deutschland zu sich kommen. Als er hörte, daß sie verwitwet, kinderlos und in bedrängten Verhältnissen sei, bot er ihr großmütig an, seinem Haushalt vorzustehen und seiner Tochter als Ehrendame zu dienen.

Winnifred Hartau zählte jetzt, im Sommer des Jahres 1913, siebzehn Jahre. Sie war zur Welt gekommen, als ihr Vater schon als sehr vermögender Mann galt, wenn auch damals noch nicht als der reiche Pelzkönig von Montreal.

Sie war mit dem Reichtum ihres Vaters aufgewachsen. Aber zum Glück hatten ihre verständigen Eltern, die sich aus sehr bescheidenen Verhältnissen emporgearbeitet hatten, durch eine vernünftige Erziehung dafür gesorgt, daß sich Winnifred weder die Launen noch die Unarten einer gedankenlosen Millionenprinzeß, aneignete.

Und Tante Kora tat ebenfalls das Ihre, um Winnifred zu einem vernünftigen Menschen zu erziehen.

Zum Glück gelang es der Tante nicht, mit etwaigen kleinen Fehlern auch Winnifreds Übermut auszumerzen, der aus einem liebevollen Herzen kam, nicht weh tat und nur ein Zeichen von überschüssiger Kraft und Frische war.

Mit Absicht einem Menschen weh zu tun, wäre Winnifred unmöglich gewesen. Sie liebte es nur, ihr weiches Herz hinter Scherzen und Lachen zu verstecken. Es war eine zarte Schamhaftigkeit in ihrer Seele, die davor zurückschreckte, ihr innerstes Wesen zu zeigen.

Sie erwies in aller Stille schon von frühester Jugend an viele Wohltaten. Ihre Eltern hatten sie dazu angehalten, und ihr Vater stellte ihr dazu Mittel zur Verfügung. Auch machte es ihr Freude, sich die Erfüllung eines Wunsches zu versagen und dafür lieber Gutes zu tun an den Armen und Bedürftigen. Nur durfte sie dafür niemand loben. Das trieb ihr das Blut ins Gesicht und jagte sie in die Flucht.

Ihre ganze Liebe gehörte seit dem frühen Tod ihrer Mutter nur ihrem Vater, der für sie der liebste, beste und herrlichste Mensch auf Erden war. Der Mutter bewahrte sie ein von dem Vater gepflegtes, zärtliches Gedenken.

Tante Kora stand sie indessen innerlich etwas fremd gegenüber. Sie war nicht Art von ihrer Art. In großzügigen Verhältnissen aufgewachsen, konnte Winnifred das kleinstädtisch-ängstliche Kleben an der Form nicht verstehen. So jung sie auch war, hatte sie doch etwas selbstverständlich Freies und Sicheres in ihrem Wesen.

Und dies war wieder Tante Kora bei einem so jungen Mädchen unverständlich. Infolgedessen gab es zuweilen Meinungsverschiedenheiten zwischen Tante und Nichte, aber Winnifreds Gutherzigkeit ließ es nie zu ernsten Konflikten kommen. Der Vater hatte ihr gesagt, sie müsse Tante Koras kleine Schwächen respektieren, und das genügte ihr. Wenn diese ihr mit Ermahnungen und Strafpredigten zusetzte, nahm sie die alte Dame um den Hals, küßte sie lachend und sagte schelmisch: »Kleines Tantchen, du mußt dich nicht ärgern. Hier werden die Menschen nicht gedrillt wie drüben in euren preußischen Offiziersfamilien. Hier ist eine andere Welt.«

Tante Kora erwiderte: »Aber dein Vater stammt auch aus

einer solchen Familie, so gut wie ich. Das weißt du doch.«

»Ach liebes Tantchen, – Vater war wohl schon darüber hinausgewachsen, als er Deutschland verließ. Und er ist jetzt ein Amerikaner.«

»Du hast aber kürzlich gesagt, du möchtest gern einige Zeit in Deutschland leben und würdest einmal keinen Amerikaner heiraten, sondern nur einen Deutschen.«

»Ja – ich will einmal einen Mann haben, der wie mein Vater ist. Die kanadischen Männer gefallen mir nicht. Sie haben nur Geschäfte im Kopf und eine Rechenmaschine in der Brust.«

»Nun also – wenn du einen Deutschen heiraten willst, mußt du auch wissen, was in Deutschland schicklich ist und wie du dich benehmen mußt.«

Winnifred lachte und wirbelte die Tante herum, bis diese atemlos wurde. »Kleines Tantchen, das hat ja noch lange Zeit. Vater sagt oft, bevor ich nicht zwanzig Jahre alt bin, gibt er mir keine Erlaubnis zum Heiraten. Und ich denke auch noch nicht daran. Du hast also noch lange Zeit, auf mich einzuwirken. Wenn es soweit ist und ich finde wirklich einen Mann nach meinem Herzen, dann muß er mich so liebhaben, daß ihm alles an mir gefällt und er mich gerade so, wie ich bin, lieben muß.«

»Aber Winni, ich meine es doch gut mit dir.«

»Das weiß ich, Tantchen. Und du kannst mir ruhig sagen, wie es bei euch drüben zugeht und wie man sich dort aufführen muß, um nicht aufzufallen. Ich merke mir das alles für die Zeit, wo es notwendig wird. Jetzt laß mich nur so wie ich bin. So gefalle ich meinem Vater, und vorläufig brauche ich noch keinem andern Mann zu gefallen.«

Und dabei sah Winnifred die Tante so lieb an, daß diese sie seufzend beim Kopf nahm und küßte. »Mir gefällst du ja auch so, wie du bist, Winni. Aber ich bin eben einen ganz andern Ton gewöhnt und muß immer Vergleiche ziehen. Und da muß ich dir sagen, wie sich eine vornehme junge

Dame in Deutschland an deiner Stelle benehmen würde.«

Lachend nickte ihr Winnifred zu. »Das soll dir auch unbenommen bleiben, kleines Tantchen. Und ich werde alles beherzigen – für später. Jetzt kann Winnifred Hartau noch die kleine wilde Kanadierin bleiben.«

Und sie eilte mit übermütigen Sprüngen in den Garten, der sich bis zu dem terrassenförmig aufsteigenden Mont Royal hinzog. Hier oben auf den Terrassen des Berges hatten die reichen Kaufleute von Montreal ihre mehr oder minder prächtigen Wohnhäuser erbaut, unter denen die weiße Marmorvilla des Pelzkönigs Peter Hartau eine der schönsten war.

Dies war das vornehmste Viertel der Stadt. Dicht bei der Hartauschen Villa lag der herrliche Mont-Royal-Park und auch der Logan-Park. In kurzer Zeit erreichte man von hier den imposanten Dominion Square, den Viktoria Square mit der Bildsäule der Königin Viktoria und den Platz Jacques Cartier mit der Nelson-Denksäule.

Draußen am Gartentor stand der elegante Dogcart Winnifreds. Ein Groom hielt die Zügel. Mit leichten Schritten trat das junge Mädchen an den Wagen heran. Sie trug ein weißes, fußfreies Fahrkleid, das in einem geteilten Rock über kurze Beinkleider von gleichem Stoff fiel. Elastisch schwang sie sich auf den Wagen und nahme dem Groom die Zügel ab. Die Hilfe des bereitstehenden Dieners wies sie lachend zurück.

Gleich darauf fuhr der Dogcart davon. Winnifred machte ihre morgendliche Spazierfahrt durch die Parks und die vornehmen Squares.

Sie fuhr zunächst eine Strecke am Ufer des Lorenzostroms entlang. Jetzt im Hochsommer rauschte er majestätisch dahin und trug auf seinem Rücken stolze Schiffe, die mit kostbarer Fracht beladen waren oder Passagiere beförderten.

Im harten Winter war dieser stolze Fluß freilich von

Anfang Dezember bis Mitte April durch Eis gesperrt. Die Winter von Montreal brachten nicht selten eine Temperatur von fünfunddreißig Grad Kälte und mehr. Und dann fand sogar eine Art Eisenbahnverkehr von Ufer zu Ufer statt, über das Eis.

Im Frühjahr setzten oft bedrohliche Eisgänge ein, und früher war dadurch die untere Stadt, wo die ärmere Bevölkerung wohnte, oft in Gefahr, überschwemmt zu werden. Aber jetzt war sie durch ein starkes hölzernes Bollwerk geschützt.

Winnifred wurde von vielen Menschen gegrüßt, denn sie war eine bekannte und beliebte Persönlichkeit, wie ihr Vater auch.

»Die kleine Pelzkönigin«, so nannte man sie, wie ihren Vater den »Pelzkönig«.

Im vergangenen Winter war Winnifred das erstemal als erwachsene junge Dame in Gesellschaft gegangen. Das Hauptvergnügen der Montrealer Gesellschaft im Winter war der Eissport. Winnifred hatte an den großen Eissportfesten lebhaft teilgenommen. Von Kind auf gewöhnt, sich auf dem Eis zu bewegen, war sie eine elegante Ski- und Schlittschuhläuferin. Auch hatte sie von ihrem Vater einen entzückenden Schlitten geschenkt bekommen, der von zwei milchweißen Schimmeln gezogen wurde. In diesem Schlitten hatte sie sich an Schlittenfahrten und am Eiskarneval beteiligt. Selbstverständlich hatte sie auch an den großen Schneeschuhklubparaden teilgenommen und an den Wettfahrten mit den Tobogans, einer Art indianischer Bobsleighs.

Es war jedenfalls überaus vergnüglich für Winnifred gewesen, zum erstenmal als Dame gefeiert zu werden. Und seither bemühte man sich eifrig um die Gesellschaft der reizenden kleinen Pelzkönigin, die ihrem Namen durch das Tragen der herrlichsten Pelzmäntel alle Ehre machte.

Jetzt aber hatte der helle warme Sommer sein Recht. Der

Sommer in Montreal war kurz, aber meist sehr schön und warm. Winnifred konnte sich nicht denken, daß es irgendwo auf der Welt schöner sein könnte, aber Tante Kora behauptete, in Kanada gäbe es gar keinen richtigen Sommer. Dafür sei der Winter um so strenger.

Bis zur Viktoriabrücke lenkte Winnifred ihren Dogcart, dann kehrte sie um. Immer wieder mußte sie Grüße tauschen. Und nicht nur in der vornehmen Gesellschaft war sie bekannt und beliebt, auch die Arbeiter und die Armen kannten sie und ihren Vater gut, denn Peter Hartau hatte es verstanden, sich eine hervorragende Stellung zu schaffen. Er hatte sich durchgesetzt und, was noch mehr galt, er hatte keine Feinde.

Montreal, das wie eine Insel zwischen dem linken Ufer des Lorenzostromes und dem rechten des Prärieflusses liegt, war ein Hauptmittelpunkt des Pelzhandels. Als Winnifreds Vater vor fünfunddreißig Jahren durch widrige Umstände nach Kanada verschlagen wurde, hatte er sich einer großen Gesellschaft als Pelzjäger verpflichtet.

Fünf Jahre lang hatte er im kanadischen Waldgebiet als Pelzjäger gehaust, eine glückliche Hand und ein scharfes Auge gehabt und sich in diesen Jahren bei sparsamster Lebensführung ein kleines Vermögen erworben. Damit kaufte er sich das Stück Waldland, in dem er gejagt hatte und das die Gesellschaft abstoßen wollte. Nun lebte er auf eignem Grund und Boden, aber nicht besser als zuvor. In einer schlichten Holzhütte hauste er und jagte auf eigne Rechnung. Auch jetzt wurde er vom Glück begünstigt, es war, als wenn ihm das Pelzwild zulief. Aber das Leben in der Einsamkeit des Urwaldes war schwer und drückend. Er war nur auf den Verkehr mit Pelzjägern angewiesen, die nicht gerade zur besten Gesellschaft gehörten. Alle Jahre ging er zweimal nach Montreal, um seine Felle zu verkaufen. Da er das Glück hatte, die edelsten und kostbarsten Pelztiere zu erlegen wie Zobel, Bisamratten, Silber- und

Blaufüchse, Skunks, Hermeline und Wölfe, erwarb er sich ein ansehnliches Vermögen. Das legte er in neuen Ländereien an und war nun in der Lage, sich eine Anzahl von Jägern zu engagieren und einen Pelzhandel zu gründen.

Inzwischen hatte er sich mit einer jungen Deutschen, die er in Montreal bei einem Geschäftsfreund kennenlernte, verheiratet und lebte in glücklichster Ehe mit ihr. Sein Reichtum wuchs von Jahr zu Jahr, denn er war fleißig, besonnen und klug. Mit der Zeit entwickelte der ehemalige deutsche Offizier sich zu einem tüchtigen Geschäftsmann, der sich nicht übers Ohr hauen ließ. Als Bürger des Dominion of Kanada hatte er sich alle Rechte erworben, die sein Unternehmen in jeder Weise sicherten und schützten. Im übrigen förderte er es nach wie vor durch seine nimmermüde Tatkraft und Energie und eine geradezu geniale Begabung.

So hatte er sich im Laufe der Jahre den großen Reichtum und den stolzen Ruf eines Pelzkönigs erworben, der mit einigen andern Gesellschaften an der Spitze des berühmten kanadischen Pelzhandels stand.

Als Winnifred heute von ihrer Ausfahrt zurückkehrte, traf sie an der Einfahrt zum Garten mit dem Auto ihres Vaters zusammen, der eben von der Börse kam.

Vor dem Portal sprang er, trotz seiner dreiundsechzig Jahre, elastisch aus dem Auto und blieb stehen, bis seine Tochter mit ihrem Dogcart vorfuhr.

Sie warf sich lachend in seine ausgestreckten Arme und küßte ihn. Er zog sie an seine Brust. Mit zärtlichen Augen blickte er in ihr blühendes Gesicht mit den feinen, etwas unregelmäßigen Zügen und dem lieblich schelmischen Ausdruck.

»Guten Morgen, lieber Vater!«

»Guten Morgen, Winni! Wo warst du?«

»Überall! Ich habe eine Rundfahrt durch halb Montreal gemacht, bis zur Viktoriabrücke, und eine Menge Bekannte begrüßt. Und nun habe ich Hunger – obwohl Tante Kora sagt, eine junge Dame dürfe keinen Hunger haben oder es wenigstens niemals eingestehen.«

Er lachte. »Ich habe auch Hunger.«

Arm in Arm gingen sie ins Haus. Die große, hohe Vorhalle verriet schon durch die vornehm gediegene Ausstattung, bei der alles Protzige vermieden war, daß der Besitzer einen guten Geschmack hatte. Auf dem Marmorfußboden lagen kostbare Teppiche und durch hohe, mit Glasmalereien verzierte Fenster fiel buntes Licht auf die weißen Marmorquadern. In der einen Ecke stand ein riesiger Kamin in wundervoller Bildhauerarbeit, und in der gegenüberliegenden grünten und blühten um einen Springbrunnen allerlei dekorative Gewächse.

Im Hintergrund führte die breite, teppichbelegte Marmortreppe zu einem breiten Podest. Von hier aus teilte sie sich und führte nach zwei Seiten hinauf in die erste Etage.

In der Halle nahm ein Diener Vater und Tochter die Überkleider ab. Währenddessen kam Frau Kora Dietzius, des Hausherrn Schwester, aus den im Souterrain liegenden Wirtschaftsräumen. Sie ließ es sich nicht nehmen, trotz des erstklassigen Kochs und des tadellos geschulten Hausgesindes überall selbst nach dem Rechten zu sehen.

Sie begrüßte Vater und Tochter und wurde ein wenig von ihnen geneckt. »Du siehst ja ganz echauffiert aus, Kora? Hat es ein Gewitter im Domestikenreich gegeben?« fragte Peter Hartau.

»Ach, man hat seinen Ärger mit diesen Dienstboten. Sie taugen hier noch weniger als bei uns in Deutschland, Peter, das muß ich sagen.«

Er lachte gutmütig. »Du wirst auf der ganzen Welt keine Dienstboten finden, die dem Ideal gleichen, das du dir von ihnen machst. Es sind eben auch nur Menschen. Ärgere dich nicht unnötig – man muß auch in diesem Punkt Zugeständnisse an das Leben machen.«

»Ich kann doch nicht alles drunter und drüber gehen lassen.«

Winnifred küßte die Tante lachend auf die Wangen. »Laß Tantchen nur erst ihren Ärger loswerden, lieber Vater, sonst bekommt ihr das Essen nicht. Also was hat es für Verdruß gegeben, Tante Kora?«

Diese sprudelte nun ihren Ärger hervor, während sie alle drei hinauf in die erste Etage gingen und ein behaglich und elegant ausgestattetes Wohnzimmer betraten.

Vater und Tochter lächelten sich einige Male verstohlen zu. Endlich schloß die alte Dame mit den Worten: »Ich möchte nur wissen, was aus diesem Haushalt werden würde, wenn ich nicht wäre.«

Wieder sahen sich Vater und Tochter lächelnd an, und dann sagte Peter Hartau lächelnd: »Du siehst also, es geht gar nicht ohne dich.«

Und Winnifred fügte heiter hinzu: »Nun ist dir aber wohler, Tante Kora. Und nun überlassen wir dich deinem Schicksal, denn wir müssen uns für die Mittagstafel umkleiden. Vater will noch einige telefonische Geschäfte erledigen.«

So geschah es.

Eine Stunde später saßen die drei Menschen in dem schönen, großen Speisezimmer bei Tisch. Man speiste an einer runden Tafel, die mit feinem weißem Damast gedeckt und mit schönem Porzellan, Kristall- und Silbergerät bestellt war. Zwei Diener warteten bei Tisch auf und verschwanden dann auf einen Wink Frau Koras.

Im Verlauf der Mahlzeit sagte Peter Hartau: »Ende dieser Woche muß ich an die Hudsonbai und neue Pelzjäger in meinen Jagdgründen einstellen. Es ist wieder an der Zeit, daß ich selbst nach dem Rechten sehe.«

Lebhaft blickte Winnifred auf. »Du nimmst mich doch diesmal mit, lieber Vater?«

Seine Augen glänzten heller. »Das wird aber keine Spazierfahrt. Willst du mich wirklich begleiten?«

»Aber Vater – zweifelst du daran?«

»Ich wollte nur erst hören, ob du dazu Lust hättest. Ich bin natürlich sehr froh, wenn du mit mir gehst, denn jetzt ertrage ich die Einsamkeit nicht mehr so gut wie früher. In unserm Waldhaus oben im Urwald müßte ich ganz allein hausen, wenn du nicht mit mir gehen würdest.«

Das Waldhaus des Pelzkönigs stand an derselben Stelle, an der seine alte Hütte gestanden hatte, als er noch selbst Pelzjäger war. Er hatte sich dort ein reizendes Häuschen in Holzarchitektur erbauen lassen, das er stets bewohnte, wenn er eine Inspizierungsreise durch sein Jagdrevier machte.

Winnifred faßte seine Hand. »Natürlich laß ich dich nicht allein, lieber Vater. Wann muß ich reisefertig sein?«

»Sonnabend früh acht Uhr.«

»Gut, ich werde pünktlich sein.«

»Wird es dir nicht zu einsam werden mit deinem Vater allein?«

»Ach nein! Warum denn, Vater? Ich war doch schon einige Male mit dir.«

»Ja – aber da warst du noch keine erwachsene junge Dame, die von einer Verehrerschar umgeben ist. Was sollen deine Verehrer sagen, wenn du dich ihnen entziehst?« neckte er.

Sie zuckte lachend die Achseln. »Sie mögen sich sagen, daß keiner von ihnen mir die Gesellschaft meines Vaters ersetzen kann. Ich werde sie jedenfalls ganz ungerührt ihrem Schicksal überlassen. Sie werden ja wohl die Trennung von mir überleben.«

Peter Hartau lachte über die munteren Worte seiner Tochter.

»Also die Männer von Kanada haben kein Glück bei dir?«

»Nein. Ich werde wohl mein Herz für einen deutschen Mann verwahren.«

»Wie müßte er denn beschaffen sein, um deine Gunst zu erringen?«

In Winnifreds Augen leuchtete es auf. »Wie mein Vater«, sagte sie ernst und fest.

Er streichelte mit einem zärtlichen Blick ihre Hand und in seinen sonst so fest und klar blickenden Augen lag ein feuchter Schimmer. »Meine kleine Winni – so gut gefällt dir dein Vater?«

Rasch drückte sie ihre Lippen auf seine Hand, ganz scheu und verstohlen. »Etwas muß der Mensch doch haben, das ihm über alles geht.«

Sie drückten sich die Hände und dann sagte Peter Hartau ablenkend: »Wie ist es mit dir, Kora, möchtest du uns nicht auch einmal in den Wald begleiten?«

Frau Kora streckte abwehrend die Hände aus. »Um Gottes willen – ich habe keine Lust, mich von wilden Tieren auffressen zu lassen!«

Vater und Tochter lachten herzlich über ihr Entsetzen. »Aber Kora – so schlimm ist das doch gar nicht. Wilde Tiere, die den Menschen gefährlich werden können, gibt es da oben nicht so viele. Höchstens Bären und Wölfe. Die Wölfe kommen meist nur in Winternächten ganz nahe an das Waldhaus heran, und Bären sind leider schon sehr selten geworden und meiden die Nähe menschlicher Wohnungen. Deshalb könntest du ruhig mitgehen.«

»Nein, nein – ich bleibe lieber in Montreal.«

»Wirst du dich nicht zu sehr langweilen ohne uns, Tantchen?«

Diese schüttelte energisch den Kopf. »Dafür laß mich nur sorgen. Ich werde die Zeit eurer Abwesenheit benutzen, um einen gründlichen Hausputz zu veranstalten. Man glaubt es nicht, trotz der vielen Dienstboten gibt es überall staubige Ecken. Vom Boden bis zum Keller wird jeder Winkel nachgesehen und gesäubert, das habe ich mir schon längst vorgenommen.«

Bei diesen Worten sah Tante Kora ganz energisch aus. »Mache mir nur meine Leute nicht aufsässig, Kora. Du bist hier nicht in Deutschland. Hier sind die Dienstboten eine andere Behandlung gewöhnt.«

»Nun, es schadet nichts, wenn sie für ihren hohen Lohn auch einmal ernstlich arbeiten. Sei ganz ruhig – zuviel tun sie schon nicht, auch wenn ich sie dazu auffordere. Ich werde sie durch mein Beispiel beschämen. Wenn sie sehen, daß ich selbst ohne Zagen zugreife, werden sie sich auch bequemen. Also jedenfalls veranstalte ich eine gründliche Staubjagd, solange ihr fort seid.«

»Überanstrenge dich nur nicht, Tantchen, damit du nicht krank wirst.«

»Nein, nein, Winni, wenn ich so recht schaffen und arbeiten kann, ist mir am wohlsten. Das ist ein Jungbrunnen für mich.«

Man besprach noch allerlei häusliche Angelegenheiten. Und als das Mahl beendet war, ging man hinaus auf die Terrasse. Dort ließ Tante Kora den Mokka servieren. Peter Hartau rauchte eine Zigarette und lehnte sich behaglich in seinen Sessel zurück. Winnifred saß neben ihm auf der Terrassenbrüstung und blickte zur Drahtseilbahn hinüber, die auf den Mont Royal hinauf führte. Sie plauderte von allem, was ihr durch den Kopf ging. Aber lange stillsitzen war nicht nach ihrem Geschmack. Als sie jetzt ihre beiden russischen Windhunde im Garten sah, sprang sie mit einem Satz über die Brüstung in den Garten und tollte dort jubelnd und lachend mit den Hunden herum.

Tante Kora sah ihr entsetzt nach. »Unglaublich! Ich bitte dich, Peter, sprich doch mal ein Machtwort. Es geht doch nicht, daß eine junge Dame in dieser knabenhaften Art über alle Hindernisse springt.«

Peter Hartau hatte mit stolzem Wohlgefallen seiner Tochter nachgesehen. Nun wandte er sich langsam seiner Schwester zu. »Hat es nicht prachtvoll ausgesehen, wie sie sich über die Brüstung schwang? Mit einem Satz war sie drüben. Es ist doch eine Freude, daß sie ihren Körper so in der Gewalt hat. Sie kann es sich schon erlauben, solche Hindernisse zu nehmen, denn sie tut es mit Grazie. Und Grazie ist ein weibliches Attribut. Oder nicht?«

Frau Kora seufzte. »Ja doch, Peter, prachtvoll hat es ausgesehen, wie ihr junger, geschmeidiger Körper da hinüberschnellte – aber nicht damenhaft. Das geht doch nicht.«

Peter Hartau lachte. »Ich fand, es ging famos.«

»Aber Peter!«

Er sah sie gutmütig spöttisch an. »Laß gut sein, Kora – Winni kannst du nicht in eine Schablone pressen. Dazu ist sie ein zu widerspenstiges Material – wie ihr Vater es auch war.«

Sie sah sich wie ängstlich um. »Ach, Peter – sprich doch nicht von früher.«

Es zuckte seltsam in seinem Gesicht. »Arme Kora, du kannst noch immer nicht verwinden, daß dein Bruder einmal landesflüchtig war und sozusagen vor die Hunde ging. Nun – sei beruhigt. Dein Bruder hat, denke ich, gezeigt, daß er dennoch zu etwas nütze war. Und Winni wird eines Tages ganz von selbst nicht mehr über die Brüstung springen. Gottlob ist sie noch keine angekränkelte Modedame.«

»Aber sie ist doch in die Gesellschaft eingeführt und wird von allen Seiten hofiert.«

»Ja – leider! Mir wäre es lieber, man umschwärmte sie nicht so sehr. Ich weiß, daß meine Tochter liebenswert ist – besser als sonst ein Mensch. Aber die jungen und älteren Herren, die sie gleich bei ihrem ersten Erscheinen in der Gesellschaft umdrängten, denken doch in erster Linie daran, daß sie Peter Hartaus Tochter und Erbin ist. Und ich möchte, daß sie mal einen Mann findet, der sie liebt und dem ihr goldenes Herz mehr gilt, als die Dollars ihres Vaters.«

Tante Kora nickte. »Ja, ja, Peter, das wünsche ich auch. Aber gerade darum muß sich Winni befleißigen, ihr jungenhaftes Wesen abzulegen.«

Seine Stirn rötete sich jäh. »Sag doch lieber gleich, ihr unweibliches Benehmen. Ach, Kora, was schleppst du Zeit deines Lebens für einen Wust von kleinstädtischen Engherzigkeiten mit dir herum. Du armes Weib bist eben von Kind auf schon im Drill erstickt. Ein Wunder, daß ich noch die Kraft hatte, mich davon freizumachen.«

»Sprich doch nicht so! Und – du willst doch nicht sagen, daß es nicht unweiblich ist, wenn Winni wie ein Junge über alle Hindernisse springt.«

Er hatte seine lächelnde Überlegenheit wiedergefunden. »Ich kenne sehr korrekte und streng formell auftretende Damen, die viel unweiblicher sind als Winni. Laß ihr ihren jungen, schäumenden Übermut, solange er sich nicht selbst verflüchtet. Du kannst ohne Sorge sein, Winnis Wesen wird sich ganz von selbst abklären.«

Frau Kora seufzte. »Ich meine es nur gut mit dem Kind. Sie könnte mir nicht lieber sein, wenn Sie mein eignes wäre. Ich halte es nur für meine Pflicht, sie auf ihre Fehler aufmerksam zu machen.«

Er winkte lächelnd ab. »Was du ihr als Fehler anrechnest, sind in meinen Augen keine.«

Jetzt kam Winnifred mit großen Sätzen hinter ihren Hunden her bis zur Terrasse. Dann nahm sie mit zwei Sprüngen die Terrassentreppe. Der Vater sah ihr mit stolz leuchtenden Augen entgegen. Sie umarmte ihn lachend und ein wenig atemlos. »Ach du – das war famos! Jetzt habe ich mich mal wieder gründlich ausgetollt. Oh – und Tante Kora macht ihr strenges Gesicht!«

Sie küßte den Vater mit stürmischer Zärtlichkeit und machte dann vor der Tante eine tiefe Verbeugung. »Nicht böse sein, Tantchen, fang gar nicht erst an zu schelten. Ich weiß schon alles, was du sagen willst. Aber ich mußte unbedingt mit meinen Hunden einen Wettlauf machen, es ging nicht anders. Jetzt setze ich mich ganz artig und ladylike zu euch.«

Und sie zog sich einen Sessel an ihres Vaters Seite und lehnte den Kopf an seine Schulter. Er streichelte sanft über ihr goldblondes Haar und sie hielt ganz still.

II

Einige Wochen vor der eben beschriebenen Szene, an einem hellen Sommertag, verließ Rudolf Salten seine in Berlin befindliche Wohnung. Sie lag in einer stillen Seitenstraße, wo die Wohnungen nicht sehr teuer waren und es fast in jedem Haus Zimmer für Junggesellen gab. Rudolf Salten war Offizier. Er verfügte nur über eine bescheidene Zulage und mußte sich mit einem Wohnzimmer und einem kleinen Schlafzimmer begnügen.

Langsam und in anscheinend wenig angenehme Gedanken verloren schritt er durch die Straßen. Damals sahen noch die jungen Mädchen mit aufglänzenden Augen nach der bunten Uniform, besonders wenn eine so interessant männliche Erscheinung darin steckte, wie er es war.

Bis vor wenig Monaten hatte Rudolf Salten sich niemals in ein ernsteres Verhältnis zu einer Frau verstricken lassen. Wohl hatte er, wie jeder junge gesunde Mann, hier und da eine kleine Liebelei gehabt, aber es waren nur immer flüchtige Bekanntschaften gewesen, die zu nichts verpflichteten und von beiden Seiten nur als Spielerei genommen wurden. Aber vor etwa einem halben Jahr war das anders geworden. Bei einer winterlichen Geselligkeit hatte er in einer Gesellschaft die schöne, heißblütige, junge Frau Lotte Fein kennengelernt. Und ehe er recht zur Besinnung kam, war er von ihr in ein galantes Abenteuer verstrickt worden.

Die schöne Frau hatte einen Mann, der weder sehr interessant noch sehr liebenswert war und der es, wie sie Salten versicherte, mit der ehelichen Treue auch nicht genau nahm. Damit wollte sie wohl seine Bedenken beschwichtigen. Sie hatte sich glühend in den kaum achtundzwanzigjährigen Offizier verliebt und ließ es nicht an allerlei koketten Künsten fehlen, ihn an sich zu fesseln.

Er hatte nicht vermocht, der doppelten Lockung, die von Lotte Fein und seinem eigenen Herzen ausging, zu widerstehen und so hatte er im Rausch jäh aufflammender Leidenschaft vergessen, die Rechte eines anderen Mannes zu respektieren.

Freilich, so schnell dieser Rausch emporgeflammt war, so schnell erlosch er wieder. Salten erkannte nur zu bald, daß die schöne Frau eines jener herzenskalten Geschöpfe war, die aus einem Arm in den andern fliegen und in eitler Oberflächlichkeit das Recht, sich auszuleben, für sich in Anspruch nehmen. Diesmal erkaltete jedoch ihre Leidenschaft nicht so schnell wie die des Mannes, den sie in ihre Netze gezogen hatte.

Was kommen mußte, kam. Salten hatte sich lange Zeit von Frau Lotte Fein zurückgehalten und ihr dann bei einer von ihr ertrotzten Begegnung gesagt, er könne es nicht länger ertragen, ihren ahnungslosen Mann zu betrügen.

Da bat sie ihn um ein letztes Zusammentreffen. Ihr Mann sei verreist und kehre erst Ende der Woche zurück. Er möge noch einmal zu ihr kommen und mit ihr Abendbrot essen. Sie wollten ganz ruhig und vernünftig Abschied nehmen. Würde er aber nicht kommen, dann begehe sie irgendeine Torheit. Er habe es sich dann selbst zuzuschreiben, wenn sie sich nicht gutwillig in die Trennung füge. So blieb ihm nichts andres übrig, als ihren Wunsch zu erfüllen.

Er fand sich zur festgesetzten Stunde in ihrem Haus ein. Ihre vertraute Kammerzofe, eine ihm widerwärtige Person, führte ihn in Frau Lottes kleinen Salon. Alle andern Dienstboten waren für den Abend beurlaubt.

In dem kleinen Salon war ein auserlesenes Abendessen serviert, und in einem Eiskühler stand Sekt bereit. Frau Lotte versuchte nun nochmals mit allen Künsten, Salten wieder an sich zu fesseln, aber er blieb fest. Schmollend rückte sie von ihm fort. In diesem Augenblick öffnete sich leise die Tür, und auf der Schwelle stand Lottes Gatte, Georg Fein, ein dicker, untersetzter Herr, Ende der Dreißig.

Zum Glück – oder Unglück – überraschte er das Paar, als es sich ziemlich formell gegenübersaß.

Herr Fein war ein äußerst kühler, berechnender Geschäftsmann, zu dessen verschiedenen Untugenden auch die Feigheit gehörte. Es lag ihm nichts daran, sich mit Rudolf Salten duellieren zu müssen, aber er wollte seine Rache haben. Und die wollte er kalt genießen. Er stand über der Situation.

Daß ihn seine Frau hinterging, ahnte er schon längst, aber es war ihm noch nicht gelungen, sie zu überführen. Wieweit sie ihm untreu war, wußte er nicht, aber nach allem, was er sah, mußte er annehmen, daß das Verhältnis der beiden Ertappten ein sehr intimes war. Jedenfalls wollte er seinen Nebenbuhler unschädlich machen, und, gut bekannt mit den strengen Ehrengesetzen der Offizierskaste, baute er darauf seinen Plan.

Er trat an den Tisch, an dem das ihn wie gelähmt anstarrende Paar saß. »Herr Leutnant Salten, ich bitte um eine Erklärung dieser Situation. Wie kommen Sie dazu, in meiner Abwesenheit mit meiner Frau zu soupieren?«

Frau Lotte hatte sich zuerst gefaßt. Sie sprang auf, versuchte ihren Mann zu umarmen und lachte in erzwungener Heiterkeit auf. »Ach, du böser Mann, es galt eine Weihnachtsüberraschung für dich. Herr Leutnant Salten sollte mir seinen Terrier verkaufen, weil du so sehr von ihm entzückt warst. Du solltest Weihnachten damit überrascht werden und nun verdirbst du mir wieder den ganzen Spaß.«

Georg Fein schob seine Frau mit einer fast brutalen Bewegung zur Seite. »Und dazu mußt du mit dem Herrn Leutnant soupieren?«

Jetzt hatte sich auch Salten gefaßt und erhob sich mit einem Ruck, bereit, um jeden Preis den Ruf der Frau zu retten, die ihm ihre Gunst geschenkt hatte.

»Verzeihen Sie, Herr Fein, daran bin ich schuld. Ich hatte wegen anstrengenden Dienstes nur am Abend Zeit, mit Ihrer Frau Gemahlin über den Hund zu verhandeln. Sie hatte mich um einen Besuch in dieser Angelegenheit bitten lassen. Ich kam vom Dienst hierher und hatte noch nicht Zeit gehabt, zu Abend zu essen, und da ich das Ihrer Frau Gemahlin verriet, ließ sie mir liebenswürdigerweise einen Imbiß servieren und leistete mir sogar Gesellschaft.«

Frau Lotte hing sich an ihres Mannes Arm. »Du siehst also, die Sache ist ganz harmlos, Georg. Und meine Überraschung ist mir nun mißglückt. Jetzt bekommst du den Hund natürlich nicht.«

Dieser Hund war nämlich, wie Frau Lotte nachträglich einfiel, bereits von Rudolf Salten verschenkt worden.

Georg Fein sah mit einem unbeschreiblichen Blick über den gedeckten Tisch. Für seine Weltkenntnis war es eine starke Zumutung, an die Harmlosigkeit dieses Soupers zu glauben. Aber es lag in seiner Absicht, sich scheinbar düpieren zu lassen. Hätte er es nicht getan, wäre ein Duell unausbleiblich gewesen. Dies zu umgehen, war sein eifrigster Wunsch, aber das nächste Bestreben war, sich zu rächen.

Sich so hoch aufrichtend, als es bei seiner geringen Größe möglich war, trat er auf Salten zu. »Sie werden verstehen, Herr Leutnant, daß diese Situation etwas zweifelhaft ist. Aber ich will an die Wahrheit Ihrer Worte glauben, wenn Sie mir Ihr Offiziersehrenwort geben, daß Sie in keinerlei unerlaubten Beziehungen zu meiner Frau stehen.«

Salten erblaßte leicht. Aber mit eiserner Energie unterdrückte er die Erregung, die ihn befiel. Und während ihn Frau Lotte Fein erbleichend anstarrte, sagte er kalt und ruhig, um ihre Ehre zu retten: »Ich gebe Ihnen mein Ehrenwort.«

In Georg Feins Augen blitzte es seltsam auf. Er neigte das Haupt. »Wir wollen Sie jetzt nicht länger aufhalten, Herr Leutnant. Die Überraschung, die mir zugedacht war, ist ja nun doch zerstört worden.«

Salten verneigte sich vor dem Ehepaar und verabschiedete sich. Er tat es ohne Hast und Unruhe. Nur als er draußen vor dem Garderobenspiegel seinen Mantel anzog und seine Mütze aufsetzte, starrte er wie entgeistert in sein blasses, gespanntes Gesicht.

»Ehrlos.«

Stand ihm das nicht auf der Stirn geschrieben?

Wie in einem bangen, schweren Traum ging er langsam seiner Wohnung zu.

Er hatte einen hohen Preis zahlen müssen für den flüchtigen Rausch seiner Sinne. Denn er hatte sein Ehrenwort fälschlich verpfändet. Da blieb ihm nichts anderes übrig, als sich eine Kugel durch den Kopf zu schießen. Die Ehre, den bunten Rock zu tragen, hatte er verwirkt.

Als er nach Hause kam, fiel er in einen Sessel und starrte vor sich hin. Dann setzte er sich an seinen Schreibtisch, schrieb sein Abschiedsgesuch nieder und bat um Dispensierung vom Dienst, bis es bewilligt war. Morgen wollte er zu seinem Oberst gehen und um Urlaub bitten. Und dann wollte er zu seiner Mutter reisen. Er durfte nicht aus dem Leben scheiden, ehe er von ihr Abschied genommen hatte. Auch durfte sein Tod nicht als Selbstmord offenbar werden – sonst erriet Georg Fein, warum er den Tod gesucht hatte, und dann war sein Opfer umsonst gebracht. Irgendwie mußte er verschwinden – auf eine unverfängliche Art.

Sonst hätte er am liebsten noch diesen Abend seinem Leben ein Ende gemacht. Er war so deprimiert, daß er kaum noch tun konnte, was getan werden mußte. Denn, daß er morgen das letztemal den bunten Rock tragen würde, wenn er um Urlaub einkam, stand fest bei ihm.

Er stammte aus einer vermögenslosen Beamtenfamilie. Sein Vater war Geheimrat, und nur auf dessen Wunsch oder vielmehr auf dessen strengen Befehl war er Offizier geworden. Hinter seinem Vater hatte dessen Bruder, Saltens Onkel, gestanden. Dieser hatte sich verpflichtet, Rudolf Salten zu seinem Erben einzusetzen und ihm einen monatlichen Zuschuß zu gewähren, unter der Bedingung, daß er Offizier würde. Dieser Onkel besaß ein Vermögen von einigen hunderttausend Mark. Das erschien Saltens Vater nach den damaligen Verhältnissen als eine enorme Summe, und um seinem Sohn dies Vermögen zu sichern, bestand er auf dessen Offizierslaufbahn.

Rudolf Salten wäre viel lieber Landwirt oder Förster geworden, aber dazu bot sich ihm keine Aussicht, und so hatte er sich in den ungeliebten Soldatenberuf hineindrängen lassen.

Wie schwer ihm das geworden war, wußte nur seine Mutter. Und an dieser klugen, feinsinnigen Frau hing er mit seinem ganzen Herzen. Der Gedanke, der geliebten Mutter, die seit zwei Jahren verwitwet war, einen großen Schmerz zufügen zu müssen, quälte ihn am meisten. Jedenfalls erschien es ihm unmöglich, aus dem Leben zu scheiden, ohne ihr Lebewohl zu sagen.

Jetzt war Salten auf dem Weg zu seinem Obersten. Es war erklärlich, daß er in trübes Sinnen verloren dahinschritt, und daß es ihm gleichgültig war, ob ihn schöne Mädchenaugen anblickten oder nicht.

Seine Brust hob sich in schweren, tiefen Atemzügen. Wie schnell hatte das Leben für ihn ein andres Gesicht bekommen. Wohl hatte er auch bisher schon mancherlei Sorgen und Kümmernisse kennengelernt, und seine Kindheit und erste Jugend hatten unter der strengen Zucht eines despotischen Vaters gestanden. Seiner kraftvollen Natur war dieser Zwang doppelt unerträglich gewesen und mehr als einmal hatte er mit dem Gedanken geliebäugelt, sich allem zu entziehen und in die weite Welt zu gehen. Nur der Gedanke an seine Mutter hatte ihn immer wieder davon zurückgehalten. Schließlich hatte er resigniert und sich ehrlich bemüht, seine Pflichten als Offizier zu erfüllen.

Und nun?

Nun stand er am Ende dieser Laufbahn – am Ende seines Lebens. Um den flüchtigen Rausch einer sinnlosen Leidenschaft hatte er seine Ehre, sein Leben verwirkt.

War er denn wirklich ehrlos geworden? War ihm eine andre Wahl geblieben? Wenn er die Frau preisgegeben hätte, wäre das nicht eine größere Ehrlosigkeit gewesen? Vor sich selbst konnte er seine Handlungsweise vertreten, er hatte getan, was ein Kavalier für seine Dame tun muß. Aber nach den Ehrgesetzen seines Standes hatte er trotzdem seine Ehre verloren, so widersinnig es auch scheinen mochte. Er hatte ein falsches Ehrenwort gegeben, folglich mußte er sich aus dem Kreise der Lebenden streichen.

Aufatmend richtete er sich hoch. Seine Augen blickten wie abschiednehmend um sich. Um ihn her flutete das sommerliche Leben der Großstadt. Vielleicht sah er das alles heute zum letzten Mal.

Schneller schritt er aus, als müsse er seinen Gedanken entfliehen.

Und eine halbe Stunde später hatte er die Unterredung mit dem Oberst seines Regiments hinter sich. Dieser hatte den allzeit pflichtgetreuen Offizier in fast väterlicher Güte gefragt, weshalb er seinen Abschied nehmen wolle. Rudolf Salten hatte etwas von Familienverhältnissen und vereitelten Erbschaftsaussichten gesagt und hatte gebeten, die Angelegenheit zu beschleunigen. Er wolle bei seiner Mutter das Resultat abwarten, da er sich schnell für einen andern Beruf entscheiden müsse.

Dies alles hatte er gesagt, um sein Abschiedsgesuch unverfänglich zu erklären, denn er wußte, daß seine Kameraden vielleicht mit Georg Fein über die Angelegenheit sprechen würden. Er fürchtete nicht, daß Fein etwas von seinem verpfändeten Ehrenwort sagen würde, aber er wollte alles tun, um sein Verschwinden harmlos zu erklären, damit Fein nicht irgendwelche Schlüsse ziehen konnte.

Der Oberst hatte ihm die Beschleunigung seines Abschiedsgesuchs zugesagt, ihm sofort Urlaub und Dispens bewilligt und für sein ferneres Leben alles Glück gewünscht. Dabei hatte er ihm die Hand gereicht.

Salten war dabei zumute gewesen, als drücke ihm eine erbarmungslose Faust die Kehle zusammen. Er mußte die Zähne fest zusammenbeißen. Wenn er wüßte, was ich getan habe, würde er mir die Hand nicht reichen, sagte er sich.

Langsam ging er nach Hause zurück. Sein Bursche half ihm, die Uniform ablegen. Zum letztenmal, dachte Salten, und nun schmerzte es ihn doch, daß er den Rock ausziehen mußte, den er so ungern angelegt hatte.

Seinem Burschen fiel es auf, daß er blaß und düster aussah. »Soll ich Herrn Leutnant einen Grog brauen? Herr Leutnant sehen so malade aus«, sagte er.

Grog erschien dem braven Ostpreußen als Allheilmittel gegen jede Krankheit oder Verstimmung.

Salten schüttelte den Kopf. »Ich brauche keinen Grog. Aber sie können mir meine kleine Reisehandtasche packen – nur etwas Nachtzeug. Legen Sie mir Zivil zurecht. Und – was ich noch sagen wollte, Krigosch, Sie müssen sich nach einem andern Herrn umsehen – ich werde Sie Leutnant von Hallern empfehlen, der mit seinem Burschen wechseln will.«

Krigosch sah ihn erschrocken an. »Zu Befehl! Sind Herr

Leutnant vielleicht nicht mehr zufrieden mit mir?«

»Doch, Krigosch, – aber – ich werde in Zukunft keinen Burschen mehr brauchen. Ich habe meinen Abschied eingereicht.«

»Herr Leutnant wollen nicht mehr im Regiment bleiben?«

»Nein!«

Es war, als bliebe dies Nein hart und kalt in der Luft stehen. Salten spielte nervös mit einem Brieföffner. Dann fuhr er, sich zusammenraffend, fort: »Lassen Sie mich jetzt allein – ich habe noch Briefe zu schreiben. Wenn ich Sie brauche, werde ich Sie rufen.«

Krigosch klappte die Hacken zusammen. »Zu Befehl, Herr Leutnant.« Und mit einem besorgten Blick auf seinen Leutnant ging er hinaus.

Draußen vor der Tür blieb er stehen und kratzte sich den Kopf.

Da ist was nicht in Ordnung, dachte er und versuchte durchs Schlüsselloch zu sehen. Aber er konnte nur einen Teil des Zimmers übersehen und da befand sich Salten nicht. Der saß drinnen am Schreibtisch und hatte den Kopf in den Händen vergraben. Krigosch war seinem Leutnant, der ihn immer menschlich und freundlich behandelt hatte, sehr ergeben. Und eine Weile lauschte er noch besorgt.

Er wird doch keine Dummheiten machen, dachte er.

In diesem Augenblick klingelte es an der Vorsaaltür. Krigosch wußte, daß die Wirtin nicht zu Hause war, und mit einem ungehaltenen Ausdruck öffnete er die Tür.

Draußen stand eine elegant gekleidete, tiefverschleierte Dame. »Ist Leutnant Salten zu Hause?« fragte sie, sichtlich eine starke Erregung meisternd.

»Jawohl, – zu Hause ist der Herr Leutnant schon, – aber ob er zu sprechen ist, weiß ich nicht.Wen soll ich melden?«

Die Dame trat schnell an ihm vorüber in den schmalen Korridor.

»Ich werde mich selbst anmelden. Herr Leutnant ist doch allein?«

»Ja, – allein ist er schon, – aber ich muß doch erst fragen, ob er Besuch empfängt.«

Da drückte ihm die Dame ein Goldstück in die Hand. »Mich wird er empfangen, seien Sie unbesorgt. Ich habe ihm etwas Wichtiges mitzuteilen und übernehme die Verantwortung. In welchem Zimmer finde ich den Herrn Leutnant?«

Krigosch starrte wie hypnotisiert auf das blanke Goldstück und wies halb unschlüssig nach der Tür, an der er gelauscht hatte. Ehe er es sich versah, war die Dame schon im Zimmer verschwunden.

Als Salten die Tür gehen hörte, ließ er die Hände vom Gesicht fallen, aber er sah sich nicht um, weil er glaubte, Krigosch sei wieder eingetreten. »Was wollen Sie, Krigosch? – Ich habe Ihnen doch gesagt, daß ich rufen werde, wenn ich Sie brauche«, sagte er nervös.

Er bekam aber keine Antwort. Und jetzt vernahm er das leise Rauschen seidener Frauenkleider und ein ihm wohlbekannter Veilchenduft umwehte ihn.

Erschrocken wandte er sich um und sprang auf. Seine Augen starrten auf die verschleierte Frau.

Es war Lotte Fein. Sie schlug den Schleier zurück. »Rudolf!« rief sie halberstickt und wollte ihn umarmen.

Er schob sie von sich. »Wie konnten Sie wagen, hierher zu kommen, gnädige Frau. Das ist unbesonnen«, stieß er fast zornig hervor.

Sie blickte ihn erregt an. »Gnädige Frau sagst du zu mir? Ach, Rudolf – hast du mich nicht mehr lieb?«

Er antwortete nicht auf diese Frage, die schon wieder einen koketten Anflug hatte. »Ich bitte Sie, verlassen Sie sofort meine Wohnung. Wenn wir überrascht würden, – wenn Ihr Gatte Ihnen folgt – dann ist ja alles vergebens«, drängte er.

Sie schüttelte trotzig den Kopf. »Er folgt mir nicht – er ist ja so feige. Gestern abend hat er mir noch eine Szene gemacht – mich beschimpft – ganz brutal und gemein war er. Er glaubt nicht daran, was Sie mit Ihrem Ehrenwort bekräftigten, aber Ihnen gegenüber gab er sich den Anschein, es zu tun – weil er so feige ist und sich nicht mit Ihnen duellieren will. Ach, Rudolf – ich will nicht bei diesem Mann bleiben, – ich will mich von ihm scheiden lassen. Ich liebe nur dich. Nie habe ich einen andern Mann so geliebt wie dich.« Und sie wollte sich ihm wieder in die Arme werfen. Aber er hielt sie von sich ab.

»Lassen Sie in dieser Stunde Klarheit zwischen uns sein, gnädige Frau. Uns hat eine flüchtige Leidenschaft zusammengetrieben – kein großes, starkes Gefühl. Ich habe Ihnen bereits gesagt, daß ich mich getäuscht habe, und habe Sie gebeten, unsere Beziehungen zu lösen. Sie erzwangen das gestrige Zusammentreffen trotzdem – und das ist mir, wie Sie wissen, teuer genug zu stehen gekommen. Um Ihre Ehre zu retten, verpfändete ich mein Ehrenwort. Ich weiß nicht, ob Sie ganz begreifen, was ich damit für Sie tat. Nun machen Sie mein Opfer wenigstens nicht wertlos dadurch, daß Sie sich doch noch kompromittieren. Gehen Sie nach Hause – zu Ihrem Mann – und suchen Sie gutzumachen. Das ist der beste Rat, den ich Ihnen geben kann.«

Sie richtete sich mit einer leidenschaftlich erregten Geste empor. »Du bist meiner überdrüssig, – ich lasse mich aber nicht abschütteln wie eine lästige Bettlerin. Ich habe ein Recht an dich. Deinetwegen will ich mich von meinem Mann scheiden lassen, deinetwegen habe ich mich kompromittiert. Nun mußt du mich wieder zu Ehren bringen.«

Mit einem seltsamen Ausdruck sah er sie an. »Ein Ehrloser kann Sie doch nicht zu Ehren bringen. Sehen Sie doch die Dinge mit klaren Augen an, gnädige Frau. Haben Sie vergessen, daß ich gestern abend Ihrem Gatten mein Ehrenwort gab?«

Sie machte eine abwehrende Bewegung. »Es weiß doch kein Mensch, Rudolf, daß es ein falsches Ehrenwort war.«

Er lächelte bitter. »Es genügt mir, daß ich es weiß. Gehen Sie, gnädige Frau, zwischen uns kann es keine Gemeinschaft mehr geben. Binden Sie Ihr Leben nicht an das eines Mannes, der Ihnen nichts sein kann – der selbst keinen Boden mehr unter den Füßen hat. Gehen Sie heim – ich bin ein Verlorener, ein Ausgestoßener – seit gestern abend.«

Sie sah ihn unsicher an. Seine Worte blieben nicht ohne Eindruck. Und plötzlich umklammerte sie seinen Arm. »Rudolf, was willst du tun?«

»Was ich muß.«

»Und – was mußt du tun?«

Er fuhr sich über die Stirn. »Meinen Abschied nehmen – verschwinden.«

Eine sinnlose Angst packte sie. »Du willst dir ein Leid antun.«

Er schüttelte den Kopf.

Sie rüttelte an seinem Arm. »Gib mir dein Ehrenwort, daß du dir kein Leid antun willst. Ich will nicht schuld sein an deinem Tod – ich will nicht. Gib mir dein Ehrenwort!«

Er starrte sie an. »Mein Ehrenwort? Das gilt nichts mehr, es ist wertlos geworden. Aber – seien Sie ganz ruhig – ich – ich verreise morgen früh – verlasse Berlin. Wir werden uns nicht mehr begegnen. Gehen Sie zu Ihrem Gatten – und wenn Sie wollen – beichten Sie ihm alles. Sie sagten mir ja, er sei Ihnen auch nicht treu gewesen. Sie werden einander um so leichter verzeihen. Machen Sie sich ehrlich – auf mich brauchen Sie keine Rücksicht zu nehmen. Er weiß ja ohnehin, daß ich ihm ein falsches Ehrenwort gab.«

Ratlos sah sie zu ihm auf. »Du hast mich also gar nicht mehr lieb?«

Er schüttelte den Kopf. »Nein – ich will Ihnen nichts vorlügen, damit Sie den Weg zu Ihrem Gatten zurückfinden. Zwischen uns ist alles aus – alles«, sagte er tonlos.

Da zuckte Zorn und gekränkte Eitelkeit über ihr Gesicht. »Dann hast du mich nie geliebt.«

Er biß die Zähne zusammen und wandte sich zur Seite. »Es war ein Rausch. Ich zahle einen hohen Preis dafür. Vergessen Sie mich.«

Mit einem trotzigen Gesicht wandte sie sich ab, zog den Schleier über ihr Gesicht und ging schnell hinaus.

Er starrte ihr nach mit leeren Augen. »Und darum eine verlorene Ehre – ein verlorenes Leben«, sagte er heiser vor sich hin, fiel in seinen Sessel zurück und warf die Arme über den Schreibtisch, seinen Kopf darin bergend.

Wie lange er so gesessen hatte, wußte er nicht. Es mußten lange Stunden vergangen sein, als er durch ein Klopfen an seiner Tür aufgeschreckt wurde. Hastig richtete er sich auf und strich über sein Gesicht. Dann rief er zum Eintritt. Es war Krigosch. Er hielt einen Brief in der Hand.

»Herr Leutnant, dieser Brief ist soeben abgegeben worden. Antwort sei nicht nötig, sagte der Bote, der ihn brachte.«

Salten faßte nach dem Briefe und winkte Krigosch ab, der ihn verstohlen voll Unruhe musterte. Krigosch machte sich schwere Sorgen um seinen Leutnant, wenn er auch nicht wußte, warum. Er hätte so gern das Gespräch zwischen ihm und der verschleierten Dame angehört, aber sie sprachen so leise und dann kam auch die Wirtin, die ihn störte. Nur eins wußte er nun – etwas war los. Und wahrscheinlich hing das mit dem »parfümierten Frauenzimmer« zusammen, das ihm das Goldstück gegeben hatte.

Als Salten wieder allein war, öffnete er halb gedankenlos das Schreiben und las:

Herrn Leutnant Salten, Berlin,

Soeben hat mir meine Gattin gebeichtet, daß zwischen ihr und Ihnen Beziehungen bestanden haben, die meine

Rechte als Ehemann berühren. Wie ich mich darüber mit meiner Gattin auseinandersetze, ist meine Angelegenheit. Sie gaben mir gestern abend Ihr Ehrenwort, daß solche Beziehungen nicht bestanden haben. Unter diesen Umständen ist es mir leider unmöglich, sie zu fordern. Mit einem Ehrlosen schlägt man sich nicht. Sie werden die Konsequenzen Ihrer Handlungsweise ziehen müssen.

Georg Fein.

Rudolf Salten starrte blaß bis an die Lippen auf diese Worte herab, die eine feige Rachsucht diktiert hatte. Seine Zähne knirschten aufeinander. Sich das ungestraft sagen lassen zu müssen von diesem Feigling, der ihm sein Ehrenwort abgezwungen hatte – das war unerträglich. Was hatte er denn getan, daß er so gestraft wurde? Er hatte sich schützend vor die Ehre einer Frau gestellt, die ihm ihre Gunst erwiesen hatte. Wer durfte ihn dafür ehrlos schelten?

In ohnmächtigem Zorn ballte er den Brief zusammen und stierte vor sich hin, lange Zeit. Endlich richtete er sich aus seinem Brüten auf und zwang sich, das beleidigende Schreiben nochmals durchzulesen.

Und jetzt berührten ihn die Worte wie ein Stachel, der ihn zur Gegenwehr anpeitschte. Mußte er tun, wozu ihn dieser Feigling systematisch getrieben hatte? Es war ihm klar, Georg Fein hatte seine Vernichtung gewollt. Und nun er in Sicherheit war, beschimpfte er ihn noch aus dem Hinterhalt.

Das war eine feige, unmännliche Rache. Und diese hinterhältige Art, ihn abzutun, weckte seinen ganzen Trotz.

Mußte er sich opfern, mußte er seiner verlorenen Ehre auch noch sein Leben nachwerfen und seiner Mutter das Herz brechen? Was hatte er denn so Schlimmes getan? Hatte er sich nicht schon hart genug bestraft, indem er seinen Abschied einreichte und den bunten Rock auszog? Konnte er nicht eine bessere Sühne finden, als eine, die zugleich die geliebte Mutter vernichten mußte?

Er fürchtete nicht den Tod, aber es erschien ihm plötzlich so sinnlos, ein Leben fortzuwerfen, das vielleicht noch manches Gute und Nützliche schaffen konnte. Machte er durch seinen Tod sein Unrecht nicht noch viel größer? Stunden vergingen ihm über solchen Grübeleien, aber dann sprang er auf und schob diese Gedanken weit von sich. Sie führten zu nichts – er würde ja doch zu dem Endresultat kommen, daß er ein Leben ohne Ehre nicht würde weiterführen können.

Nur der Mutter noch Lebewohl sagen – dann mochte es geschehen, das letzte – irgendwo. Jetzt brauchte er keine Rücksicht darauf zu nehmen, daß Georg Fein aus seinem Selbstmord Schlüsse ziehen könne, die seine Frau belasteten – er wußte ja nun alles. Und mit starrer Resignation traf Salten Vorbereitungen zu seiner Reise nach Hannover, wo seine Mutter lebte.

Als Krigosch ihm die Handtasche gepackt und gute Nacht gesagt hatte, trat Salten an seinen Schreibtisch und entnahm einem Fach seinen Browning. Den prüfte er sorgsam und legte ihn zu seinen Sachen. In der Nacht fand er nicht viel Schlummer. Erst gegen Morgen verfiel er in einen bleiernen Schlaf, aus dem ihn sein Bursche weckte.

Eine Stunde später schritt er mit blassem Gesicht zum Bahnhof. Den Browning hatte er sorgsam zu sich gesteckt. Seine Augen flogen wie abschiednehmend über die Straßen und Plätze, die er so gut kannte.

Und als er im Zuge saß und Krigosch mit einem blassen Lächeln zum Abschied zugenickt hatte, dachte er aufatmend: Das liegt nun hinter mir – für immer.

Frau Geheimrat Salten war gerade dabei, in ihrem Wohnzimmer eigenhändig die Nippes abzustauben. Das überließ sie dem Mädchen nie, damit nichts zu Schaden kam. Im Leben dieser Frau war das Wort »Sparen« immer groß geschrieben gewesen.

Aber das hatte sie nicht kleinlich und engherzig gemacht. Ihr Mann hatte immerfort gestöhnt und geklagt über das knappe Einkommen, das noch zu allerlei Repräsentationspflichten reichen mußte und er war darüber zum unleidlichen Tyrannen geworden. Frau Marie Salten aber hatte alles mit heiterer Ruhe ertragen, sogar die ziemlich deutlichen Anspielungen ihres Gatten, daß er ein Tor gewesen sei, eine arme Frau heimzuführen. Mit einem feinen Humor, der sie ihrem Ehetyrannen überlegen machte, pflegte sie ihm zu antworten: »Diese Dummheit hast du nun einmal gemacht, Theodor, und du mußt dich damit abfinden.«

Das Leben wäre für diese Frau oft unerträglich gewesen, wenn sie nicht ihren stillen Humor – und ihren Sohn gehabt hätte. Diese beiden Schätze trugen sie wie ein Schwimmgürtel durch die Wogen des Lebens.

Und als ihr Mann vor zwei Jahren starb, hatte er zuletzt gesagt: »Marie, welch einen Schatz habe ich an dir gehabt – und habe es erst jetzt gemerkt.«

Da hatte sie ihm lächelnd zugenickt: »Gemerkt hast du es schon, Theodor, aber eingestanden hast du es bisher keinem Menschen, auch dir selbst nicht.«

Stumm hatte er ihr die Hand gedrückt und war hinübergeschlummert.

Und Maria Salten hatte ihn ehrlich betrauert, obwohl sie an ihm sicher keinen Schatz gefunden hatte.

Eifrig, aber ohne Hast, in friedlicher Beschaulichkeit putzte sie an ihren Nippes. Da hatte jedes Stück eine Geschichte. Diese Vase hatte ihr Rudolf an ihrem letzten Geburtstag geschenkt und das Porzellanfigürchen letzte Weihnachten. Er wußte, daß sie gern solche niedlichen Sachen um sich hatte und erfreute sie immer damit. Ob er wohl diesen Sommer ein paar Tage auf Urlaub kam?

Während sie darüber nachdachte, hörte sie draußen die Flurglocke gehen. Das Mädchen öffnete und sprach mit jemand. Wer mochte das sein?

Und plötzlich fing sie den Ton einer Männerstimme auf. Ihre Hände zitterten leise. War denn das möglich – konnte das die Stimme ihres Sohnes sein?

Sie wollte gerade hinausgehen, als sich die Tür öffnete und Rudolf Salten eintrat.

»Rudolf.«

Jubelnd rief sie seinen Namen und eilte ihm entgegen. Aber als sie ihm nahe kam und er sie umarmte, wurde ihr plötzlich das Herz schwer.

In ihrem Leben hatte es nicht viele freudige Überraschungen gegeben. Sie war gewissermaßen immer gefaßt auf etwas Schlimmes oder mindestens Unangenehmes. Und als sie in ihres Sohnes Gesicht sah, fühlte sie, daß er ihr etwas Schweres brachte, obwohl er sich bemühte zu lächeln.

Ihn mit bebenden Armen umschließend, fragte sie leise: »Mein Sohn – was ist dir geschehen?«

Er küßte ihr Mund und Hände und wich ihrem Blick aus. Wie scharf solche Mutteraugen sind. »Nichts, Mutter, liebe Mutter – nichts, – ich hatte nur Sehnsucht nach dir«, sagte er, sich zu einem fröhlichen Ton zwingend.

Sie streifte hastig die Handschuhe ab, die sie zum Schutz ihrer noch immer sehr schönen Hände beim Abstauben übergestreift hatte, und zog ihn neben sich auf den Diwan. Mit großen bangen Augen blickte sie in sein Gesicht, das von der Sonne dunkelgebräunt und doch blaß war. »Rudolf – ich sehe es ja in deinen Augen. Du weißt doch, daß du mich nicht täuschen kannst. Was meinem Jungen das Herz bedrückt, fühle ich. Du bringst mir nichts Gutes. Nun quäle mich nicht lange, damit ich weiß, ob ich dir helfen kann. Sage mir alles.«

Er wollte ausweichen und quälte sich noch einige Ausflüchte ab. Da nahm sie seinen Kopf in ihre Hände, sah ihm mit sorgender Mutterzärtlichkeit in die Augen und sagte mit halberstickter Stimme: »Mein lieber, lieber Junge, gib es auf, mich zu täuschen. Mutteraugen sehen scharf. Ich weiß nun schon, daß mir etwas ganz Schweres bevorsteht. Aber ich bin auch schon wieder ruhig. Die Gewißheit, daß ich dir gleich die Hälfte deiner Last abgenommen haben werde, macht mich stark. Also verheimliche mir nichts, was deine Seele bedrückt. Ich verlange mein Teil daran.«

Da glitt er plötzlich an ihr nieder in die Knie und umfaßte sie, seinen Kopf in ihrem Schoß bergend. »Mutter – meine Mutter«, stöhnte er auf.

Sie strich mit zitternden Händen über seinen Kopf. »Sag mir alles, mein Sohn, ob es dir auch schwer auszusprechen ist. Du weißt, ich bin nur zaghaft dem Ungewissen gegenüber. Laß mich den Dingen, die dich bedrohen, ins Auge sehen, damit ich sie besiegen kann. Nur verdamme mich nicht länger zur Untätigkeit«, sagte sie, ihrer Stimme Festigkeit gebend, obwohl ihr das Herz zitterte.

Rudolf lag noch eine Weile still unter den streichelnden Händen. Dann begann er seine Beichte: »Ich muß dir sehr weh tun, Mutter. Dein Sohn hat etwas getan, das nicht wieder gutzumachen ist.«

Sie erzitterte leise und erfaßte ihn angstvoll. »Das wolle Gott nicht! Du kannst doch nicht schlecht geworden sein da draußen in der Welt, mein Sohn? Fehler machen wir alle. Nun sprich.«

Mit heiserer Stimme begann er seinen Bericht, ohne zu ihr aufzusehen. Er wagte es nicht, in ihre Augen zu blicken, als er ihr beichtete von seiner Leidenschaft für die Frau eines andern. Ohne Rücksicht sprach er sich alles von der Seele. Nichts verschwieg er ihr, als seinen Entschluß, seinem Leben ein Ende zu machen. Seine Mutter war stets seine beste Freundin gewesen.

Als er zu Ende war mit seiner Beichte, sagte er aufatmend: »Nun weißt du alles, Mutter. Meine Ehre ist verloren – ich habe meinen Abschied eingereicht und werde den bunten Rock nicht wieder tragen. Kannst du mir verzeihen?«

Wieder strich ihre Hand zitternd über sein Haupt. Sie zwang sich zur Ruhe. Ihre Mutterliebe war stark genug, um den qualvollen Aufschrei ihres Herzens zu unterdrücken. Sie vermochte sogar ihrer Stimme Festigkeit zu geben, als sie sagte:

»Was ich dir zu verzeihen habe, ist wenig, mein Sohn, denn du hast mir nicht das Letzte, Schwerste angetan. Hab Dank, daß du gekommen bist, deine Sorgen mit mir zu teilen – und daß du aufschobst – was du meinst, tun zu müssen. Ehe wir noch ein Wort weiter reden über diese Angelegenheit, laß dir eins sagen, mein Sohn.«

Er sah zu ihr auf. »Was, Mutter?«

Da nahm sie wieder seinen Kopf in ihre Hände und sah ihm mit heiligem Ernst in die Augen. »Laß dir sagen – an dem Tage, da du dein junges Leben mit eigener Hand vernichtest, tötest du auch deine Mutter. Ich schwöre dir, daß ich dir in derselben Stunde in den Tod folgen werde. Das wird dir wohl den traurigen Mut nehmen, dein Leben durch eigene Hand zu beenden.«

Er sank in sich zusammen. »Mutter!«

Sie atmete tief auf, denn sie wußte, daß sie den ärgsten Feind mit ihren Worten besiegt hatte. Jetzt würde er ganz sicher nicht mehr daran denken, sich zu vernichten. Und mit dieser Gewißheit kam eine große Ruhe über sie.

»Mein lieber Junge, ich weiß, daß du dich mit Selbstmordgedanken getragen hast. Du kamst wohl nur zu mir, um Abschied zu nehmen. Dem Himmel sei Dank, daß du es getan hast. Verliere dich nicht in haltlosen Selbstvorwürfen. Wir sind alle nur arme, irrende Menschen, und wenn jeder einen jugendlichen Leichtsinn mit dem Leben bezahlen wollte, müßten alle Menschen jung sterben. Und du warst sonst kein leichtfertiger Mensch. Daß du dich vergingst an den Rechten eines andern Mannes, mag dir Gott verzeihen. Aber dies ist auch deine einzige Schuld. Und dafür lasse ich dich nicht in den Tod gehen. Als du mit deinem Ehrenwort für die Frau eintratest, die dein Vergehen teilte, tatest du nur deine Pflicht als Ehrenmann. Und für eine Pflichterfüllung, mag sie sein, welcher Art sie will, darf kein Mensch zum Tode verurteilt werden. Ich spreche dich frei. Und ich will, daß du lebst – hörst du?«

Er faßte ihre Hände, drückte sie an seine Lippen und sah sie mit brennenden Augen an. »Mutter!«

Sie strich lind über seine Augen.

»Ja, mein Sohn, deine Mutter will, daß du lebst. Daß du deinen Abschied als Offizier nahmst – das mußte sein. Aber nun sühne dein Unrecht dadurch, daß du gutzumachen suchst, daß du all deine Kräfte einsetzst, um ein nützliches Mitglied der menschlichen Gesellschaft zu sein. Es gibt viele Wege dazu für einen gesunden Mann. Und welchen Weg du auch wählst, er soll mir recht sein. Leicht wird dir das Leben jetzt nicht werden. Onkel Ludwig wird sicher seine Hand von dir abziehen, wenn er hört, daß du den Dienst quittierst. Was ich dir von meinen kleinen Ersparnissen geben kann, ist wenig genug, aber es muß ausreichen, bis du selbst verdienen kannst. Und hier in Deutschland wirst ja wohl auch nicht bleiben wollen?«

Er schüttelte heftig den Kopf.

»Nein, Mutter – das ginge über meine Kraft. Ich könnte ja jenem Mann begegnen, der meine Ehre in den Händen hält. Wenn ich leben soll – und – ich will leben, Mutter, um dein teures Leben nicht zu gefährden – dann muß ich die Heimat verlassen und draußen in der Welt versuchen, mir eine Existenz zu gründen, wenn sie auch noch so bescheiden ist. Hinüber nach Amerika will ich gehen – irgendwohin in die Einsamkeit, wo ich schaffen, arbeiten kann. Auf eigne Kraft will ich in Zukunft mein Leben bauen. Und

Gott mag helfen, Mutter, daß ich deiner Liebe würdig bleibe.«

Sie küßte seine Stirn und atmete tief auf. »Das wirst du immer, mein Sohn. Und nun wollen wir gar nicht mehr verzagt und traurig sein. Jedes Ding hat zwei Seiten, und wer weiß, wozu diese Prüfung gut ist. Alles Weitere wird Gott zum besten führen.«

Er umarmte sie zärtlich. »Meine liebste Mutter – ich danke dir für deine Güte.«

Ihre Augen feuchteten sich ein wenig, aber gleich lächelte sie auch wieder. »Du bist ja mein Sohn, – da fällt es leicht, gut zu sein. Und jetzt will ich nach der Küche sehen, ob unsere Mahlzeit noch für dich mit ausreicht. Mir scheint, du wirst gestern und heut nicht viel zu dir genommen haben.«

Er küßte ihr die Hände. Wie leicht war ihm nun ums Herz. Der Freispruch der Mutter hatte in seiner Seele alles Quälende zur Ruhe gebracht. Wohl trug er noch schwer an der Last. Aber er konnte doch wieder atmen und daran denken, wie er gutmachen konnte.

Frau Maria Salten umarmte ihren Sohn noch einmal, ehe sie schnell hinaus in die Küche ging. Und eine Stunde später saßen Mutter und Sohn bei Tisch und besprachen allerlei, was nun würde geschehen müssen.

Rudolf sprach davon, daß er zu Onkel Ludwig gehen müsse, um ihm zu sagen, daß er den Dienst quittiert habe und ins Ausland gehen wolle.

Die Mutter nickte. »Ja, Rudolf, das mußt du tun. Er hat ein Recht darauf. Aber geh ein wenig schonungsvoll um mit dem alten Herrn. Weißt du – er ist ein bißchen gallig veranlagt, gerade wie dein Vater. Solche armen Menschen kommen schwerer über ein Sandkörnchen, als andre Leute über einen Berg.«

»Ich will es ihm so schonend wie möglich beibringen, Mutter, aber aufregen wird es ihn doch, daß ich nicht

Offizier bleibe, und er wird mich undankbar schelten.«

Sie nickte und in ihren Augen leuchtete schon wieder ein Fünkchen Humor. »Nun, so steck es ruhig ein – laß ihn schelten. Weißt du, Leute wie er müssen schelten, auch wenn sie erfahren, daß sie das große Los gewonnen haben, sonst haben sie keine Freude am Leben.«

Bewundernd sah Rudolf seine Mutter an. So hatte sie auch alle bösen Launen seines Vaters ertragen. Er faßte nach ihrer Hand und küßte sie.

»Wenn ich dir nur sagen könnte, wie ich dich bewundere – und wie dankbar ich dir bin.«

Sie sah ihn mit leuchtenden Augen an. Auf dem Grund derselben zitterte noch ein Widerschein der Angst, die ihr vorhin das Herz abgedrückt hatte. Aber das brauchte ihr Sohn nicht zu wissen.

III

Als Rudolf Salten annehmen konnte, daß sein Onkel das Mittagsschläfchen hinter sich hatte, machte er sich auf den Weg zu ihm.

Der alte Herr empfing seinen Neffen in der ihm eignen, stets verdrießlichen Art in seinem Wohnzimmer. Das war so voll Tabaksrauch, daß man alle Gegenstände nur wie durch einen blaugrauen Schleier sah. Er war Junggeselle und lebte in einem steten Kampf mit seinen Wirtschafterinnen, die alle nur kurze Zeit bei ihm aushielten.

Als Salten vor dem Onkel stand, starrte ihn dieser mißbilligend von oben bis unten an. »Was soll das heißen, Rudolf? Du kommst in Zivil zu mir? Soviel Rücksicht werde ich wohl beanspruchen dürfen, daß du mir in Uniform deine Besuche machst. Du weißt, daß ich es nicht liebe, wenn Offiziere in Zivil gehen, und ich werde doch verlangen können, daß du Rücksicht auf meine Wünsche nimmst.«

Rudolf Salten blieb ganz ruhig. »Lieber Onkel, du weißt, daß ich dir sonst alle Besuche in Uniform machte, aber heute konnte ich das nicht tun.«

»So? Und warum nicht, wenn man fragen darf?« fragte der alte Herr scharf.

»Weil ich die Uniform überhaupt nicht mehr tragen werde. Ich habe den Dienst quittiert.«

Mit einem Ruck fuhr der alte Herr nach ihm herum. »Was soll das heißen? Ich habe mich wohl verhort, hm?«

»Nein, Onkel Ludwig. Ich habe mein Abschiedsgesuch eingereicht und bin, bis es bewilligt ist, vom Dienst entbunden.«

Der alte Herr beugte sich vor, zornrot im Gesicht, und schlug mit der Faust auf den Tisch. »Was ist das für ein Unsinn? Damit laß mich gefälligst ungeschoren. Ich verstehe solche Späße nicht.«

Rudolf Salten richtete sich mit einem tiefen Atemzug empor. »Mir ist nicht nach Späßen zumute, Onkel Ludwig, es ist mein voller Ernst.«

Nun erhob sich der alte Herr mit einem Ruck. »Dein voller Ernst? Du willst nicht mehr Offizier bleiben? Warum willst du mir diesen unerhörten Affront antun, nachdem ich dir jahrelang einen anständigen Zuschuß gezahlt habe unter der Bedingung, daß du Offizier wirst?«

»Lieber Onkel, du mußt mir erlassen, dir besondere Gründe dafür anzuführen. Nur soviel will ich dir sagen, daß ich unter keiner Bedingung Offizier bleiben kann und will. Du weißt, ich habe nur gezwungenermaßen diesen Beruf ergriffen. Im Grunde habe ich nie dazu getaugt. Und – nun kann ich nicht mehr. Ich muß den Abschied nehmen.«

Mit zornigen Blicken maß ihn der alte Herr. »Wenn dein

Vater noch lebte – er würde dir solche Mucken austreiben. Da steckt doch was dahinter. Hast du etwa Schulden gemacht?«

»Nein.«

»Dann stecken sicher Weibergeschichten dahinter. Willst dich wohl verplempern, irgendein Mädel heiraten, das nicht in Offizierskreise paßt?«

»Auch das nicht, Onkel Ludwig.«

»Na, zum Donnerwetter, dann mach doch nicht solchen Unsinn! Du bleibst Offizier, oder ich ziehe meine Hand von dir ab und suche mir einen andern Erben!«

Salten richtete sich straff empor. »Selbst auf diese Gefahr hin bleibt es dabei, daß ich meinen Abschied nehme.«

Der alte Herr starrte ihn eine Weile sprachlos an. Dann schrie er heiser:

»So – selbst auf die Gefahr hin ? Wirfst ein Vermögen hin wie einen Pappenstiel? Oder denkst du, ich mache nicht Ernst mit meiner Drohung? Oh, du sollst dich wundern. Wenn du mir nicht gehorchst, sind wir fertig miteinander. Und wenn ich mich noch verheiraten sollte – du wirst nicht einen Pfennig mehr von mir bekommen. Und was soll denn aus dir werden? Du hast ja nichts anderes gelernt.«

»Leider nicht. Und was aus mir werden wird, weiß ich auch noch nicht. Ich gehe jedenfalls außer Landes und versuche, mir aus eigener Kraft eine Existenz zu gründen.«

Höhnisch lachte der alte Herr auf. »Dann viel Vergnügen! Du wirst dich wundern, mein Lieber, es ist nicht so leicht.«

Salten strich sich über die Stirn, und um seinen Mund prägte sich ein fester, entschlossener Zug. »Das weiß ich, und daß ich mich trotzdem lieber auf die eigne Kraft verlasse, mag dir als Beweis dienen, daß ich wirklich ernste Gründe habe. Es tut mir leid, Onkel Ludwig, daß ich dich enttäuschen mußte und dich aufregte. Aber ich hielt es für meine Pflicht, dir ordnungsgemäß Meldung zu machen von meinem Entschluß. Laß mich dir aus aufrichtigem Herzen danken für alles, was du bisher für mich getan hast.«

Aufgeregt ging Onkel Ludwig hin und her. »Ein schlechter Dank. Das hätte ich wissen sollen! Nicht einen Heller hättest du von mir bekommen.«

Die Röte schoß in Saltens Gesicht. Seine Stirn zog sich zusammen. Er sah dem alten Herrn vieles nach, aber jetzt war auch er am Ende mit seiner Geduld. »Du gestattest, daß ich mich entferne. Vielleicht ist es mir eines Tages möglich dir zurückzuzahlen, was du für mich ausgegeben hast.«

Höhnisch lachte Ludwig Salten auf und blieb vor seinem Neffen stehen. »Das wird am Nimmermehrstag geschehen, mein Bürschchen! Es sind beiläufig vierundzwanzigtausend Mark. Aber laß nur, dies Geld habe ich einer verlorenen Sache gewidmet. Wir sind jedenfalls fertig miteinander von dem Augenblick an, da du nicht mehr Offizier bist. Damit Punktum!«

Salten wandte sich zum Gehen. »Dann leb wohl, Onkel, und versuche, mir zu verzeihen.«

Damit reichte er dem Onkel die Hand. Der nahm sie nicht und wandte sich zornig ab. »Gott befohlen! Daß es dich nur nie gereut, ein so schönes Erbe ausgeschlagen zu haben.«

Salten öffnete schnell die Tür, um sich zu entfernen. Dabei stieß er gegen die junge Wirtschafterin, die sich mit rotem Kopf hastig aufrichtete und ihn verlegen anstarrte. Salten erkannte sofort, daß sie gelauscht hatte. Er warf einen unwilligen Blick in ihr hübsches, aber gewöhnliches Gesicht, auf dem ein lauernder Zug lag. Diensteifrig reichte sie ihm seinen Hut. Er achtete nicht weiter auf sie und ging schnell davon.

Ludwig Salten hatte seinem Neffen zornig nachgesehen. »So ein undankbarer Bengel! Dazu soll ich noch Ja und Amen sagen! Du kommst mir schon wieder, mein Bürschchen, und wirst zu Kreuze kriechen. Und ich lasse mich hängen, wenn da nicht ein Frauenzimmer hintersteckt. Die verflixten Weiber sind doch immer an allem schuld.«

So räsonierte er wütend.

Und da trat seine junge Wirtschafterin ein und sah ihn wie mitleidig an.

»Armer gnädiger Herr – Sie haben sich ärgern müssen. Soll ich Ihnen nicht eine Tasse Tee kochen?«

»Was heißt das? Was wollen Sie? Sie haben wohl gelauscht?«

»Armer gnädiger Herr! Da braucht man nicht zu lauschen, wenn Sie so zornig losschreien. So leid tun Sie mir. Der junge Herr hat Sie gewiß geärgert und aufgeregt. Ganz elend sehen Sie aus.«

Und sie umschmeichelte ihn wie ein Kätzchen. Knurrend ließ er es sich gefallen und ahnte nicht, daß sie wie eine Spinne ihre Netze um ihn zog. –

Rudolf Salten war aufatmend die Treppe hinabgeschritten. Gottlob, daß dies nun hinter ihm lag. Leicht war es ihm nicht gemacht worden. Mit ziemlich schwerem Herzen ging er zu seiner Mutter zurück.

Die empfing ihn mit einem heiteren Gesicht. Sie wußte, daß sie ihrem Sohne damit mehr half, als mit einer traurigen Miene. »War Onkel Ludwig sehr böse, Rudolf?« fragte sie.

Er zuckte die Schultern. »Nicht mehr, als ich erwartet hatte.«

»Aber er zieht seine Hand von dir ab?«

»Ja, Mutter.«

Ihre Augen blickten hell und klar in die seinen. »So muß es auch ohne seine Hilfe gehen, mein Sohn.«

Er zog sie in seine Arme. »Sorge dich nicht. Je härter mich das Leben jetzt anpackt, desto lieber ist es mir. Ich muß fühlen, daß ich zu sühnen habe. Weißt du, wie ich früher manchmal Freiheitsgelüste hatte und in die Welt hinausstürmen wollte, wenn Vater gar zu streng war? Da wünschte ich mir immer, aller Fesseln ledig zu sein. Nun hindert mich nichts, hinauszuziehen. Und – da ich deinen Segen mit mir nehme, wird mir das Herz leichter sein.«

Sie überlegten nun noch hin und her. Frau Maria Salten rechnete aus, was sie flüssig machen konnte, um ihrem Sohn über die erste schwere Zeit hinwegzuhelfen. Es kam nicht viel heraus – nicht ganz dreitausend Mark. Sie wollte noch einige Schmucksachen verkaufen, um diese Summe zu erhöhen, aber Rudolf wehrte entschieden ab.

»Auf keinen Fall, Mutter. Das Geld muß ich ja leider annehmen, um erst hinüberzukommen. Aber ich hoffe, daß ich es dir bald zurückgeben kann«, sagte er.

Sie atmete tief auf. »Ich brauche es nicht, Rudolf, ich habe ja meine Pension. Nur laß mich nie lange ohne Nachricht. Wie es dir auch ergehen mag – laß mich teilnehmen an deinem Leben. Sonst – ja, mein Junge, sonst ertrage ich die Trennung nicht.«

Er küßte tiefbewegt ihre Hände. »Ich verspreche es dir, meine liebe Mutter.«

Sie nickte ihm lächelnd zu und zwang ihr Herzweh nieder. »Dann ist alles gut. Und wir wollen gar nicht traurig sein. Wer weiß, wozu der liebe Gott dir diese Prüfung auferlegt.«

Und sie zeigte dem Sohn ein heiteres Gesicht, solange er bei ihr war, und half ihm, sich wieder im Leben zurechtzufinden.

Rudolf Salten war nach Ordnung seiner Angelegenheiten nach Hamburg gefahren. Er hatte noch keinen festen Plan, nach welchem amerikanischen Lande er reisen wollte. Es war eine Art fatalistische Stimmung über ihn gekommen. Das Schicksal sollte entscheiden, wohin es ihn trieb. Er hatte sich gesagt, daß er den ersten Dampfer benützen wolle, der nach der Neuen Welt abginge. Es stiegen Gefühle in ihm auf, die es ihm wünschenswerter erscheinen ließen, nicht mehr am Leben zu sein. Aber mannhaft bekämpfte er solche Anwandlungen. Er war in der kurzen Zeit um Jahre gereift. Und ein fester Wille war in ihm, zu sühnen und gutzumachen.

Am Vormittag war er in Hamburg angekommen, hatte sich nach den abgehenden Dampfern erkundigt und in Erfahrung gebracht, daß am nächsten Tag ein Dampfer nach Kanada abgehen würde. Nachdenklich ging er am Nachmittag über den Jungfernstieg und schaute melancholisch auf das lebhafte Treiben um das Alsterbassin. Dabei stieß er plötzlich mit einem Herrn zusammen, der gleich ihm nicht recht auf den Weg geachtet hatte.

Sie zogen beide, sich instinktiv entschuldigend, den Hut und sahen sich an. Und da stutzte Salten. Er erkannte in dem Fremden einen ehemaligen Schulfreund.

»Karl Rittner«, rief er erstaunt, und der andere, eine breitschultrige, wetterfeste Erscheinung in einem etwas fremdartig geschnittenen Reiseanzug, stutzte nun ebenfalls.

»Donnerwetter! Wo tue ich denn das Gesicht hin? Ah – jetzt dämmert es – Rudolf Salten, der Geheimratssohn! Du – das ist kurios! Als ich vor nahezu zehn Jahren zu Hause auskniff, weil ich mein Abitur nicht bestand und mein Vater mir angedroht hatte, mich durchzuprügeln, wenn ich wieder hängenblieb, da warst du der letzte bekannte Mensch, den ich traf. Weißt du noch – in der Nähe des Bahnhofs war es, und als ich dir sagte: ›Ich kneife aus‹, da machtest du ein ungläubiges Gesicht und rietest mir, ich solle keine Dummheiten machen. Und nun, wo ich nach bald zehn Jahren zum erstenmal wieder auf deutschem Boden bin, bist du der erste Bekannte, den ich treffe. Ist das nicht schnurrig? Was machst du denn in Hamburg?«

Saltens Stirn rötete sich. Aber er sagte ruhig: »Jetzt bin ich auf dem Weg, über den großen Teich zu gehen.«

Forschend sah ihn Rittner an. »Wirklich? Wolltest du nicht Offizier werden damals?«

»Ich wollte zwar nicht, aber ich mußte. Du weißt, mein Vater war streng.«

»Hm! Ungefähr wie meiner. Also du bist Offizier?«

»Ich war es – bis vor kurzem. Aber nun ist es aus damit. Ich habe meinen Abschied nehmen müssen und will hinüber, um mir eine neue Existenz zu gründen.«

»Hm! Leicht ist das nicht.«

»Weiß ich.«

»Hast du Geld?«

»Nur einen Notpfennig.«

»Wie denkst du dir denn das da drüben?«

»Weiß ich nicht! Irgendwo wird ja für einen Menschen, der gesunde Arme, einen klaren Kopf und den festen Willen hat zu arbeiten, etwas zu machen sein. Kannst du mir vielleicht einen Rat geben? Du kommst ja wohl von drüben?«

»Ja – von Kanada.«

Salten horchte auf. Das war nun schon der zweite Fingerzeig des Schicksals, das ihn nach Kanada wies.

»Kanada? Gibt es da für unsereins eine Existenzmöglichkeit?«

Karl Rittner lachte. »Die gibt es für einen tüchtigen Kerl überall. Und ich glaube, du hast immer Schneid gehabt, schon als Hosenmatz.«

»Daran fehlt es nicht.«

Forschend sah Rittner wieder in Saltens Gesicht. »Bist du ein guter Schütze?«

»Ich treffe jeden Vogel im Flug und schieße eine Fliege vom Baumblatt herunter.«

»Hm! Dann wüßte ich dir einen guten Rat. Aber ein behagliches Leben ist es nicht, was ich dir vorschlage. Geh an die Hudsonbai und werde Pelzjäger.«

Es ging wie ein Ruck durch Saltens kraftvolle Gestalt.

»Pelzjäger? An der Hudsonbai? Was kann man da schießen?«

»Alles, was einen guten Pelz trägt, vom Zobel und Hermelin bis zum Bären. Letzteres nur, wenn du Glück hast. Sie werden selten. Aber – es ist ein verdammt anstrengendes Leben.«

Saltens Gestalt straffte sich. »Das eben brauche ich.«

»Und sehr einsam! Es kann dir passieren, daß du monatelang kein weibliches Wesen zu Gesicht bekommst. Und eine andere Gesellschaft als die der Pelzjäger wirst du kaum finden.«

»Ist mir gerade recht.«

»So menschenscheu?« forschte Rittner mit einem scharfen Blick.

Saltens Stirn rötete sich jäh, aber er sah Rittner fest an. »Ich habe etwas abzubüßen, Karl, ich habe eine große Dummheit hinter mir.«

»Aha – das ewig Weibliche, nicht wahr?«

Mit einem Achselzucken atmete Salten tief auf. »Mein künftiges Leben soll der Arbeit gewidmet sein. Ich will schaffen, nützlich sein, gleichviel wie.«

»So, so! Na – du gehst ja mit ähnlichen Gefühlen hinüber, wie ich damals. Nur daß ich ein grüner Junge war, der vor Vaters Zorn und Keile davonlief, und du doch schon ein ganz ausgewachsener Mann bist. Warte mal, so an die sechsundzwanzig mußt du sein.«

»Fast achtundzwanzig.«

»Na also – wenn es dir wirklich ernst ist, ich könnte dir eine gute Adresse geben, wo du sicher eine Anstellung als Pelzjäger finden würdest. Wenn du Glück hast, kannst du ein gutes Stück Geld machen. Ich war fast acht Jahre Pelzjäger und habe ein gutes Revier gehabt. Ich will mich nun mit meinen Ersparnissen selbständig machen – aber drüben. Für zu Hause bin ich verdorben. Es ist so eng hier, und da oben – in Quebecks übereisten Wäldern, da lernt man Raumverschwendung. Der reine Urwald noch – und du bist Herr in deinem Revier über alles, was kreucht und fleucht. Nur die Pelze mußt du abliefern und bekommst außer einem Fixum Prämien. Also, wie gesagt, ich gehe auch wieder hinüber. Jetzt will ich nur auf einige Wochen heim, um meinen Frieden zu machen mit meinem alten Herrn. Und meine Mutter möchte ich mal wiedersehen. Dann geht es aber wieder hinüber. Also – willst du die Adresse haben?«

Salten hatte mit brennendem Interesse zugehört. »Ich wäre dir sehr dankbar«, sagte er heiser.

»Nun gut! Aber das könnten wir doch alles bei einer Flasche Wein abmachen. Ich erzähle dir noch ein bißchen von drüben, damit du orientiert bist, und du berichtest mir, wie es jetzt in Hannover aussieht und ob du was von meinen Leuten gehört hast.«

Salten war einverstanden. Die beiden Herren suchten eine Weinstube auf und saßen einige Stunden zusammen.

Salten bekam von Rittner noch allerlei nützliche Winke und Ratschläge und die Adresse des Pelzkönigs Peter Hartau.

»Das ist ein großartiger Mensch, Rudolf, den man nur rückhaltlos bewundern kann. Ich habe viel von ihm gelernt, obwohl ich ihn nur selten zu Gesicht bekam. Hartau kann immer tüchtige Jäger brauchen, er besitzt große Waldungen. Bis du hinüberkommst, ist ja noch Sommer in Kanada. Die Hauptjagden finden im Winter statt. Der ist lang und streng, und dann haben die Tiere das beste Fell. Es gibt eine Unmenge Pelzwild. Schon die vielen Arten von Füchsen – auch Wölfe. Ein bißchen kalt ist es schon, aber man gewöhnt sich schnell daran, wenn man jung und gesund ist. Einige Jahre hältst du es sicher aus, und dann hast du so viel verdient, daß du etwas anderes unternehmen kannst.«

Salten nickte. »Unsere Begegnung ist mir ein Schicksalswink. Ich gehe nach Kanada – morgen schon.«

»Geht morgen ein Dampfer ab?«

»Ja, nach Montreal.«

»Na also, direkte Linie. Also, dann Glück auf zur Fahrt!«

»Ich danke dir.«

»Keine Ursache – es soll mich freuen, wenn ich dir gut geraten habe.«

Sie plauderten über allerlei, bis es für Rittner Zeit war, nach dem Bahnhof zu gehen. Er wollte heute noch nach Hannover fahren. »Darf ich dich bitten, Karl, in diesen Tagen mit zu meiner Mutter heranzugehen und ihr zu sagen, daß ich mich nach Montreal eingeschifft habe und bei dem Pelzkönig Hartau Anstellung als Pelzjäger suchen werde? Sie wird dann etwas ruhiger sein. Und male ihr meinen künftigen Wirkungskreis ein bißchen rosiger aus, als er in Wirklichkeit ist, damit sie sich nicht unnötige Sorgen macht.«

»Wird besorgt, Rudolf. Ich weiß schon, Mütter wollen ihre Söhne immer weich betten. Wenn ich an das Wiedersehen mit meiner Mutter denke, du, da wird mir ganz flau zumute. Mit meinem alten Herrn werde ich ja schneller fertig. Der hat mich mit seiner Strenge aus dem Haus und aus der Heimat getrieben. Manchmal, wenn mich da oben das Heimweh geschüttelt hat, daß ich die Zähne zusammenbeißen mußte, um nicht loszuheulen, da bin ich zornig auf den alten Herrn gewesen, zumal, wenn ich an meine Mutter dachte. Na, nun werde ich sie ja wiedersehen. Aber – da fällt mir ein – ich will einige Zeilen für dich schreiben, an Herrn Hartau, sozusagen eine Empfehlung. Dann bist du einer Anstellung sicher.«

»Ich wäre dir sehr dankbar, Karl.«

Rittner ließ sich Schreibzeug bringen und schrieb einige Zeilen nieder. Er kuvertierte sie und reichte sie Salten.

»So, mein Alter, nun ist es aber höchste Zeit für mich. Leb wohl – und Glück auf!«

Sie faßten sich fest bei den Händen und trennten sich.

Rudolf begab sich gleich noch ins Büro, um einen Platz auf dem Dampfer, der nach Montreal ging, zu belegen.

Dann suchte er sein bescheidenes Hotel auf.

Er war in tiefes Nachdenken versunken.

Karl Rittner hatte ihm nicht verhehlt, daß er unter den Pelzjägern ungebildete Menschen, wenn nicht gar Abenteurernaturen finden würde. Aber das focht ihn nicht an. Je härter ihn jetzt das Schicksal anfaßte, desto lieber war es ihm. Und seine Zukunft konnte gar nicht weit genug entfernt sein von der eines preußischen Leutnants. Er wollte Vergessen suchen. Der Leutnant Rudolf Salten war im Grunde tot – der Pelzjäger Salten sollte zeigen, daß er sich das Leben verdiente. Ihm war zumute, als läge alles, was er in der letzten Zeit erlebt hatte, weit hinter ihm.

Am nächsten Morgen begab er sich an Bord des Dampfers und fuhr dem neuen Schicksal entgegen. Er biß die Zähne zusammen, als sich das Schiff in Bewegung setzte.

Winnifred Hartau reiste mit ihrem Vater an die Hudsonbai. Nur die nötigste Dienerschaft, eine Zofe für Winnifred und ein Diener für Peter Hartau, waren in ihrer Begleitung. Der Pelzkönig liebte es, da oben in seinem kleinen, idyllischen Waldhaus ganz schlicht und einfach zu leben.

In nächster Nähe des Waldhauses, nur wenige Minuten entfernt davon, befand sich jetzt ein ziemlich geräumiges Blockhaus. Dies bewohnte ein Ehepaar, Mr. Bridge und Nelli, seine Frau. Sie bewirtschafteten beide eine Art Kantine, hielten einen Laden, in dem die Pelzjäger aus der ganzen Umgegend ihre Einkäufe machten, und nahmen die eingelieferten Felle in Verwahrung, bis sie weitertransportiert werden konnten. Die Pelzjäger bezahlten die Waren meist mit Biberfellen, denn im kanadischen Wald werden noch viele Tauschgeschäfte getrieben.

Mr. und Mrs. Bridge hielten in Abwesenheit des Pelzkönigs sein Waldhaus in Ordnung. An der letzten Eisenbahnstation erwartete Peter Hartau und seine Tochter ein leichter, bequemer Wagen, in dem gut acht Personen Platz gehabt hätten. Im Winter stand dem Pelzkönig ein großer Schlitten zur Verfügung.

Peter Hartau hatte rechtzeitig seine Ankunft gemeldet, und so war der Wagen, von Mr. Bridge selbst gelenkt, pünktlich zur Stelle. Es war zwar noch ein alter Knecht im Blockhaus angestellt, der die verschiedenartigsten Obliegenheiten zu verrichten hatte und ein Mädchen für alles an Vielseitigkeit noch übertraf, aber Mr. Bridge hätte es dem Knecht nie überlassen, Mr. Hartau abzuholen.

Die Zofe und der Diener nahmen im gleichen Wagen auf dem Hintersitz Platz, nachdem das Gepäck aufgeladen war. Peter Hartau und seine Tochter saßen auf den Vorderplätzen. Sie hatten Mr. Bridge freundlich gegrüßt und plauderten unterwegs allerlei mit ihm.

Der Diener und die Zofe waren nicht sehr erbaut von der Reise und dem bevorstehenden Aufenthalt im Waldhaus. Diese Wochen erschienen ihnen wie eine Art Verbannung. Sie mußten in dem schlichten, kleinen Waldhaus, das sie schon kannten, auf manche Bequemlichkeit verzichten, die ihnen in der weißen Marmorvilla des Pelzkönigs als selbstverständlich erschien. Wenn sie sonst nicht so sehr mit ihren Stellungen zufrieden gewesen wären, hätten sie sich auch sicher geweigert, mit in »die Wildnis« zu gehen.

Winnifred fand die Fahrt durch den herrlichen, jungfräulichen Wald wunderschön. Sie schmiegte sich an die Seite ihres Vaters und plauderte in ihrer heitern Art lustig drauflos. Sie und ihr Vater bedienten sich der deutschen Sprache, wenn sie von den andern im Wagen nicht verstanden sein wollten.

»Tante Kora wird nun schon die Staubwolken aufwirbeln daheim und kein einziges Möbel auf seinem Platz stehen lassen«, sagte sie.

Peter Hartau nickte. »Da kannst du sicher sein. Was nicht niet- und nagelfest ist, wird in sämtliche Bestandteile zerlegt und auf Staubkörnchen untersucht. Wenn wir heimkommen, wirst du auch mit der Lupe keins mehr entdecken können.«

Winnifred lachte fröhlich auf. »Haben alle deutschen Hausfrauen ein so inniges Vergnügen an diesen ›Scheuerfesten‹, wie es Tante Kora nennt?«

Auch ihr Vater lachte vergnügt. »Nun, es gibt auch welche, die ihren Reinlichkeitsdrang sanfter betätigen als Tante Kora.«

»Es muß doch in allen Dingen drüben ein ganz anderes Leben sein als bei uns. Ich bin sehr neugierig darauf. Bald mußt du mit mir nach Deutschland reisen, Vater.«

»Muß ich?« fragte er neckend.

»Ja, du hast mir versprochen, daß du mit mir dorthin reisen willst, wenn ich achtzehn bin.«

Er sah lächelnd in ihr reizendes Gesicht: »Ich bin nicht vergeßlich, zumal, wenn es sich um Versprechungen handelt, Winni, das solltest du wissen.«

»Also bleibt es dabei?«

»Ja, es bleibt dabei. Ich denke, wir reisen nächstes Jahr im August. Am zwanzigsten Juli ist dein Geburtstag. Dann erfülle ich pünktlich mein Versprechen.«

»Wirst du dich von deinen Geschäften lösen können, Vater?«

»Sei unbesorgt, du weißt ja, daß ich pflichttreue Beamte habe.«

Sie nickte und drückte seinen Arm. »Alle deine Leute würden für dich durchs Feuer gehen.«

»Ich will das lieber nicht probieren«, sagte er lachend.

»Du weißt schon, wie ich es meine. Es ist ja auch kein Wunder. Ein Mann wie du, der muß ja verehrt und bewundert werden. Aber sag, Vater, wie lange werden wir in Deutschland bleiben?«

»Solange es dir gefällt.«

»Oh, sei nicht leichtsinnig mit deinen Versprechungen. Wenn es mir nun drüben so gut gefällt, daß ich nicht wieder nach Kanada zurückkehren will?«

Peter Hartau sah nachdenklich vor sich hin. Dann sagte er aufatmend: »Ich kann mir nicht denken, daß du für immer drüben bleiben möchtest.«

»Warum nicht?«

»Wir sind hier zu selbständig, zu selbstherrlich. Und du würdest dir wohl bald die Flügel wund stoßen – es sei denn, sie würden dir gestutzt.«

»Wer sollte das tun?«

Er schmunzelte und sah sie seltsam an. »Nun – zum Beispiel dein künftiger Mann. Da du die kanadischen Männer nicht leiden magst, wenigstens nicht als Ehemänner, so wird dir vielleicht ein Deutscher gefährlich. Und wenn du ihn liebst, wirst du bei ihm bleiben wollen.«

Sie zog ein Mäulchen und blitzte ihn übermütig an. »Oder er folgt mir nach Kanada.«

Peter Hartau lächelte. »Wir werden sehen, Winni. Das wäre so übel nicht. Also, es bleibt dabei, wir fahren nächstes Jahr im August nach Deutschland.«

Vergnügt nickte die junge Dame. »Abgemacht! Ich habe also noch ein Jahr Zeit, mich nach Tante Koras Vorbild würdig vorzubereiten, damit ich als wohlerzogene junge Dame auftreten kann.«

»Das wird dir nicht schwerfallen, Winni. Was man will, kann man auch.«

»Selbstverständlich! Tante Kora braucht nicht zu verzweifeln. Wenn ich will, kapiere ich den Formelkram in fünf Minuten.«

Sie schwiegen eine Weile. Dann begann Winnifred ein neues Gespräch.

»Ich freue mich auf diese Wochen im Waldhaus, Vater. Es ist doch herrlich, so mitten im dichtesten Wald.«

»Ja, es ist immer ein Ausruhen für mich, wenn ich hier oben bin. Du wirst freilich allerlei Komfort vermissen. Schon die Küche wird viel zu wünschen übriglassen. Du weißt ja, Mrs. Bridge muß uns unsere Mahlzeiten hauptsächlich aus Konserven bereiten.«

Winnifred nickte. »Und die arme Nelli Bridge hat schon ohnedies genug Arbeit. Weißt du, was ich tun werde, Vater?«

»Nun?«

»Ich werde für uns kochen.«

Er machte ein schreckhaft lustiges Gesicht. »Da wird ja was Schönes herauskommen.«

Sie zwickte ihn ein wenig in den Arm. »Hast du nicht soeben gesagt: Was man will, das kann man auch? Also, ich will kochen! Ganz ernstlich, ich stelle es mir ganz vergnüglich vor. Und du sollst mir noch abbitten, daß du an meiner Kochkunst zweifelst. So gut wie Nelli Bridge werde ich es auch können. Mit Konserven zu kochen ist keine Kunst. Und man muß sich etwas zutrauen. Wenn du früher mit Mutter ins Waldhaus gegangen bist, hat sie doch auch für euch gekocht.«

Seine Augen leuchteten. »Ja – das waren schöne Zeiten, als Mutter noch mit mir ins Waldhaus ging.«

»Aber noch früher, als du ganz allein im Wald in einer kleinen Hütte haustest als Pelzjäger, da war es nicht schön, nicht wahr?«

»Das war freilich ein etwas unbehagliches Stadium. Aber manchmal hatte auch das seine Reize. Weißt du, so im Winter, wenn alles ringsum unter einer dichten Schneedekke liegt und die dunklen Nadelhölzer weiche Schneekappen auf allen Zweigen tragen, dann ist es doch wunderbar feierlich hier oben im Wald. Die Einsamkeit hat dann etwas Unwirkliches, und man fühlt sich der Ewigkeit näher.«

Winnifred atmete erregt. »Ach, Vater, nächsten Winter mußt du mich einmal mit heraufnehmen. Das muß ich auch erleben.«

Er strich leicht über ihre Wangen. Gott verhüte, daß sein Kind Stimmungen kennenlernen müßte, wie er sie in jener qualvollen Einsamkeit durchlebt hatte, und die ihn erst befähigt hatten, in der grandiosen, majestätischen Ruhe der Natur Erlösung zu finden.

»Möchtest du wirklich im Winter mit mir hier heraufgehen?« frage er.

»Ja, Vater, ganz ernstlich.«

»Aber du würdest inzwischen allerlei Winterfeste in Montreal versäumen.«

Sie machte eine abwehrende Bewegung. »Dafür werde ich ein herrliches Winterfest mit dir im einsamen Wald feiern. Du mußt mich dann auch einmal an einer Jagdexpedition teilnehmen lassen. Das habe ich mir schon immer gewünscht.«

»Es ist sehr strapaziös, Winni.«

»Das tut nichts.«

»Nun gut, du sollst mich begleiten im nächsten Winter.«

»Sag, Vater, als du noch in der kleinen Hütte als Pelzjäger wohntest, da mußt du doch manchmal wochenlang keinen Menschen gesehen haben.«

»Nun, in meiner nächsten Nähe befanden sich ja noch zwei Pelzjägerhütten. Du weißt ja, daß meistens drei bis vier Pelzjäger nahe zusammen hausen, damit sie sich leicht erreichen können. Jeder hat seinen Bezirk, sein Jagdrevier, und die Hütten stehen dann im innersten Punkt, wo die Bezirke zusammentreffen, ganz nahe zusammen. Wenigstens, was man hier nahe nennt. Eine gute halbe Stunde Entfernung liegt immer dazwischen. Man kann also, wenn man die Einsamkeit nicht mehr ertragen kann, die anderen aufsuchen. Aber – ich habe das nie getan. Die beiden Nachbarn, die ich hatte, waren ziemlich wüste Gesellen. Sie kamen wohl zuweilen zu mir und hielten Rast, oder wir spürten zusammen eine Bärenfamilie auf und hielten dann zusammen, bis die Beute erlegt war, aber sonst war ich allein.«

»Dann konntest du oft lange Zeit keinen Menschen sehen

und auch mit keinem Menschen sprechen, Vater?«

»Nein – höchstens mit mir selbst. Das hatte ich mir auch angewöhnt, und deine liebe Mutter mußte es mir wieder abgewöhnen. Sprach ich mit mir, dann sagte sie lächelnd: ›Peter, du bist ja nicht mehr allein. Sag mir, was du auf dem Herzen hast.‹ Dann sahen wir uns an und lachten. Und so verlernte ich diese Gewohnheit.«

Winnifred faßte seine Hand. »Ach, Vater, wie schrecklich muß das sein! Einen Menschen muß man doch haben, mit dem man reden kann.«

Er lachte. »Dein Plaudermund würde allerdings nur ungern verstummen.«

Sie nickte. Und dann fragte sie aufatmend: »Weshalb bist du eigentlich damals, als du von Deutschland herüberkamst, in diese Einöde gegangen?«

Er richtete seine kraftvolle Gestalt empor, und in seinem Gesicht zuckte es seltsam.

»Um Pelztiere zu schießen oder zu fangen.«

»Nun ja, aber warum das?«

»Weil ich arm war und Geld verdienen wollte.«

»Konntest du das nicht auf andere Art? Du bist doch klug, hast so viel Kenntnisse. Hättest du dir nicht eine andere, behaglichere Existenz gründen können?«

Seine Augen blickten seltsam ernst in die seines Kindes. »Ich habe es versucht, Winni, aber es ging nicht. Und wenn ich auch jetzt viel Kenntnisse gesammelt habe, so war es damals nicht weit her damit. Wenigstens konnte ich das, was ich gelernt hatte, nicht praktisch verwerten. Und im übrigen war mir damals die Einsamkeit gerade recht, da ich etwas Schweres zu verwinden hatte.«

Sie faßte seine Hand. »Hattest du ein Herzeleid, Vater?«

»Ja, mein Kind, aber davon wollen wir jetzt nicht reden. Es ist nichts Erfreuliches, und ich möchte dein Gemüt damit nicht belasten.«

Sie lehnte ihren Kopf an seine Schulter und sah zu ihm

auf. Und dann fragte sie leise: »Es liegt nun auch weit hinter dir und tut dir nicht mehr weh, nicht wahr?«

»Nein, Winni, das tut nicht mehr weh. Es ist längst vorüber und überwunden. Nur manchmal, wenn ich an die Heimat denke, dann gibt es noch einen schmerzhaften Ruck.«

»Deshalb hast du auch immer eine Reise nach Deutschland verschoben, nicht wahr?«

»Vielleicht.«

»Wird es dir schwer werden, mit mir hinüberzugehen?«

»Nein, nein, sei ganz unbesorgt. Und jetzt wollen wir wieder von vergnüglicheren Dingen plaudern. Sieh – da drüben schimmert die Bai durch die Zweige. Wir fahren jetzt wohl eine Stunde lang an der Bai entlang, dann geht es tiefer in den Wald hinein.«

»Ich weiß, Vater, ganz genau kenne ich nun schon den Weg. Jetzt kommen wir gleich an die Stelle, wo die drei verschiedenen Nadelbäume so zusammengewachsen sind, als sei es ein einziger.«

Peter Hartau nickte lächelnd.

IV

Nach dreistündiger Fahrt erreichten sie das Blockhaus, ein langgestrecktes, niedriges Gebäude, an welches einige Schuppen und Stallungen angebaut waren. Davor standen mehrere Tische und Bänke in den Fußboden eingerammt.

Vor der Tür, die zur Kantine führte, stand der alte Knecht, der, sobald er des Wagens ansichtig wurde, nach der Ladentür hinüberlief und sie aufriß.

»Mrs. Bridge, sie kommen!« schrie er mit der starken Stimme des Schwerhörigen. Nelli Bridge wand sich geschickt durch die tausend Notwendigkeiten, die sie in ihrem Laden feilhielt. Hier gab es alles, was die Pelzjäger brauchten, von der Stecknadel bis zur Axt, von Salz und Zucker bis zu den leckersten Konserven, und natürlich auch Liköre und Weine. Auch ein Fäßchen guter Rum war stets auf Lager für die mehr oder minder steifen Grogs, die nicht nur im kalten Winter zur Erwärmung getrunken wurden, sondern zu allen Jahreszeiten, gegen verschiedene Gebresten.

Die Pelzjäger kamen in längeren oder kürzeren Pausen, je nachdem, wie weit ihr Revier entfernt lag, zu Mr. Bridges Kantine, um Felle abzuliefern und Vorräte einzuhandeln.

Die Felle wurden in großen, luftigen Schuppen aufbewahrt, bis sie abgeholt und nach den Zentralstellen geliefert wurden. Eigentlich war dies Blockhaus auch wieder eine Zentralstelle für sich, und Peter Hartau hatte eine Anzahl davon eingerichtet. Vom Hauptdepartement in Montreal wurden diese Zentralstellen mit den zum Tausch bestimmten Waren beliefert. Dagegen wurden von diesen aus die gesammelten Felle nach dem Hauptdepartement befördert. Und in Montreal wurden sie dann, nachdem sie bearbeitet waren, auf Dampfer verladen.

Momentan war Mr. Bridges Kantine stark in Anspruch genommen. Eine neue Expedition von Pelzjägern war eingetroffen und machte hier Station, bis Peter Hartau ihnen ihre weitere Route vorschreiben würde.

Mrs. Bridge war, als sie ihren Laden verlassen hatte, eilig davongelaufen, hinüber zu Peter Hartaus Waldhaus, wo sie den Pelzkönig und seine Tochter empfangen wollte. Sie schrie dem schwerhörigen Knecht noch einige Worte zu und dieser winkte, zum Zeichen, daß er verstanden hatte.

Er betrat den großen Kantinenraum und verkündete den anwesenden Pelzjägern: »Der Pelzkönig kommt.«

Darauf drängten die mehr oder minder abenteuerlich aussehenden Gestalten an die Tür und an die kleinen

Fenster und warteten, bis der Wagen vorüberkam.

Peter Hartau grüßte freundlich herüber und auch Winni winkte den Leuten zu. Mr. Bridge rief vom Bock des Wagens dem Knecht zu: »Wo ist Mrs. Bridge?«

Der zeigte zum Waldhaus hinüber. Und Mr. Bridge winkte zufrieden. Er wußte, daß seine Frau alles zum Empfang bereithalten würde.

Kurze Zeit darauf hielt der Wagen vor einem idyllisch gelegenen Waldhaus, das, mit blühenden Schlingpflanzen überwuchert, inmitten einer kleinen Waldwiese lag.

Auf der Veranda, an der Eingangstreppe stand Nelli Bridge in einem sauberen Waschkleid und einer weißen Schürze. Sie war außerordentlich häßlich, hatte ein verwittertes Gesicht mit dicken Lippen und eine derbknochige Gestalt. Sie war Irländerin, wie ihr Mann Irländer war. Angenehm fielen in ihrem häßlichen Gesicht die gutmütigen, klaren Augen und ein fröhlich zufriedener Ausdruck auf. Feste weiße Zähne lachten den Ankommenden entgegen.

Nelli Bridge begrüßte Peter Hartau und seine Tochter sehr lebhaft in ihrer irischen Mundart und betrachtete mit naivem Staunen Winnifreds praktisches, aber sehr elegantes Reisekleid.

»Oh, Miß Winnifred, was sind Sie für eine schöne junge Dame geworden in diesem letzten Jahr! Und dies schöne Kleid! Ist das neueste Mode in Montreal? Ich muß mir ein Festkleid anschaffen, das soll diesen Schnitt haben«, sagte sie mit glänzenden Augen.

Winnifred lachte: »Ich habe Ihnen ein neues Kleid mitgebracht, Mrs. Bridge, das noch viel moderner ist, und auch einen Hut dazu. Ich hoffe, daß es Ihnen auch gefällt«, erwiderte sie mit ihrer herzgewinnenden Freundlichkeit.

Mrs. Bridge schlug erfreut die Hände zusammen: »Oh, wie gut sie sind! Wenn es die neueste Mode ist, wird es mir sicher gefallen.«

»Das Neueste, was zu haben war«, versicherte Winnifred lachend.

Die Zofe, der Diener und Mr. Bridge schafften indessen das Gepäck ins Haus.

Peter Hartau führte seine Tochter über die Veranda in die behaglich eingerichtete Diele des Waldhauses.

Das ganze Haus war spiegelblank und sauber, dafür hatte Nelli Bridge gesorgt. Und aus der Küche duftete es sehr verlockend.

Nach Tisch packte Winnifred mit ihrer Zofe Harriet die Koffer aus und richtete sich behaglich ein. Außer dem allgemeinen Wohn- und Speisezimmer waren für Winni und ihren Vater je zwei Zimmer zum persönlichen Gebrauch vorhanden. Die Dienstbotenzimmer lagen in dem kleinen Oberstock. Die Küche befand sich hinter der Diele, neben dem Baderaum.

Währenddem ging Peter Hartau zur Kantine hinüber.

Im Kantinenraum und vor dem Blockhaus auf den hölzernen Bänken saßen die neu engagierten Pelzjäger. Als Peter Hartau erschien, umdrängten sie ihn. Und ein großer, starkknochiger Mann, John Peil, der Leiter der Expedition, berichtete Peter Hartau, daß es ihm nicht möglich gewesen sei, bis zu dem festgesetzten Termin die erforderliche Anzahl von Pelzjägern zu engagieren. »An fünfzehn fehlen noch, Mr. Hartau, aber die denkt Harry Traille in spätestens acht Tagen nachzubringen. Er ist zu diesem Zweck in Montreal zurückgeblieben«, schloß er seine Rede.

Peter Hartau nickte. Seine Augen überflogen mit scharfem Blick die neuen Jäger. Es waren ungefähr dreißig. Verwegen aussehende Gesellen waren darunter, aber auch stille Leute mit Schicksalsaugen, denen man ansah, daß sie nur das harte Muß oder der bittere Lebenskampf hier herauf führte. Peter Hartau hatte sich eine große Menschenkenntnis angeeignet, und es war ihm nicht schwer, unter diesen Menschen die herauszufinden, die verläßlich schienen und die, denen man nicht unbedingt vertrauen konnte. Der Nationalität nach waren es Irländer, Engländer, und die in Kanada ansässigen französischen Mischlinge. Zu seiner Freude fand er diesmal, was sehr selten war, auch zwei Deutsche darunter. Diese beiden waren sehr verschieden in jeder Beziehung. Der eine, Ernst Richter mit Namen, hatte ein ernstes, verschlossenes Wesen und traurige Augen. Er mochte im Beginn der Vierzig stehen. Anscheinend hatte er viel Schweres hinter sich.

Der andere hieß Hans Hölderlin. Es war ein ganz junger, kaum mehr als zwanzigjähriger Mensch mit einem frischen vollen Gesicht und lustig funkelnden Augen.

Peter Hartau sprach diese beiden Menschen besonders an in ihrer Sprache und fragte sie nach allerlei Dingen.

Dabei erfuhr er folgendes:

Ernst Richter war in Deutschland Forstbeamter gewesen und hatte das Unglück gehabt, einen Wilderer in der Notwehr zu erschießen. Der Sohn dieses Wilderes hatte aus Rache in der Nacht das kleine Forsthaus, das aus Holz gebaut war, in Brand gesteckt, und es hatte in so kurzer Zeit in hellen Flammen gestanden, daß die Gattin und die sechsjährige Tochter Richters in den Flammen umgekommen waren.

Das hatte den Unglücklichen aus der Heimat getrieben. Er wollte Vergessen suchen im kanadischen Urwald.

Hans Hölderlin aber erzählte lachend, die Abenteuerlust und die Hoffnung, viel Geld zu verdienen, habe ihn aus seiner Thüringer Heimat vertrieben. Der Vater habe ihn hinter das Beamtenpult festnageln wollen. Das sei nicht nach seinem Sinn gewesen. Er sei in die weite Welt gegangen und wolle es schnell zu etwas bringen, denn er habe schon eine junge Braut daheim, ein »Prachtmädel«, das auf ihn warten würde. Daheim gehe es ihm zu langsam mit dem Vorwärtskommen. Er sei ein guter Schütze, und als er gehört habe, daß man damit in Kanada als Pelzjäger sein

Glück machen könne, habe er das Handgeld angenommen. Und nun sei er hier und bitte um ein Revier, wo es auch ordentlich was zu schießen gäbe, damit die Leni, seine Braut, nicht zu lange auf ihn warten müsse.

Lächelnd nickte Peter Hartau dem frischen Burschen zu. »Daran soll es nicht fehlen. Vor nahezu acht Jahren kam auch so ein junger Bursche zu mir, der seinen Eltern davongelaufen war. Er hieß Karl Rittner. Der ist jetzt in Deutschland, und er hat sich ein hübsches Vermögen verdient. Er hatte ein gutes Revier. Das sollen Sie bekommen, Hölderlin.«

Dieser machte ein etwas langes Gesicht. – »Acht Jahre? Das ist ein bißchen lange.«

Hartau lachte. »Sie haben vielleicht schon in der Hälfte genug. Es kommt darauf an, wieviel Sie verdienen wollen.«

Da wurde Hans Hölderlin wieder vergnügt. »Na, so lange werde ich es schon aushalten, und die Leni auch. Und wenn Sie mir das gute Revier anweisen wollen, dann danke ich schön, Herr Pelzkönig.«

Hartau mußte über den lustigen Kauz lachen. Er unterhielt sich dann auch mit den andern Leuten und gab ihnen allen Ratschläge aus dem Schatz seiner reichen Erfahrungen. Hauptsächlich setzte er ihnen auseinander, wie sie es mit der Wolfsjagd und der Bärenjagd halten sollten, damit keiner zu Schaden kam.

Da es nun zu dämmern begann, sah er sich nur noch das Nachtlager für die Leute an, das in einem der großen Schuppen hergerichtet war. Getrocknetes Waldheu war in langen Reihen hochaufgeschichtet, und für jeden der Jäger lag eine wollene Decke bereit. Trotz der Einfachheit dieser Lagerstätte war sie sauber und einladend, und Peter Hartau wußte aus Erfahrung, wie gut man in diesem weichen Heu ruhte.

Er verabschiedete sich für heute. Morgen wollte er wiederkommen und das Weitere mit den Leuten besprechen.

Befriedigt ging er zum Waldhaus zurück.

Winnifred kam ihm mit frohem Gesicht entgegen. »So, Vater, nun bin ich schon eingerichtet. Und Nelli Bridge habe ich gesagt, daß ich selbst für uns koche. Unsere Speisekammer ist gut gefüllt. Unter anderm hängt auch eine besonders von dir geliebte Delikatesse, ein Bärenschinken, darin. Du wirst fürstlich von mir bewirtet werden.«

Er sah sie lachend an. »Ist das ganz sicher?« fragte er neckend.

»Bombensicher. Harriet zieht zwar das Näschen kraus, weil sie mir ein wenig in der Küche helfen soll und hier weder Kino noch Tanzbetrieb ist. Aber das wird sich legen. Ich finde es jedenfalls wundervoll, einige Wochen hier oben mit dir zu hausen.«

Peter Hartau legte den Arm um seine Tochter und führte sie ins Haus. »Harriet kann ja alles nachholen, wenn sie nach Montreal zurückkommt. Im übrigen ist es ihr sehr gesund, wenn sie mal einige Wochen nicht tanzt, damit sie ihre blassen Wangen verliert.«

»Aber Vater – was denkst du? Harriet wäre sehr unglücklich, wenn sie rote bekäme. Das ist doch nicht vornehm! Sie redet mir immer zu, ich soll Puder auflegen, weil ich zu ›blühende‹ Farben habe.«

Vater und Tochter lachten herzlich auf.

Wundervoll friedliche Tage verlebte Peter Hartau mit seiner Tochter in dem idyllischen Waldhaus. Die letzten Spätsommerwochen waren besonders schön in diesem Jahr. Sie konnten noch den ganzen Tag auf der Veranda sitzen, wenn sie zu Hause waren. Und die Morgenstunden waren von leuchtender Pracht.

Wenn der Vater tagsüber in Geschäften drüben im Blockhaus war, unternahm Winnifred kleine Ausflüge in die nächste Umgebung. Weit vom Waldhaus durfte sie sich nicht entfernen, das hatte sie dem Vater versprechen müssen. Und selbst auf diesen kurzen Ausflügen nahm sie zur Vorsicht ihren Browning mit. Einesteils sollte sie die Waffe benutzen, um sich im Falle der Not wehren zu können, und andererseits würde das Geräusch eines Schusses auch schnell Leute zu ihrer Hilfe herbeirufen.

Bisher hatte sie aber nie davon Gebrauch machen müssen.

Einige Morgenstunden hatte Winnifred täglich in der Küche zu tun, und sie war stolz und froh, wenn der Vater die Speisen lobte und ihnen tüchtig zusprach. Auch Harriet, die Zofe, hatte sich nach anfänglichem Widerstreben willig in den Dienst der Häuslichkeit gestellt. Und auch der Diener John. Er putzte freiwillig das Silber, deckte den Tisch und holte sogar Holz zum Heizen des Herdes herbei – alles Dinge, die ihm »eigentlich« nicht zukamen. Es war ein ganz idyllisches Leben.

Über eine Woche war so vergangen. Winnifred sah noch frischer und blühender aus als zuvor. Diese herrliche Sommerfrische im Urwald bekam ihr ausgezeichnet. Auch Peter Hartau fühlte sich wohler denn je. Man sah ihm nicht an, daß er schon im Beginn der Sechzig stand. Seine trainierte, kräftige Gestalt hatte sich viel jugendliche Frische bewahrt, und sein graumeliertes Haar war voll und dicht. Sein scharf markiertes, gebräuntes Gesicht war bartlos, und darum wirkte jeder Zug darin prägnant. Er war eine imponierende Erscheinung.

Der erste Trupp der Pelzjäger, den er bei seiner Ankunft bereits angetroffen hatte, war mit John Peil schon nach dem Innern des Urwaldes aufgebrochen. John Peil war der Führer. Er lieferte die Pelzjäger, die neu eingestellt wurden, an ihrem Bestimmungsort ab. Peter Hartau hatte für jeden der Jäger diesen Bestimmungsort selbst gewählt. Er wußte zu beurteilen, wo jeder am besten am Platze war. Auch berücksichtigte er soviel wie möglich, welche Leute am besten zusammenpaßten. Wie schon erwähnt, hausten immer drei oder vier Pelzjäger in nächster Nachbarschaft zusammen, so daß sie Gesellschaft haben konnten, wenn sie danach verlangten.

Endlich meldete Mrs. Bridge eines Tages, als sie zum Geschirrspülen gekommen war, daß Harry Traille mit dem zweiten Trupp der Leute eingetroffen war.

»Es ist ein Deutscher unter den Pelzjägern, Mr. Hartau, der wie ein vornehmer Herr aussieht, obwohl er auch derbe Kleidung trägt. Er sagt, Karl Rittner habe ihn zum Pelzkönig Hartau geschickt, und von ihm habe er eine Empfehlung mitgebracht.«

Peter Hartau nickte. »Ich komme am Nachmittag hinüber Mrs. Bridge. Verpflegen Sie die Leute gut.«

Nelli Bridge gestikulierte lebhaft mit den Händen. »Das müssen Sie mir nicht erst sagen, Mr. Hartau, das tue ich schon aus eigenem Antrieb. Es soll niemand sagen können, daß Nelli Bridge nicht gut für die Leute sorgt, die zu ihr kommen.«

Peter Hartau nickte begütigend. »Nelli Bridge ist eine brave, tapfere Frau, ich weiß es«, sagte er lächelnd.

Da wurde Nelli Bridge dunkelrot vor Wonne. Wenn sie imstande gewesen wäre, für einen Mann zu schwärmen, so wäre es Peter Hartau gewesen. Eilig verschwand sie mit ihrer Verlegenheit im Hause.

Peter Hartau saß mit seiner Tochter auf der Veranda. Winnifred bereitete den Mokka auf einer silbernen Maschine. Er duftete köstlich. Sie füllte für den Vater und für sich die Tasse. »Du freust dich, Vater, daß wieder ein Deutscher bei den neuen Pelzjägern ist, nicht wahr?«

»Ja, Winni, ich freue mich immer, meine Muttersprache zu hören. Ich tue auch für die wenigen Deutschen, die bei meinem Jägertrupp sind, gern ein übriges.«

»Ja, Vater, es sind brave Leute darunter. Zum Beispiel

dieser Karl Rittner, der sich vor Wochen von dir verabschiedete in Montreal, der hat mir gut gefallen.«

»War auch ein Prachtbursche. Er hat mir hoffentlich einen vollwertigen Ersatzmann geschickt. Ist das der Fall, dann soll er mein bestes Revier bekommen, das, was ich einst selbst belegt hatte. Ich habe es noch frei.«

Schweigend leerten sie ihre Tassen. Dann erhob sich Peter Hartau, um sich nach dem Blockhaus zu begeben und die neu angekommenen Pelzjäger weiter in das Innere des Waldes zu verschicken.

Schon von weitem sah er vor dem Blockhaus ein lebhaftes Treiben. Mr. und Mrs. Bridge hatten alle Hände voll zu tun, um die Neuankömmlinge zu bewirten.

Als Peter Hartau näher herankam, erblickte er Harry Traille, einen kleinen, lebhaften Mann mit einem Gesicht wie aus vergilbtem Pergament. Er mochte im Anfang der Vierzig stehen. Gleich John Peil war er früher Pelzjäger.

Er kam Peter Hartau schnell entgegen. »Melde mich zur Stelle mit den fehlenden fünfzehn Leuten, Mr. Hartau. Es sind lauter ausgesuchte Kerls.«

»Freut mich, Mr. Traille! Ich hörte von Mrs. Bridge, daß auch einer dabei ist, der eine Empfehlung von Karl Rittner mitgebracht hat.«

»So ist es, Mr. Hartau. Er kam im letzten Augenblick an und machte meine Zahl voll. Gerade war er erst mit dem Dampfer von Hamburg eingetroffen, und sein erster Weg führte zum Pelzkönig Hartau. Da er ihn nicht anwesend fand, meldete er sich im Kontor mit dem Wunsch, Pelzjäger zu werden. Da habe ich ihn gleich mit ins Schlepptau genommen. Ist ein smarter Junge, 'n bißchen zu fein und zu sehr Gentleman. Aber sonst – alle Achtung! Schießen kann er, da nimmt es so leicht keiner mit ihm auf. Die andern haben ihn ein bißchen aufziehen wollen – er solle lieber wieder heim zu Muttern, denn beim Schießen, da gäbe es einen Knall. Da hat er die Kerls nur so angesehen und hat das Gewehr genommen und ein paar Schuß getan, daß die andern Maul und Nase aufgesperrt haben. Nun lassen sie ihn in Ruhe, obwohl er sich von ihnen zurückhält und kaum ein Wort mit ihnen spricht.«

Hartau nickte. »Ich will ihn mir ansehen.«

»Er hat den Wunsch geäußert, Ihnen den Brief Rittners persönlich übergeben zu dürfen.«

»Das kann geschehen! Rufen Sie mir den Mann hierher, ich will mit ihm reden, ehe ich mir die andern ansehe.«

Damit lehnte sich Peter Hartau an einen Baum, der am Weg stand, und blickte scharf nach dem Blockhaus hinüber. Da sah er, etwas abgesondert von den andern, einen hochgewachsenen, schlanken Mann stehen. Er lehnte an einem Türpfosten und schaute mit düsteren Augen vor sich hin. Trotz des praktischen, derben Sportanzuges, den er trug, machte er einen vornehmeren Eindruck als all die andern.

Sofort sagte sich Peter Hartau, daß dies der Deutsche sei. Und er sah auch gleich darauf, daß Harry Traille auf ihn zutrat.

»Mr. Salten, Mr. Hartau möchte mit Ihnen sprechen«, sagte Traille zu dem jungen Mann.

Rudolf Salten fuhr aus seinem Dahinbrüten auf. »Wo ist Herr Hartau?«

»Dort drüben lehnt er am Baum. Gehen Sie ruhig zu ihm hinüber.«

Mit einem Ruck richtete sich Salten straff empor und ging mit elastischen Schritten in ungezwungener Haltung zu Hartau hinüber.

Wenn das nicht ein ehemaliger Offizier ist, soll es mich wundern, dachte dieser. Nun stand Salten vor ihm und verneigte sich artig.

»Habe ich die Ehre, Mr. Hartau vor mir zu sehen?« fragte er auf englisch.

Hartau nickte. »Der bin ich«, erwiderte er auf deutsch.

Saltens Augen leuchteten auf. »Ich heiße Salten und möchte als Pelzjäger mein Glück versuchen«, sagte auch er nun in deutscher Sprache.

Mit einem Blick warmen Wohlgefallens streifte Hartau die schlanke, kraftvolle Erscheinung mit dem gut geschnittenen, energischen Gesicht, aus dem die grauen Augen mit einem Ausdruck herausblickten, der sein Interesse wachrief. »Sie haben den Wunsch geäußert, mir ein Schreiben von Karl Rittner zu überreichen«, sagte er und wußte schon jetzt, daß der Mann ihm sympathisch war.

»So ist es, Mr. Hartau. Karl Rittner ist ein Jugendfreund von mir. Ich traf ihn in Hamburg, als ich im Begriff stand, Europa zu verlassen. Er gab mir Ihre Adresse und dies Empfehlungsschreiben.«

Fest ruhte Hartaus Blick auf seinem Gesicht. »Sie sind Offizier?«

Salten zuckte leicht zusammen. »Ich war es. Das ist vorbei – und ich bitte, diesen Umstand außer Betracht zu lassen.« Damit reichte er Hartau den Brief.

Hartau faßte danach. Ehe er aber das Schreiben las, sagte er ruhig: »Es liegt sonst nicht in meiner Art, mich um das Vorleben der Leute zu kümmern, die bei mir als Pelzjäger eintreten wollen. Soweit sie mir tüchtig und brauchbar erscheinen, erfüllen sie für mich ihren Zweck. Meine Frage entsprang nur einem besondern Interesse an einem Freund von Rittner. Ich bin übrigens Deutscher von Geburt.«

»Das wußte ich. Karl Rittner sagte es mir. Meine Worte sollten auch keinesfalls Ihr Interesse zurückweisen, aber – ich habe kein innigeres Verlangen, als möglichst schnell zu vergessen, daß ich Offizier war.«

Wieder sah Hartau forschend in das Gesicht des jungen Mannes, das ihn fesselte. »Gut, ich werde diesen Umstand gegen Ihren Wunsch nicht mehr berühren. Aber so kurz auch unsere Bekanntschaft ist, fühle ich ein besonderes Interesse für Sie. Und Sie müssen mir gestatten, daß ich es zu betätigen versuche, wo wir doch Landsleute sind.«

Salten verneigte sich. »Ich danke Ihnen für das Interesse, das ich als Auszeichnung betrachte.«

Peter Hartau hatte inzwischen das Kuvert geöffnet und las nun Karl Rittners Brief. Danach faltete er ihn zusammen und steckte ihn zu sich.

»Ihr Freund Rittner empfiehlt Sie mir mit warmen Worten. Ehe ich Sie unter meine Pelzjäger einreihe, gestatten Sie mir die Frage, ob ich Ihnen nicht anders vorwärtshelfen kann. Wollen Sie sich nicht eine andere Existenz gründen, als die eines Pelzjägers? Müssen Sie gerade hier in der Wildnis leben? Sie sind doch sicher ein Mann von Intelligenz – soll ich Ihnen nicht eine andere Stellung verschaffen?«

Saltens Stirn rötete sich. Er biß die Zähne zusammen, um nicht weich zu werden. Hartaus Worte bewegten ihn tief. Er konnte jetzt verstehen, daß Karl Rittner diesen Mann so hoch verehrte und bewunderte. Endlich sagte er heiser vor unterdrückter Erregung: »Ich danke Ihnen für Ihr Anerbieten, aber es entspricht gerade meinen Wünschen, wenigstens eine Zeit ganz zurückgezogen in der Wildnis zu leben. Ich – ich habe mancherlei niederzuzwingen – und ich brauche Kampf und Einsamkeit, um mich selbst wiederzufinden.«

Lange sah ihn Hartau schweigend an. Dann sagte er ernst: »So bleibt mir nichts weiter übrig, als Ihren Wunsch zu akzeptieren. Aber ich möchte Ihnen etwas anvertrauen, worüber ich sonst nicht leicht mit jemand spreche. Vor mehr als dreißig Jahren wurde auch ich durch ein widriges Geschick nach Kanada verschlagen. Auch ich hatte vorher den bunten Rock getragen – ich stamme aus einer deutschen Offiziersfamilie. Und – für drüben war ich ein Verlorener geworden. Als Offizier war ich unmöglich. Aber als Mensch habe ich mich trotzdem nie zu den Verlorenen gerechnet. Und hier wird man nur als Mensch gewertet, nicht als Offizier. Das vergessen Sie nicht. Ich sage Ihnen das, weil ich hoffe, daß es Ihnen tröstlich klingt.«

Es ging wie ein scharfer Ruck durch Saltens Gestalt. Seine Augen hingen an Hartaus Gesicht. »Ich danke Ihnen. Und Ihre Güte zwingt mich, Ihnen anzuvertrauen, daß ich den bunten Rock auszog, weil ich etwas getan habe, was mich als Offizier unmöglich machte. Es liegt ein Widersinn in meinem Schicksal. Weil ich ein anständiger Mensch bleiben wollte, mußte ich etwas tun, das mich zwang, meinen Abschied zu nehmen – oder mit der üblichen Kugel den Schlußstrich unter mein Leben zu ziehen. Eigentlich blieb mir nur die Kugel, aber ich habe eine Mutter, die ich liebe und verehre. Mein Tod wäre der ihre gewesen, und ich konnte meine Mutter nicht mit mir töten. Deshalb lebe ich. Aber ich bin wie ein wundes Tier, das sich in der Wildnis verkriechen möchte. Bitte, hindern Sie mich nicht daran.«

Hartau reichte ihm inpulsiv die Hand. Saltens Worte rührten an sein Inneres. »Nein, ich werde Sie nicht daran hindern, weiß ich doch selbst aus Erfahrung, wie heilsam die Einsamkeit des Urwaldes ist. Man ist mit seinem Gott allein. Warten Sie nur erst den Winter ab. Da ist der Wald wie eine Kirche, in der einen alles zur Andacht zwingt. Alles, was Menschenwerk ist, fällt von einem ab, und man lernt dem Leben ganz neue Werte abgewinnen. Der Winter hier oben wird Ihnen Ihre Ruhe wiedergeben. Aber wenn Sie dann später zu den Menschen zurückfinden wollen, dann lassen Sie es mich wissen. Wir reden dann weiter über Ihr ferneres Schicksal. Ich bin jeden Sommer und jeden Winter einige Wochen hier und werde Sie nicht aus den Augen verlieren.«

Salten verneigte sich. »Ich danke Ihnen – das will ich nicht vergessen.«

»Nun wollen wir zu den andern hinübergehen, ich darf Sie nicht zu sehr als Ausnahme behandeln, sonst erschwere ich Ihnen Ihre Stellung unter den Pelzjägern. Im großen ganzen sind es tüchtige Kerle, aber einige sind doch von andrer Art. Ich glaube, es ist ein Gewinn für Sie, wenn Sie sobald wie möglich von den andern getrennt werden.«

»Daran liegt mir allerdings viel. Nicht, weil ich mich etwas Besseres dünke, sondern weil ich Menschen jetzt schlecht ertragen kann.«

»Ich verstehe. Karl Rittner bittet mich in seinem Brief, daß ich Ihnen sein Revier übergeben möge. Das habe ich aber vor einigen Tagen bereits einem andern übergeben. Ich werde Ihnen aber ein Revier anweisen, das noch besser ist – das beste, das ich überhaupt besitze. Es liegt zwischen dem Blockhaus und der Hudsonbai und stößt mit den beiden andern Bezirken zusammen, die ich Hans Hölderlin und Ernst Richter angewiesen habe. Da Sie das Blockhaus in der Nähe haben, brauchen Sie nicht in einer der Pelzjägerhütten zu hausen, die ziemlich primitiv sind. Sicher wird Sie Mrs. Bridge aufnehmen und Sie ein wenig bemuttern. Das enthebt Sie der immerhin lästigen Führung eines sogenannten Hausstandes. Sie brauchen wenigstens nicht selber zu kochen. Und das Revier kenne ich genau, denn es war vor Jahren mein eigenes. An der Bai wechselt viel Wild. Da kommen Sie zu guter Beute, zumal das Revier jetzt jahrelang nicht vergeben war. Ich werde Ihnen noch allerlei nützliche Winke geben. Daß Ihre nächsten Nachbarn zwei Deutsche sind, wird Ihnen angenehm sein. Sie brauchen ja ihre Gesellschaft nur aufzusuchen, wenn es Sie dazu drängt. Aber manchmal, zum Beispiel bei Wolfs- und Bärenjagden, ist es besser, Sie gehen in Gesellschaft vor. Und da werden Sie sich mit Hölderlin und Richter besser verstehen als mit den andern.«

Salten atmete tief auf. »Ich weiß nicht, wie ich Ihnen für Ihre Güte danken soll.«

Hartau winkte hastig ab. Sie waren jetzt bei den andern angekommen. Mr. Hartau hielt eine kurze Ansprache an die Leute, aus der auch Salten entnehmen konnte, was er zu tun und zu lassen hatte und wie seine Dienste gewertet wurden. Dann zog sich Peter Hartau mit Harry Traille in das Blockhaus zurück, wo ein kleines Kontor neben dem Laden eingerichtet war.

Die Pelzjäger nahmen nun wieder auf den Bänken vor dem Haus Platz und ließen sich von Mr. Bridge etwas zu trinken bringen. Eine lärmende Fröhlichkeit machte sich breit. Die Leute hatten sich schon auf der Reise miteinander angefreundet, soweit sie sich sympathisch waren und besiegelten diese neuen Freundschaften mit einem guten Trunk. Nur Rudolf Salten stahl sich aus dem lärmenden Kreis, ohne daß es bemerkt wurde. Er atmete auf, als er allein war. Langsam ging er tiefer in das Holz hinein. Sein Blick flog umher. In dem dichten Wald gab es keine weiten Ausblicke. Das bedrückte ihn. Er hatte das Gefühl, als müsse ihm leichter ums Herz werden, wenn er auf dem Gipfel eines Berges stehen könnte.

Und als er nach einer Weile einen aufsteigenden Weg entdeckte, schlug er ihn ein. Er führte auf einen mäßig hohen Berg. Es war eigentlich kein Weg, sondern nur eine aufsteigende Lichtung. Durch das Unterholz mußte er sich hier und da Bahn brechen. Aber endlich hatte er eine freie Stelle erreicht, wo er eine ziemlich weite Aussicht hatte, bis zur Bai hinüber.

Wie befreit atmete er auf und ließ seine Augen umherschweifen. Er ließ sich auf einen vom Sturm niedergerissenen Baumstamm nieder und starrte in die Ferne. Dies war also sein künftiger Wirkungskreis. Bis zur Bai dehnte sich sein Revier, wie Mr. Hartau es ihm gesagt hatte. Wie seltsam sich sein Leben in kurzer Zeit geändert hatte. Seine Gedanken eilten in die Vergangenheit zurück. Er dachte an die letzte qualvolle Zeit in der Heimat. Wie ein Ausgestoßener war er sich erschienen, einer, der das Recht zu leben verwirkt hatte.

Und der Schmerz und die Bitterkeit um sein verpfuschtes

Leben übermannten ihn wieder einmal. Die Zähne aufeinanderbeißend, barg er das Gesicht in den Händen. Die Ellenbogen auf die Knie gestützt, saß er in sich und seinen Schmerz versunken da. Und wildes Heimweh krallte sich in sein Herz.

V

Wie lange er so gesessen, wußte er nicht, als plötzlich eine klare Frauenstimme an sein Ohr drang. Sie sang ein Lied. Ganz deutlich hörte er die Worte herüberklingen:

»O du Heimatflur – o du Heimatflur,
Laß in deinen heil'gen Raum
Mich noch einmal nur – mich noch einmal nur
Entfliehn im Traum.«

Er saß reglos, wie gebannt, ohne sich zu rühren und lauschte noch immer, die Hände vor dem Antlitz, als das Lied schon verklungen war. Ihm schien es wie ein Traum, daß er hier im Urwald dies deutsche Lied gehört hatte, gesungen von einer Frau. Wie sollte hier eine deutsche Frau herkommen? Und doch – er hatte es gehört.

Es war ihm, als löse sich ein böser Druck von seiner Seele. Seine Augen, die er noch immer mit der Hand bedeckte, feuchteten sich. Und er empfand es als Wohltat. Er hätte so sitzen mögen, reglos, dem Klang dieser Stimme nachlauschend, bis sich sein ganzes Sein in nichts aufgelöst hätte.

Und so saß er noch, als Winnifred Hartau dicht neben ihm aus dem Gehölz trat und nun erschrocken auf den in sich versunkenen Mann blickte.

Sie war es, die das Lied gesungen hatte. Warum sich gerade in dieser Stunde das Lieblingslied ihres Vaters, das sie ihm oft singen mußte, über ihre Lippen gedrängt hatte, wußte sie nicht. Und noch weniger wußte sie, daß sie mit diesem Lied eine so mächtige Empfindung in einer Menschenbrust ausgelöst hatte.

Sie stand einige Augenblicke wie gebannt und sah auf den Fremden. Dann wollte sie, einem Impuls gehorchend, fliehen. Sie konnte ja nicht wissen, wer der Fremde war, ob es nicht ein Mensch mit bösen Absichten war.

Nie in diesen Tagen war ihr auf ihren Spaziergängen jemand begegnet. Die Anwesenheit eines Fremden hatte sie erschreckt.

Aber etwas ihr selbst Unverständliches bannte sie auf ihren Platz. Ihr gutes Herz regte sich. War hier ein Mensch in Not? Seine Haltung drückte tiefste Verzweiflung aus. Sollte sie davonlaufen, ohne den Versuch zu machen, ihm zu helfen? In ihrer Ratlosigkeit stieß sie einen tiefen Seufzer aus. Und dieser Seufzer schreckte Salten aus seiner Versunkenheit auf. Er hob schnell den Kopf. Und da erblickte er Winnifred Hartau. Wie eine holde Lichtgestalt stand sie vor ihm in ihrem weißen Kleid, mit dem goldblonden Lockensaum um das feine Köpfchen. Mit ihren großen, tiefblauen Augen sah sie ihn halb erschrocken, halb mitleidig an.

Aber sie faßte sich schneller als er und fragte tapfer: »Bedürfen Sie irgendwelcher Hilfe, mein Herr?«

Sie bediente sich der englischen Sprache.

Er erhob sich rasch und verneigte sich vor ihr. »Mein gnädiges Fräulein – Sie haben jetzt eben das Lied gesungen, nicht wahr?« fragte er erregt, ihre englische Anrede ignorierend, in deutscher Sprache.

Sie lauschte überrascht. »Sie sprechen Deutsch?« fragte auch sie nun wieder statt jeder Antwort.

Er atmete auf. »Ich bin ein Deutscher. Ihrer Hilfe bedarf ich nicht – ich lauschte ergriffen Ihrem Lied. Es traf mit meinem Heimweh zusammen und berührte mich ganz seltsam. Aber wie kommt eine deutsche junge Dame in diese kanadische Wildnis? Verzeihen Sie meine Frage – ich kann dies Rätsel nicht lösen.«

Ein Leuchten flog über ihr reizendes Gesicht. In ihren Augen lag ein echt weibliches Mitleid und noch ein anderer, unerklärlicher Ausdruck. Die Augen des jungen Mannes ihr gegenüber lösten ein seltsames, nie gekanntes Empfinden in ihrem Herzen aus.

»Es tut mir leid, wenn ich mit meinem Lied traurige Empfindungen in Ihnen geweckt habe. Es ist das Lieblingslied meines Vaters. Ich bin die Tochter von Peter Hartau. Kennen Sie meinen Vater? Ich meine, alle Menschen müßten ihn kennen.«

Er war leise zusammengezuckt. Dies holde, reizende Geschöpf die Tochter des Pelzkönigs? Ein sonderbar schmerzliches Gefühl krampfte ihm das Herz zusammen. Die junge Dame war ihm erschienen wie ein Zauberwesen, wie eine Fee oder eine Waldkönigin. Nun wußte er, daß sie in eine Sphäre gehörte, die weit von der entfernt war, in der er jetzt leben mußte. Und das schmerzte ihn. Mit einer tiefen Verbeugung zurücktretend, sagte er halblaut: »Verzeihung! Ich bin einer von Ihres Herrn Vaters Pelzjägern.«

Sie sah ihn betroffen an. »Sie? Ein Pelzjäger? Das kann doch nicht sein.«

»Doch, es ist so. Verzeihen Sie, daß ich auf Ihrem Weg saß, ich ziehe mich sogleich zurück, um Sie nicht länger zu stören.«

Unwillkürlich machte sie eine Bewegung, als wollte sie ihn halten. »Nein, Sie stören mich nicht. Der Wald ist ja frei. Und – ich möchte eine Frage an Sie richten.«

Er verbeugte sich artig. »Bitte sehr.«

»Sind Sie der Deutsche, den Karl Rittner zu meinem Vater geschickt hat?«

»Ja, gnädiges Fräulein.«

»Dann sind Sie also eben erst von Deutschland herübergekommen?«

»So ist es.«

»Und Sie haben sich meinem Vater als Pelzjäger verpflichtet?«

»Ja.«

Sie schüttelte den Kopf. Es war wieder die alte, frischfrohe Winnifred, die jetzt sagte: »Das verstehe ich nicht. Sie sehen aus wie ein Gentleman – aber nicht wie ein Pelzjäger.«

Es zuckte um seinen Mund. »Ich bin aber nur ein Pelzjäger.«

Sie sah ihn unsicher forschend an. Am liebsten hätte sie ihn gefragt, was ihn hierher getrieben habe, aber das wagte sie nicht, trotz ihrer Freimütigkeit. Sie fühlte nur das Verlangen, ihn zu trösten, ihm Gutes zu tun, ohne daß sie sich über dieses Gefühl Rechenschaft gegeben hätte. Aufatmend strich sie das Haar aus der Stirn.

»Haben Sie schon mit meinem Vater gesprochen?« fragte sie in einer reizenden Unsicherheit, die sie bezaubernd machte.

»Ja, gnädiges Fräulein.«

»Und – und – möchten Sie nicht lieber einen andern Beruf ausüben? Die Pelzjäger meines Vaters sind meist rauhe, ungebildete Menschen. Sie – nein – Sie gehören nicht unter die Pelzjäger.«

Er riß seine Augen von ihr los, die wie ein Engel des Himmels zwischen ihn und seine verzweifelte Stimmung getreten war.

»Ihr Herr Vater war so gütig, mir das Anerbieten zu machen, mir eine leichtere, bequemere Existenz zu verschaffen. Aber – ich will keine leichtere Existenz. Ich brauche die Einsamkeit und den Kampf, um Schweres verwinden zu lernen«, brach es wie in wildem Trotz über seine Lippen.

Ein heißes Mitleid wallte in ihr auf, obwohl sein Ton sie erschreckte. »Sie sind unglücklich – ich habe es gleich gefühlt, als ich Sie sitzen sah. Kann ich nichts für Sie tun? Ich möchte es so gern, ich kann niemand leiden sehen«, sagte sie leise, und die ganze Güte ihres Wesens sprach sich in ihren Augen aus.

Er sah sie nun doch wieder an, und seine Zähne bissen sich aufeinander. Aber er schüttelte den Kopf.

Sprechen konnte er nicht. Dieses junge Geschöpf drohte ihm die Fassung zu rauben, die er nur mühsam aufrecht hielt. Es kam ihm in dieser Stunde zum Bewußtsein, was er aufgegeben hatte – mit seiner Ehre.

Eine Weile stand er noch vor ihr, dann machte er eine hastige Verbeugung und wandte sich zum Gehen.

Sie raffte sich auf aus der schmerzlichen Befangenheit, die sie befallen hatte, und sich zu einem leisen Lächeln zwingend, sagte sie: »Es ist ja auch schließlich gar nicht so schlimm, Pelzjäger zu sein. Wenn Sie wollen, können Sie sich von den andern zurückhalten. Und der Wald ist wundervoll. Mein Vater sagt, im Winter sei er fast noch schöner, jedenfalls majestätischer. Haben Sie schon Ihr Revier angewiesen bekommen?«

Er blieb zögernd stehen. »Ja, ich stieg hier herauf, um es überschauen zu können. Es reicht vom Blockhaus bis zur Bai und grenzt hüben und drüben an die Reviere zweier Deutscher.«

»Hier hat Vater früher selbst gejagt, denn er war auch ein Pelzjäger. Damit hat er Sie besonders auszeichnen wollen.«

»Als Auszeichnung habe ich das auch empfunden, obwohl ich sie mir durch nichts verdient habe.«

Sie lächelte ihm fröhlich zu, im Bestreben, ihn heiter zu machen. »Oh, Sie haben es damit verdient, daß Sie ein Freund Karl Rittners sind – und ein gebildeter Mann. Dies Revier hat Vater seit einigen Jahren nicht mehr vergeben – es muß sich hier viel Wild angesammelt haben. Das wird

Ihnen zugute kommen. Und Ihre Nachbarn sind ganz anständige Menschen, wie mir Vater erzählte. Vielleicht können Sie dann bei Mrs. Bridge im Blockhaus wohnen.«

»Das hat mir Ihr Herr Vater schon vorgeschlagen.«

Sie nickte lebhaft, froh, ihn wieder ins Gespräch gezogen zu haben. »Es ist gewiß das beste für Sie. Nelli Bridge wird Sie ganz leidlich verpflegen.«

»Sie sind sehr gütig, mein gnädiges Fräulein.«

Sie schüttelte den Kopf. »Oh – ich kann ja so wenig für Sie tun, und das tut mir leid.«

Er bezwang seine Erregung. »Sie ahnen nicht, welche Wohltat Sie mir bereiten mit Ihrer Güte. Wenn ich sie Ihnen doch vergelten könnte!«

Winnifred lachte ein wenig, ihre heimliche Erregung niederzwingend. »Wer weiß – vielleicht fügt es das Schicksal. Aber nun will ich Ihnen schnell noch die schönste Aussicht von diesem Berge nach der Bai hinüber zeigen, damit Sie Ihr ganzes Revier überblicken können. Sie müssen mich noch ein Stück begleiten. Oder haben Sie keine Zeit?«

Er fühlte, daß es gar nicht gut für ihn war, länger in der Gesellschaft dieser reizenden jungen Dame zu bleiben, aber er vermochte es doch nicht, sie früher, als sie es wünschte, zu verlassen.

»Ich stehe Ihnen zur Verfügung, mein gnädiges Fräulein«, sagte er leise.

Sie lächelte ihm zu. »Nennen Sie mich einfach, wie es hier üblich ist, Miß Hartau. Aber Sie müssen mir auch Ihren Namen nennen.«

»Verzeihung, daß ich das unterlassen habe. Ich heiße Salten.«

»Gut, nun wissen wir gegenseitig, mit wem wir es zu tun haben. Wir wollen nun den schönsten Aussichtspunkt aufsuchen, der mein Lieblingsplatz ist.«

Sie schritten nebeneinander durch den Wald, bis der

Weg auf der Anhöhe plötzlich ziemlich steil emporstieg, zu einem bedeutend höheren Berggipfel. Salten hatte geglaubt, schon den Gipfel erreicht zu haben, weil das dichte Gehölz nach dieser Seite jeden Ausblick unmöglich machte. Nun sah er, daß auf der hintersten Stelle dieses Bergrückens noch ein zweiter Berg sich emportürmte, der nur mit niedrigem Unterholz bewachsen war.

Winnifred sah ihn lächelnd an. »Da hinauf müssen wir.«

Und wie eine Gemse kletterte sie, sich an dem Unterholz emporziehend, vor ihm her.

Er folgte ihr und sah mit brennenden Augen auf die schlanke Gestalt, die so elastisch und leichtbeschwingt vor ihm her eilte und seiner Hilfe gar nicht bedurfte.

Endlich hatten sie den Gipfel erklommen und standen vor der Bank, die Mr. Bridge für Winnifred hier aufgestellt hatte. Dort blieb sie stehen und sagte lebhaft und heiter, wie ein eifriges Kind:

»Jetzt kommen Sie dicht zu mir heran, ohne sich umzuschauen. Und nun schließen Sie, bitte, die Augen, und drehen Sie sich um. Öffnen Sie die Augen aber nicht eher, als bis ich es Ihnen gestatte.«

Wieder gehorchte er stumm. Und als er sich umgedreht hatte, kommandierte sie eifrig: »So – jetzt dürfen Sie die Augen öffnen.«

Rudolf Salten blickte um sich. Ein tiefer Atemzug hob seine Brust. Welch herrliches Bild lag vor ihm! Weit unter ihm war der Wald zurückgeblieben. Man sah über das wogende Meer von Baumwipfeln, und in der Ferne glänzte das Wasser der Hudsonbai im Sonnenschein. Darüber spannte sich wie ein weites, hohes Zelt der tiefblaue Himmel.

»Die Welt ist vollkommen überall,
Wo der Mensch nicht hinkommt mit seiner Qual«,

sagte er leise, ergriffen von dem Zauber dieses Anblicks.

Es zitterte ein weher Ton in seiner Stimme, der Winnifred seltsam bewegte. Aber sie wollte ihn zwingen, heiter zu werden. »Nicht wahr, das ist schön! Ich wußte, daß Ihnen diese Aussicht gefallen würde. So friedlich ist hier die Natur. Ich hätte gar nichts dagegen, immer hier zu bleiben. Im Winter begleite ich meinen Vater auch wieder hierher. Bisher hat er mich nur immer im Sommer mit heraufgenommen.«

Er wandte ihr aufatmend sein Gesicht zu und sah sie an wie ein Wunder, das in diese friedliche Natur gehörte.

»Sie wohnen doch aber unmöglich im Blockhaus oder in einer Pelzjägerhütte, Miß Hartau?«

Sie schüttelte lächelnd den Kopf.

»O nein, wir bewohnen ein hübsches Waldhaus, wenn wir hier oben sind. Es steht nur wenige Minuten vom Blockhaus entfernt, an derselben Stelle, an der mein Vater vor langen Jahren, als er noch Pelzjäger war, seine Hütte hatte. Damals stand auch das Blockhaus noch nicht mit der Kantine. Mein Vater mußte stundenweit laufen bis zur nächsten Zentrale, wenn er Lebensmittel oder dergleichen brauchte. Das müssen ja die meisten Pelzjäger. In dieser Beziehung werden sie es besser haben, wenn Sie bei Bridges bleiben. Unser Waldhaus muß ich Ihnen noch zeigen, wenn Sie mich jetzt hinunterbegleiten. Oder wollen Sie noch länger hier oben bleiben?«

Er sah sie unsicher an und trank ihren Anblick in sich hinein wie einen Labetrunk.

»Ich fürchte, Ihnen lästig zu fallen, wenn ich Sie begleite.«

Sie schüttelte energisch den Kopf.

»O nein – es geht sich besser zu zweien, und ich bin sehr froh, mich einmal in deutscher Sprache ausplaudern zu können. Wenn Sie mir lästig fallen würden, dann schickte ich Sie einfach fort. Meine Tante Kora sagt immer, ich sei von einer verblüffenden Offenherzigkeit, zumal Leuten gegenüber, die ich nicht leiden mag. Und da Tante Kora alle meine Fehler kennt, wird sie schon recht haben.«

Er sah sie bewundernd an.

»Ich kann mir nicht denken, daß Sie irgendwelche Fehler haben, Miß Hartau.«

Sie errötete und schritt ihm voran den Abhang hinunter. »Oh, leider sehr viele.«

»Wenn Ihre Frau Tante Offenheit für einen Fehler hält – dann ist es wohl möglich, daß Sie solche Fehler besitzen. Ich nenne sie Tugenden.«

Damit reichte er ihr die Hand empor, um ihr den Abstieg zu erleichtern. Er tat das mit der Selbstverständlichkeit des ritterlichen Mannes dem schwachen Geschlecht gegenüber. Und sie legte ebenso selbstverständlich ihre Hand in die seine. Es war, als verhielten sie beide den Atem, um den Zauber dieser Stunde nicht zu stören. Erst nach einer Pause erwiderte Winnifred mit etwas unsicherer Stimme:

»Das sagen Sie, ein Deutscher?«

Er sah zu ihr auf. »Warum soll ich das nicht sagen?«

»Weil Tante Kora behauptet, eine Dame von guter Erziehung dürfe in Deutschland nie zeigen, wie ihr ums Herz ist. Sie dürfe nie so offenherzig sein wie ich es bin, das sei unweiblich.«

Er sah sie sinnend an. Freilich konnte er sich eine deutsche junge Dame nicht in diese Situation hineindenken. Sie wäre sicher da oben, als sie ihn sitzen sah, stumm und steif an ihm vorübergegangen, ohne Notiz von ihm zu nehmen. Und doch war ihm das Verhalten dieser jungen Kanadierin so recht weiblich erschienen. Aber er wagte das nicht auszusprechen, sondern sagte nur mit einem leisen Lächeln: »Da haben Sie Ihre Frau Tante wohl falsch verstanden.«

»Tante prophezeit mir immer, ich würde überall anstoßen durch mein freimütiges und unbesonnenes Wesen, wenn ich einmal nach Deutschland hinüberkomme.«

»Das glaube ich bestimmt nicht. Ihre Freimütigkeit wird höchstens angenehm auffallen, Miß Hartau.«

Schelmisch sah sie ihn von der Seite an. »Ich bin fest überzeugt, daß Tante außer sich sein würde, wüßte sie, in welch formloser Art ich Ihre Bekanntschaft gemacht habe. Aber ich konnte Sie doch unmöglich in Ihrer Betrübnis da oben sitzen lassen.«

Seine Augen leuchteten auf. »Sie haben ein sehr gütiges Herz. Miß Hartau.«

Sie errötete jäh und wollte ohne seine Hilfe über ein Hindernis springen. Dabei wäre sie ausgeglitten, wenn sie Salten nicht festgehalten hätte. Einen Moment hielt er die schlanke Gestalt in seinen Armen, und sie wagten beide nicht, sich anzusehen. Aber als er merkte, daß sie wieder fest auf ihren Füßen stand, gab er sie mit einer Verbeugung frei und begann schnell ein harmloses Gespräch, um ihr über ihre sichtliche Verlegenheit hinwegzuhelfen.

Sie gingen jetzt auf ebenem Wege nebeneinander her. Zuweilen sprang sie einige Schritte voraus, wenn der Weg zu schmal wurde zum Nebeneinandergehen.

So kamen sie endlich bis zu dem Waldhaus. Als Rudolf Salten es erblickte, stockte sein Fuß. Was für ein reizendes Idyll inmitten der Wildnis.

»Das Heim der Waldkönigin!« rief er unwillkürlich.

»Nein, das Heim des Pelzkönigs und der Pelzkönigin«, erwiderte sie. »So nennt man uns in Montreal.«

»Pelzkönigin? Nein, so kann ich Sie mir nicht vorstellen – als Pelzkönigin. Wenigstens jetzt nicht, in diesem sommerlichen Wald, im weißen Kleid.«

»Dann müssen Sie warten bis zum Winter. Wenn Sie mich dann bis an die Ohren in Pelze vermummt sehen, wird es Ihnen schon eingehen«, sagte sie übermütig.

Er mußte lachen, sie sagte es so drollig. »Also dies ist das Heim der Pelzkönigin, wenn sie im Urwald residiert.«

Sie nickte. »Ist es nicht hübsch?«

»Wunderhübsch! Nun kann ich verstehen, daß Sie sich hier behaglich fühlen. Es erschien mir vorhin unverständlich, denn ich sah in Montreal die herrliche Marmorvilla Ihres Vaters, die einem Palast gleicht.«

»O ja, sie ist sehr schön«, sagte sie gleichmütig. »In Montreal leben wir natürlich ganz anders als hier. Wir haben nur die nötigste Dienerschaft mitgebracht. Und ich koche hier sogar selbst.«

Er sah sie seltsam an.

»Das kann ich mir kaum denken. Die Pelzkönigin am Herd – das klingt wie ein Märchen.«

Sie lachte fröhlich auf.

»Oh, es ist auch das erstemal in meinem Leben, daß ich selbst koche. Aber es macht mir viel Vergnügen. Sonst hat hier oben Nelli Bridge für uns gekocht. Aber die Ärmste hat so viel zu tun. Ich wollte ihr etwas Arbeit abnehmen. Es ist auch keine große Kunst. Wir haben viel Konserven in der Speisekammer, und damit macht das Kochen wenig Mühe. Meine Zofe geht mir ein wenig zur Hand. Sie hielt es erst freilich für unter ihrer Würde, mir dabei zu helfen und begleitete mich überhaupt nicht gern hierher. Ich glaube, es geht ihr im Waldhaus nicht vornehm genug zu. Es ist sehr drollig, wie vorwurfsvoll sie mich ansieht, wenn ich sie zum Küchendienst heranziehe. Aber mir macht es viel Freude, daß meinem Vater alles mundet, was ich ihm bereite.«

Er sah sie mit bewundernden Blicken an. »Das kann ja auch gar nicht anders sein«, sagte er.

Sie errötete leicht. »Sie denken natürlich, Vater gibt sich nur den Anschein, als mundeten ihm die von mir bereiteten Speisen. Ich bin sehr ehrgeizig und werde Sie überzeugen, daß ich wirklich gut koche. Sie müssen einmal unser Gast sein.«

Die Röte stieg ihm jäh in die Stirn. »Das wird Ihr Herr

Vater nicht gestatten, Miß Hartau. Und wohl mit Recht.«

»Warum nicht?«

»Weil er sich nicht mit einem seiner Pelzjäger zu Tisch setzen wird.«

Sie sah ihn eine Weile nachdenklich an. Dann schüttelte sie hastig den Kopf. »Mein Vater war doch auch einmal Pelzjäger. Er wird seinen ehemaligen Stand nicht mißachten. Da kenne ich ihn besser. Sie können ruhig meine Einladung annehmen. Oder – ist sie Ihnen zu formlos?«

»Ihre liebenswürdige Einladung ist eine große Auszeichnung für mich, Miß Hartau, aber ich bin überzeugt, daß ich Sie in Verlegenheit bringen würde, wollte ich so kühn sein, sie anzunehmen. Ihr Herr Vater würde sie nicht gutheißen.«

»Oh – das lassen Sie meine Sorge sein.«

Er verneigte sich. »Sie gestatten, daß ich diese Einladung als nicht bestehend betrachte, solange sie mir nicht von Ihrem Herrn Vater wiederholt wird.«

Ihre Augen funkelten ihn schelmisch an. »Gestehen Sie nur: Sie fürchten sich vor meinen Kochkünsten.«

»Ich würde Stroh und Ledersohlen schmackhaft finden, wenn es von Ihnen zubereitet wäre. Ich fürchte etwas ganz anderes als Ihre Kochkünste.«

»Und das wäre?«

»Ich fürchte, daß Ihnen später die Einladung leid tun wird und Ihr Herr Vater mich lästig und aufdringlich finden würde, wollte ich ihr Folge leisten. Aber wie dem auch sei – jedenfalls danke ich Ihnen innig dafür, daß Sie mich derselben für würdig hielten.«

Es lag etwas in seinen Worten, das sie tief berührte. Sie sah ihn groß an, und er hielt den Blick ihrer Augen aus. Aber es lag ein weher, schmerzlicher Ausdruck in den seinen, der ihr das Herz zusammenpreßte.

Sie raffte sich auf und kämpfte gegen ihre Befangenheit. Schnell streckte sie ihm die Hand entgegen.

»Jetzt muß ich Sie verlassen! Dort rechts hinab müssen Sie gehen, um zum Blockhaus zu gelangen. Auf Wiedersehen!«

Er neigte sich, einem Impuls folgend, über ihre Hand und führte sie an seine Lippen.

»Tausend Dank für Ihre Güte!« stieß er heiser hervor.

Es flammte heiß über ihr junges Gesicht. Schnell ging sie davon, auf das Waldhaus zu.

Er stand und sah ihr nach, bis sie über die Veranda ins Haus getreten war. Dann ging er langsam in der bezeichneten Richtung weiter.

Seine Gedanken konnten sich nicht von dem Erlebnis lösen. Erst als er das Blockhaus wieder vor sich sah und die lärmenden Stimmen der andern Pelzjäger hörte, schrak er aus seinem Sinnen empor.

Wie erwachend starrte er auf die abenteuerlichen Gestalten, die ihm derbe Scherzworte zuriefen. Ihm war, als müsse er sich umdrehen und wieder hinausfliehen in den stillen Urwald, wo ihm das Märchen begegnet war. Was hatte er mit diesen Menschen gemein?

Schweigend ließ er sich auf eine Bank nieder und stützte den Kopf in die Hand. Die andern wollten ihn necken und verspotten. Da hob er den Kopf und sah sie mit düsteren Augen an. Seine Gestalt reckte sich wie zum Kampf.

Da verstummten sie und ließen ihn in Ruhe.

Und jetzt trat Peter Hartau mit Harry Traille aus dem Blockhaus. Hartaus Blick streifte forschend den abseits sitzenden Salten. Aber er trat nicht an ihn heran und sprach auch nicht mit ihm. Harry Traille hielt eine Liste in der Hand. Davon las er die Namen der Pelzjäger ab. Jeder, der sich meldete, erfuhr nun, welches Revier er erhielt und wie er am schnellsten an Ort und Stelle kommen würde. Dann kam Mr. Bridge herbei und belieferte die Jäger mit der nötigen Munition und allen sonstigen Bedarfsartikeln. Die Jäger mußten darüber quittieren, da alles erst später, bei

Ablieferung der Beute, beglichen wurde.

Peter Hartau teilte den Leuten noch mit, daß sie am nächsten Morgen bei Sonnenaufgang sich auf ihren Weg machen müßten. Harry Traille würde sie begleiten bis zu ihrem Bestimmungsort.

Dann wünschte er ihnen gute Jagd und verabschiedete sich in der ihm eigenen, freundlichen Art.

Sein Blick flog dabei zu Salten hinüber. Und als er, den Heimweg antretend, an diesem vorüberkam, sagte er zu ihm:

»Ich denke, wir sehen uns morgen noch. Sie brauchen nicht mit aufzubrechen. Ich komme morgen vormittag herüber und habe noch einiges mit Ihnen zu besprechen.«

Rudolf Salten verneigte sich zustimmend und sah mit brennenden Augen hinter der stolzen Erscheinung des Pelzkönigs her.

Als Peter Hartau im Waldhaus eintraf, saß Winnifred auf der Veranda. Sie sprang auf, als sie ihn erblickte und kam ihm entgegen. »Du bist heute lange ausgeblieben, Vater.«

»Es gab allerlei Geschäftliches zu erledigen, Winni. Aber nun ist das Wichtigste geschehen, und ich kann mich dir etwas mehr widmen. Wir können vielleicht eher, als wir glaubten, die Heimreise antreten.«

Sie zuckte leicht zusammen. »Mir liegt gar nichts daran, früher heimzukehren.«

»Bist du der Wildnis noch nicht müde?«

»Nein, Vater. Ich würde gern noch länger hierbleiben, wenn ich nicht wüßte, daß dich Geschäfte heimtreiben.«

»Ich staune, Winni, daß es dir hier nicht langweilig ist.«

Sie hatte sich in seinen Arm gehängt und zog ihn nun neben sich auf der Veranda in einen Sessel. »Es ist durchaus nicht langweilig hier! Heute nachmittag hatte ich sogar ein sehr interessantes Erlebnis.«

»Da bin ich neugierig. Was war das für ein Erlebnis?«

»Ich hatte eine Begegnung, droben auf dem Berg.«
»Mit wem, Winni?«
»Mit einem von deinen Pelzjägern.«
»Mit einem Pelzjäger? Heute nachmittag?«
»Ja, er hat mich bis hierher begleitet; vor kaum einer Stunde hat er mich verlassen. Es war ein Deutscher.«
»Ein Deutscher? Kennst du seinen Namen?«
»Ja, Salten heißt er; der, den dir Karl Rittner empfohlen hat.«
Ein seltsamer Ausdruck flog über sein Gesicht. »Ah, Rudolf Salten also! Erzähle.«
Sie berichtete ausführlich, wie sie Rudolf Salten gefunden und was sie mit ihm gesprochen hatte. Zuletzt berichtete sie ihm auch freimütig, daß sie Salten eingeladen hatte und wie dieser die Einladung aufgenommen.
Mit heimlichem Forschen sah Peter Hartau in das erregte Gesicht seiner Tochter. »Wie konntest du ihn einladen, Winni?«
»Ich bin doch hier die Hausfrau, Vater. Und außerdem – er gefiel mir so gut.«
Er unterdrückte ein Lächeln und stellte sich streng.
»War das nicht sehr unbedacht, Winni? Ich kann doch nicht mit einem Pelzjäger zu Tisch sitzen.«
Sie hielt seinen Blick ruhig aus. »Mit diesem kannst du es, Vater. Er ist ein sehr gebildeter Mensch, unbedingt ein Gentleman.«
»Bist du dessen so sicher?«
»Unbedingt! Das merkt man doch! Er stammt sicher aus guter Familie.«
»Aber jetzt ist er immerhin nur ein Pelzjäger.«
»Das war mein Vater auch, ehe er der Pelzkönig von Montreal wurde.«
»Das stimmt!«
»Nun also! Und du warst auch als Pelzjäger ein gebildeter Mann, der an jedes Fürsten Tisch hätte sitzen können.

Warum sollte also dieser Rudolf Salten nicht mit dir an einem Tisch sitzen dürfen?«

Ein humorvoller Ausdruck lag in seinen Augen. »Hm! Warum sollte er nicht!«

Sie sprang auf und umhalste ihn. »Jetzt hast du mich nur geneckt, Vater!«

»Zur Strafe – weil du eigenmächtig Gäste einladest, ohne zu wissen, ob sie mir gefallen.«

»Er ist ja nur ein einzelner Gast, Vater, und der muß dir gefallen.«

»Muß er?«

Sie nickte. »Ich konnte einfach nicht anders, als ihm etwas Gutes antun. Du hättest nur sehen sollen, wie verzweifelt und in sich versunken er da oben saß. Das Herz hat mir vor Mitleid wehgetan. Und ich habe gefühlt, Vater, daß er mein Mitleid verdiente. Gott mag wissen, was für ein Unglück ihn aus der Heimat getrieben hat.«

Sie sprach sehr erregt. Er nahm ihre Hand und streichelte sie. »Nun, beruhige dich, mein Kind – auch ich habe das Empfinden, daß er ein anständiger Mensch ist. Und aus guter Familie stammt er jedenfalls, das merkt man.«

»Siehst du, ich hatte das gleiche Empfinden. Weißt du vielleicht auch, was ihn hierhergetrieben hat, fort aus seiner Heimat und aus seinem Beruf als Offizier?«

Hartau sah eine Weile vor sich hin. Dann sagte er: »Er hat mir nur eine Andeutung gemacht. Daraus entnehme ich, daß er irgendwie mit den strengen Standesrücksichten seiner Kaste in Konflikt geraten ist.«

Sie war blaß geworden. »Meinst du, daß er ein Unrecht getan hat?«

Sinnend sah er vor sich hin. Dann sagte er zögernd: »Ein Unrecht? Ich weiß nicht. Er sagte mir wörtlich: Weil ich ein anständiger Mensch bleiben wollte, mußte ich etwas tun, was mich als Offizier unmöglich machte. Das scheint widersinnig, aber mir ist es trotzdem verständlich. Ich kenne solche Konflikte nur zu gut aus eigener Erfahrung.«

Sie atmete auf. »Nicht wahr, du traust ihm auch nichts Schlechtes zu?«

Er strich sich über die Stirn. Dann sah er sie forschend an und nahm ihr Gesicht in seine beiden Hände. »Du interessierst dich ja sehr für diesen jungen Mann, Winni.«

Sie errötete, hielt aber seinen Blick frei und offen aus. »Das leugne ich gar nicht, Vater. Ich bin noch nie einem Menschen begegnet, der mir gleich ein so großes Interesse abgenötigt und eine so herzliche Teilnahme eingeflößt hätte. Sag, Vater – hältst du ihn dessen für unwert?«

Er streichelte das lockige, goldigflimmernde Haar aus ihrer Stirn. »Ich kann ihm ja nicht ins Herz schauen, Winni, aber wenn mich meine Menschenkenntnis nicht ganz im Stich läßt, brauchen wir ihm nicht zu mißtrauen.«

»Und also wirst du ihm meine Einladung bestätigen und wiederholen?«

Schalkhaft blitzte es in seinen Augen auf. »Wenn ich es nun nicht tue?«

»Ach, du willst mich nur necken. Ich weiß schon, daß du es tun wirst.«

»Nun ja, morgen, wenn die andern Pelzjäger fort sind. Die brauchen nicht zu wissen, daß wir diesen jungen Mann besonders werten. Das macht nur böses Blut. Sie sehen ihn schon scheel an, weil er soviel vornehmer wirkt, als sie selbst. Ich werde Salten morgen selbst einladen. Ich gestehe ganz offen, daß er mir gefällt – sehr sogar Und ich hätte ihm gern ein wenig seinen Weg geebnet und habe es ihm auch angeboten. Aber er will sich das Leben nicht leicht machen lassen. Es liegt ein verbissener Trotz in seinem Wesen.«

Sie atmete erregt. »Der Trotz des Unglücks, Vater.«

»Schau, schau, was mein Töchterchen für eine Menschenkenntnis entwickelt.«

»Hast du mir nicht oft gesagt, daß ich scharfe Augen habe und die Menschen durchschaue, als seien sie von Glas?«

»Nun ja, Kinder und Hunde haben sichere Instinkte.«
»Ich bin aber weder Kind noch Hund.«
»Letzteres keinesfalls«, neckte er.
Sie lachten alle beide.
Und dann plauderten sie über andere Dinge. Aber Peter Hartau beobachtete seine Tochter scharf. Es lag etwas Erregtes, Verhaltenes über ihrem Wesen, das ihm zu denken gab.

VI

Am nächsten Morgen, nach dem Frühstück, ging Peter Hartau zum Blockhaus hinüber. Winni hängte sich in seinen Arm. »Ich begleite dich, Vater. Oder kannst du mich nicht brauchen?«
»Und unser Mittagessen?«
»Das hat noch ein Stündchen Zeit.«
»Gut, dann komm mit.«
Und plaudernd schritten sie auf dem Weg zur Kantine dahin.
Aber ehe das Blockhaus in Sicht kam, hielt Winni plötzlich ihren Vater an und deutete in den Wald.
»Sieh, Vater – da ist Mr. Salten.«
Dieser schien Vater und Tochter in demselben Moment erblickt zu haben und blieb mit einer Verbeugung stehen, nicht wissend, ob er sich nähern oder entfernen sollte.
»Hallo! Mr. Salten, wohin des Weges?« rief ihm Hartau, sein Zögern bemerkend, zu.
Jetzt kam Rudolf Salten mit schnellen Schritten herbei. Er mußte oft Hindernisse überspringen und tat es mit der kraftvollen Gewandtheit eines sportgeübten Körpers. Winni sah ihm mit leuchtenden Augen entgegen. Ihr Herz

klopfte bis zum Hals hinauf, und in ihrer Erregung klammerte sie sich fest an ihres Vaters Arm, ohne daran zu denken, daß sie damit ihre Unruhe verriet.

Ihr Vater sah mit forschenden Blicken auf sie herab. Sollte sich das Herz seines Kindes diesem Mann zuwenden?

Dann würde er ihn freilich erst auf Herz und Nieren prüfen müssen. Aber vorläufig war ja nichts zu fürchten. In wenig Tagen verließ er mit Winni diese Gegend, und Rudolf Salten blieb zurück. Alles Weitere würde Gott fügen.

Rudolf Salten war herangekommen. Er verneigte sich vor Vater und Tochter. »Wo kommen Sie her, Mr. Salten?« fragte Hartau.

»Ich habe einen weiten Orientierungsgang durch mein Revier gemacht. Als mit Sonnenaufgang die andern aufbrachen, habe ich mich auch erhoben, und solange bin ich unterwegs. Ich bitte um Entschuldigung, wenn ich etwas verstaubt und ramponiert aussehe.«

Mit Wohlgefallen sah Hartau in Saltens gebräuntes Gesicht, auf seine kraftvolle, sehnige Gestalt. »Sie werden bald noch viel ramponierter aussehen, Mr. Salten. Die Pirschgänge durch den Wald lassen Spuren zurück. Also Sie haben Ihr Revier schon inspiziert?«

»Ja, soweit es mir in einigen Stunden möglich war.«

»Es ist mir lieb, Sie zu treffen; ich war gerade auf dem Weg zum Blockhaus, um mit Ihnen zu sprechen.«

»Ich stehe zu Ihrer Verfügung, Herr Hartau.«

»Gut! Ehe wir aber geschäftliche Dinge besprechen, möchte ich Sie bitten, morgen das Abendessen mit uns einzunehmen. Die Einladung meiner Tochter haben Sie scheinbar nicht als vollwertig anerkannt.«

Es lag eine humorvolle Überlegenheit in Hartaus Worten.

Rudolf Saltens Gestalt straffte sich. Er sah Winnifred mit einem seltsamen Blick an. Dann wandte er sich Hartau zu. »Die Einladung Ihres Fräulein Tochter war mir eine große

Ehre und Auszeichnung, aber ich durfte sie nicht annehmen, ohne Ihrer Billigung sicher zu sein.«

»Nun ich sie aber bestätigt und wiederholt habe, sind doch alle Formalitäten erfüllt?«

Salten hörte einen gutmütigen Spott aus Hartaus Worten. Ernst sah er ihn an. »Ich hoffe, von Ihnen verstanden worden zu sein, Mr. Hartau.«

»Vollkommen! Also, wir erwarten Sie morgen abend im Waldhaus.«

Ein wenig beklommen sah Salten auf Vater und Tochter. Dann sagte er freimütig: »Ich fürchte dennoch, Ihre gütige Einladung nicht annehmen zu können, denn ... ich habe keinen Besuchsanzug mit hierher genommen, und in einem andern kann ich in Ihrem Haus doch nicht erscheinen.«

Vater und Tochter sahen sich lächelnd an. »Auch ich habe hier weder Frack noch Smoking zur Verfügung«, entgegnete Hartau humorvoll. »Überdies glaube ich, meine Tochter sanktioniert Ihren Anzug, wie er auch ausfällt, als gesellschaftsfähig. Oder nicht, Winnifred?«

»Ich sanktioniere ihn, und, falls es Sie beruhigt, verspreche ich, im Hauskleid zu Tisch zu kommen.«

Aufatmend verneigte er sich. »Sie sind sehr gütig, Miß Hartau.«

»Also abgemacht. Morgen abend, Punkt acht, erwarten wir Sie. Und nun überlasse ich die Herren ihren Geschäften. Auf Wiedersehen!«

Sie drückte ihrem Vater mit einem aufleuchtenden Blick die Hand, nickte Salten lächelnd zu und ging zum Waldhaus zurück.

Die beiden Herren blieben eine Weile stehen und sahen stumm hinter ihr her, wie sie so leichtfüßig dahinschritt.

»Also nun können wir von unsern Geschäften reden«, nahm Hartau nach einer Weile das Wort.

Salten richtete sich wie aus einem Traum empor und

verneigte sich zustimmend. Und Peter Hartau gab ihm nun allerlei nützliche Ratschläge, wie er sein Leben hier am besten einrichten und zu reicher Jagdbeute kommen könne.

Salten hörte aufmerksam zu und warf ab und zu eine Frage ein. Die Herren waren dabei langsam dem Blockhaus zugeschritten.

»Bridges haben nun wieder eine Weile Ruhe«, sagte Hartau. »Vor nächsten Sommer werden nun keine neuen Jäger eingestellt.«

»Stellen Sie jedes Jahr neue Pelzjäger ein, Mr. Hartau?«

»Ja, es ist nötig, denn die meisten halten das einsame Leben nicht lange aus. Manchmal kommen sie freilich später wieder. Aber meist sind es doch neue Leute, die man einstellen muß. Auch Sie werden bald der Einsamkeit müde sein.«

Salten sah düster vor sich hin. »Ich glaube es nicht.«

Hartau lächelte. »Abwarten, Mr. Salten! Auch ich bin einmal hier heraufgekommen, mit der festen Absicht, bis an mein Lebensende zu bleiben. Aber schon nach dem ersten Jahr war mir die Einsamkeit ziemlich zuwider. Ich hatte mich jedoch auf fünf Jahre verpflichtet. Solche Verträge mache ich grundsätzlich nicht mit meinen Leuten, ich will niemand länger binden, als er es erträglich findet. Nach dem zweiten Jahr fand ich die Einsamkeit so quälend, daß ich nur mit Aufbietung aller Willenskraft meinen Vertrag halten konnte. Im dritten und vierten Jahr wurde ich fast stumpfsinnig, konnte mir aber dann wenigstens Bücher und Zeitungen verschaffen. Und das fünfte Jahr ertrug ich dann verhältnismäßig leicht. Als ich Herr auf diesem Grund und Boden wurde, ging ich im Sommer nach Montreal und jagte nur im Winter hier oben, leistete mir auch ab und zu eine Reise nach Montreal, wo ich inzwischen meine spätere Frau kennen gelernt hatte. Da ging es denn an. Aber ich rate Ihnen, quälen Sie sich nicht länger als nötig ist, wenn Sie merken, daß Ihnen die Einsamkeit nicht mehr taugt. Ich habe auch in Montreal Verwendung für Sie, falls Sie es nicht vorziehen, in die Heimat zurückzukehren.«

»Das wird nicht geschehen, Mr. Hartau – in Deutschland gibt es keine Existenzmöglichkeit für mich. Aber ich danke Ihnen herzlich für Ihre große Güte. Ich weiß nicht, womit ich sie verdient habe.«

Hartau sah den jungen Mann mit durchdringendem Blick an, als wollte er ihm damit bis in die tiefste Seele schauen. Dann sagte er ernst:

»Und ich weiß nicht, warum ich Ihnen so gern helfen möchte. Es gibt eben Sympathien, die eine gewisse Macht über uns ausüben und unser Handeln bestimmen. Und mir ist, als sähe ich in Ihrem Schicksal ein Duplikat meines eigenen. Vielleicht täusche ich mich darin, aber mit meiner Sympathie täusche ich mich nicht. Sie gefallen mir sehr. Und dann – meine Tochter ist fast noch ein Kind, aber sie hat merkwürdig scharfe Augen, wo es sich um Wert und Unwert eines Menschen handelt. Es ist wohl eine Art Instinkt. Und sie hat mir durch ihr Urteil über Sie bestätigt, was ich selbst empfunden habe.«

Salten atmete erregt. »Ihre Fräulein Tochter ist gestern wie ein Engel vom Himmel herunter in die Nacht meiner Verzweiflung getreten. Ich werde es nie vergessen, wie gütig sie zu mir war und die Erinnerung an die Begegnung mit Miß Hartau hier oben im Urwald wie ein Heiligtum bewahren, solange ich lebe.«

Etwas in diesen Worten, durch die eine starke Erregung zitterte, griff Peter Hartau ans Herz. Er fühlte, daß Salten nicht etwa etwas Schmeichelhaftes über seine Tochter sagen wollte. Jedes seiner Worte kam aus dem tiefsten Herzen.

Aber Peter Hartau erwiderte nichts. Eine lange Zeit blieben die beiden Männer stumm und hingen ihren Gedanken nach. Und dann kam Hartau wieder auf Geschäftliches.

Er entwarf Salten in großen Umrissen ein Bild von dem Umfang des kanadischen Pelzhandels im allgemeinen und von seinem Unternehmen im besonderen. Er erklärte ihm, wie die Geschäfte geführt wurden und was für Einrichtungen getroffen worden waren, daß die in allen Revieren erbeuteten Pelze in die Zentralen und von da in die Hauptdepartements eingeliefert wurden. Mit Interesse lauschte Salten seinen Worten. Er erhielt so einen konkreten Einblick in das Getriebe des Pelzgroßhandels.

Als sie am Blockhaus anlangten, sagte Hartau lächelnd: »Nun bin ich gespannt, in welcher Gemütsverfassung ich Sie im Winter antreffen werde, wenn ich wieder heraufkomme. Das wird im Januar geschehen. Wir können dann weiter über Ihre Zukunft sprechen. Aber nun will ich Sie allein lassen. Ich habe noch mit Mr. Bridge geschäftlich zu verhandeln. Auch morgen bin ich hier im Blockhaus, falls Sie noch mit mir zu reden haben. Jedenfalls aber sehen wir uns morgen abend im Waldhaus. Um acht Uhr erwarten wir Sie.«

Salten verneigte sich.

»Ich werde pünktlich zur Stelle sein.«

Hartau reichte ihm die Hand. Salten legte die seine hinein. Einige Augenblicke sahen sich die beiden Männer fest in die Augen. Dann lösten sich ihre Hände.

»Ich will mit Bridges darüber sprechen, daß Sie im Blockhaus Ihr Domizil nehmen«, sagte Hartau, sich abwendend.

»Ich danke Ihnen, Mr. Hartau«, erwiderte Salten.

Hartau nickte ihm noch einmal zu und betrat das Blockhaus.

Salten sah ihm nach. Seine Brust hob sich in schweren Atemzügen. »Wenn er alles wüßte, ob er mich dann in sein Haus einladen würde?« fragte er sich gequält. Und er kam sich unehrlich vor, daß er Hartau nicht alles gebeichtet hatte.

»Harriet, heute müssen wir Ehre einlegen, wir bekommen einen Tischgast«, sagte Winnifred eifrig zu ihrer Zofe.

Sie sah ihre Vorräte in der Speisekammer durch und stellte ein Menü zusammen.

Ochsenschwanzsuppe mit Madeira, Spargel und junge Erbsen mit Bärenschinken, Rinderfilet mit Salat, kalifornische Früchte, kleine Kuchen mit Schlagsahne.

Alles, außer der Schlagsahne und dem Bärenschinken, war in Konservenbüchsen vorhanden. Die Schlagsahne sollte Mrs. Bridge liefern, die eine Kuh im Stall stehen hatte.

Winnifred ging selbst zu Nelli Bridge hinüber, um sich die Sahne auszubitten.

Diese freute sich, Miß Winnifred einen Wunsch erfüllen zu können. Als dann Winnifred nach Mr. Salten fragte, erwiderte Nelli Bridge: »Der ist gleich nach Tisch wieder in den Wald gegangen. Er ist sehr eifrig bei der Arbeit, und ein so vornehmer Herr er auch sein mag, er gibt sich ganz schlicht und freundlich.«

»Er wird bei Ihnen wohnen, Mrs. Bridge, nicht wahr?«

Nelli Bridge nickte stolz. »Er hat sein eigenes Zimmer und hat es schon bezogen.«

Winnifred ließ sich das Zimmer zeigen und hatte dann eine lange und aufgeregte Debatte mit Nelli Bridge. Zum Schluß sagte Winnifred:

»Aber nicht verraten, Mrs. Bridge, daß ich um die Sache weiß.«

Nelli Bridge zeigte lachend ihre Zähne.

»Ich werde mich hüten, Miß Winnifred.«

Dann entfernte sich die junge Dame, einen kleinen Krug mit Sahne mit sich nehmend.

Als diese in der Küche des Waldhauses in einen Topf gefüllt war, der in frischem Quellwasser zur Kühlung stand, eilte Winnifred geschäftig in den Wald, um Blumen zum Tafelschmuck zu holen. Viel Auswahl gab es freilich nicht, aber aus Heidesträuchern und Rhododendron, die in großen Büschen wuchsen, band sie hübsche Sträuße.

Der Nachmittag verging Winnifred bei ihrem eifrigen Schaffen sehr schnell. Und als Rudolf Salten Punkt acht Uhr eintraf, war alles fertig und wohlgeraten. Mit strahlendem Gesicht kam Winnifred dem Gaste entgegen.

»Guten Abend, Mr. Salten! Vater müssen Sie noch fünf Minuten entschuldigen, er hat sich über wichtigen Korrespondenzen verspätet«, sagte sie.

Mit reizender Würde machte sie die Honneurs als Hausfrau und ließ sich ihm gegenüber in einen Sessel gleiten. Er ließ seinen Blick umherschweifen.

»Was für behagliche Räume Ihr schönes Waldhaus hat, Miß Hartau. Solch ein idyllisches Heim vermutet man nicht mitten im Urwald«, sagte er.

Sie sah lächelnd in sein gebräuntes Gesicht, in dem kein Bart eine prägnante Linie verwischte. Es erschien ihr so interessant und anziehend, wie nie zuvor ein Männergesicht. Eine seltsam traumhafte Stimmung kam über die jungen Menschen. Sie hatten beide das Empfinden, als müßten sie sich fest bei den Händen fassen und einander sagen, wie wertvoll ihnen diese kurzen Minuten des Alleinseins waren. Aber sie taten es natürlich nicht.

»Nicht wahr – es ist kein Wunder, daß ich meinen Vater gern hierher begleite. Ich tue es freilich noch aus einem andern Grund. Hier habe ich von meinem Vater viel mehr als in Montreal, wo seine Zeit so sehr mit Geschäften ausgefüllt ist.«

»Sie lieben Ihren Vater sehr, das habe ich schon empfunden«, erwiderte Salten.

»Oh, mein Vater ist der herrlichste, beste Mensch, den ich kenne. Und jemanden braucht man doch, zu dem man Vertrauen hat, wenn man gut und glücklich sein soll. Haben Sie auch einen solchen Menschen?«

»Ja, gottlob! Meine Mutter.«

»War es Ihnen nicht sehr schwer, sich von ihr trennen zu müssen?«

Er preßte die Lippen fest zusammen, daß die Kinnlinie kantig hervortrat und unterdrückte einen Seufzer. »Es mußte sein!« sagte er heiser.

»Haben Sie noch Geschwister?«

»Nein!«

»Auch sonst keine Verwandten?«

In diesem Moment trat Peter Hartau ein. Er hatte schon gehört, daß Winni Salten nach seiner Mutter fragte. Nun sagte er munter:

»Meine Tochter examiniert Sie gründlich, Mr. Salten. Verwandte werden Sie ja wohl haben.«

»Nur noch einen Onkel, den Bruder meines Vaters. Seinetwegen wurde ich Offizier. Mein Vater hätte mich diese Laufbahn nicht einschlagen lassen können, weil er nicht vermögend war. Aber mein Onkel verpflichtete sich, mir die nötige Zulage zu gewähren und mich zu seinem Erben einzusetzen, falls ich Offizier wurde. Das bestach meinen Vater und er zwang mich in diesen Beruf hinein.«

»Also gegen Ihren Willen?«

»Ja. Ich bin nie mit großer Liebe Offizier gewesen, wenn ich mir auch Mühe gab, meine Pflichten zu erfüllen.«

Hartau nickte versonnen. »Ja, ja, für einen impulsiven Menschen ist das kein Beruf. Da muß man schon Schablonenmensch sein.«

»Ich hatte mich in mein Schicksal ergeben und wäre dabei geblieben wenn –«

Salten brach ab, strich sich über die Stirn und fuhr hastig fort:

»Verzeihen Sie, ich belästige Sie mit meinen Bekenntnissen.«

»O nein, das alles interessiert uns sehr. Sprechen Sie doch weiter«, bat Winnifred teilnahmsvoll.

Aber Peter Hartau merkte, wie peinlich Salten dies Thema geworden war. Er half ihm darüber hinweg. »Ihr Onkel wird also mit Ihrem Berufswechsel nicht sehr einverstanden gewesen sein.«

Salten atmete auf. »Er war so unzufrieden, daß er mir erklärte, mich enterben zu wollen.«

»Oh, nun weiß ich, weshalb Sie zu uns herübergekommen sind. Die Weigerung Ihres Onkels, Ihnen weiter zu helfen, hat Sie in pekuniäre Schwierigkeiten gebracht, und deshalb sind Sie hier, um Geld zu machen. Zu diesem Zweck kommen so viele Deutsche herüber«, sagte Winnifred lebhaft.

Saltens Gesicht zuckte. Er wollte etwas erwidern, aber Peter Hartau fiel ihm schnell in die Rede. »Natürlich ist es so, Winni! Aber wollen wir nicht zu Tisch gehen?«

Dabei sah er Salten bedeutungsvoll an, und dieser verstand, daß er ihm zu Hilfe kommen wollte. Er dankte es ihm. Lügen mochte er nicht vor Winnifred Hartaus reinen Augen, und die Wahrheit konnte er nicht sagen.

Man ging hinüber in das behagliche, kleine Speisezimmer. Der runde Tisch, mit den Blumen in der Mitte, stand unter der großen Hängelampe und wurde hell beleuchtet. Winni bat um Entschuldigung für fünf Minuten. Mit reizend-hausfraulichem Eifer begab sie sich erst noch einmal in die Küche, um nachzusehen, ob Harriet die Speisen richtig anrichtete. So waren die beiden Herren eine Weile allein.

»Es ist nicht nötig, Mr. Salten, daß Sie meiner Tochter Auskunft geben über die Beweggründe, die Sie aus der Heimat trieben. Deshalb fiel ich Ihnen in die Rede.«

»Ich danke Ihnen dafür, Mr. Hartau. Ich hätte nicht lügen mögen, und – eine erschöpfende Auskunft kann ich nicht geben.«

»Das ist auch nicht nötig. Sollte meine Tochter darauf zurückkommen, sagen Sie ihr ruhig, daß Sie nicht darüber sprechen mögen.«

Beklommen sah Salten ihn an. »Mir ist ein wenig zumute wie einem unberechtigten Eindringling, Mr. Hartau. So sehr ich mich über Ihre freundliche Einladung gefreut habe, hätte ich doch eigentlich absagen müssen, weil ich eben etwas getan habe, was mich nötigte, meinen Abschied zu nehmen. Und Sie hätten mich vielleicht nicht eingeladen, wenn Sie es wüßten.«

Es lag eine tiefe Qual in Saltens Worten.

Hartau sah scharf und forschend in seine schmerzlichdüster blickenden Augen, die aber seinem Blick standhielten. Und dann sagte er ruhig: »Sie sehen nicht aus wie ein Mann, der irgendein Verbrechen begangen hat.«

In Saltens Gesicht arbeitete eine tiefe Erregung. »Ein Verbrechen? Nein. Ich beging ein Unrecht, aber dies Unrecht wird von vielen begangen, ohne daß ihre Reputation nur im geringsten darunter leidet. Und weil ich dies Unrecht gutmachen wollte, soweit es in meiner Macht lag, mußte ich etwas tun, was mich als Offizier unmöglich machte. Hätte ich meinem Unrecht ein größeres hinzugefügt, dann hätte ich ruhig Offizier bleiben können. Es hat mich auch niemand gezwungen, den bunten Rock auszuziehen. Ich selbst habe mich dazu verurteilt.«

Wieder sah Hartau forschend in das qualvoll verzogene Gesicht des jungen Mannes. Eine Weile zögerte er, dann sagte er ruhig und bestimmt: »Die Duplizität der Ereignisse! Seien Sie ruhig! Sie können sich ohne Skrupel mit mir zu Tisch setzen. Wenn ich vor langen Jahren nicht vorgezogen hätte, über den großen Teich zu gehen, hätte man mir in Deutschland auch nicht mehr gestattet, die Uniform zu tragen. Und doch tat ich nichts, als daß ich mir mein Recht nahm, wo man es mir verweigern wollte. Vielleicht wäre ich schimpflich entlassen worden. Aber deshalb bin ich doch ein ehrlicher Mensch mit einer anständigen Gesinnung geblieben. Ich habe das Empfinden, daß sich unser Schicksal sehr ähnlich sieht. Aber bitte, erwähnen Sie meiner Tochter gegenüber nicht dieses Thema. Dies Kapitel aus meinem Leben soll sie erst erfahren, wenn sie ein reifer Mensch ist. Und nun machen Sie ein heiteres Gesicht. Meine Tochter freut sich darauf, heute selbständig die Gastgeberin zu spielen, und ich glaube, sie hegt in ihrem jungen Herzen den Wunsch, den schwermütigen jungen Landsmann ihres Vaters ein wenig aufzuheitern.« Salten konnte nichts erwidern, so voll ihm auch das Herz war, denn Winnifred Hartau kam zurück. Und gleich nach ihr trat der Diener mit der Suppe ein. Rudolf Salten glaubte seine Dankbarkeit nicht besser beweisen zu können, als dadurch, daß er sich froh und heiter zeigte.

Die beiden Herren sprachen dem Mahl eifrig zu, schon um die junge Gastgeberin zu erfreuen. Im übrigen war alles vorzüglich zubereitet. Peter Hartau ließ einen guten Tropfen zu den Speisen servieren.

Nach Tisch gingen sie ins Nebenzimmer zurück, wo Winnifred den Herren eine Tasse Mokka kredenzte, den sie selbst bereitete auf der silbernen Maschine. Und als sie dann behaglich zusammensaßen, sagte Peter Hartau:

»Jetzt könntest du uns einige Lieder zur Laute singen, Winni, dann wäre es ganz gemütlich.«

Salten sah überrascht zu Winni hinüber.

»Sie spielen Laute, Miß Hartau?«

Diese nickte lächelnd. »Vater hört es so gern, und da ich ihm selten einen Wunsch erfüllen kann, habe ich Unterricht genommen, ganz heimlich, bis ich ihn damit überraschen konnte. Und da wir hier im Waldhaus kein anderes Musikinstrument besitzen, bringe ich immer meine Laute mit.«

Damit erhob sie sich ohne Ziererei und gab dem Diener Befehl, ihre Laute zu holen.

Als das geschehen war, ließ sich Winnifred auf einem niedrigen Hocker zu Füßen ihres Vaters nieder und begann ohne Zögern ihren Vortrag. Mit einem lieben Lächeln schaute sie erst ihren Vater an und nickte dann Salten zu.

Sie sang deutsche Volkslieder mit einem weichen und innigen Ausdruck. Jetzt war sie nichts als ein junges Mädchen, das seinem Vater liebgewordene Lieder singt – dem Vater und dem Gast, den es erfreuen wollte.

Und sie sah, daß Saltens Gesicht bleich wurde vor unterdrückter Erregung, als sie das Lied sang, das er droben auf dem Berg von ihr gehört hatte, noch ehe er sie gesehen hatte:

»Aus der Jugendzeit, aus der Jugendzeit
Klingt ein Lied mir immerdar.
O wie liegt so weit, o wie liegt so weit,
Was mein einst war.«

Sie sang alle Verse dieses Liedes mit ihrer weichen, süßen Stimme, einem vollen, klaren Mezzosopran, der hauptsächlich in den Tiefen herzbewegend klang.

»O du Heimatflur –, o du Heimatflur,
Laß in deinen heil'gen Raum
Mich noch einmal nur – mich noch einmal nur
Entfliehn im Traum.«

Die beiden Männer saßen schweigend und sahen sich mit brennenden Augen an. Und in Saltens Gesicht zuckte die verhaltene Erregung, die dies Lied in ihm auslöste.

Winnifred präludierte leise und begann ein anderes Lied:

»Am Brunnen vor dem Tore,
Da steht ein Lindenbaum …«

Auch dieses Lied sang sie mit feinem Verständnis und einer Herzenswärme, die man dem übermütigen Kind nicht zugetraut hätte.

»Und seine Zweige rauschten,
Als riefen sie mir zu:
Komm her zu mir, Geselle,
hier find'st du deine Ruh.«

Salten erhob sich leise und trat aus dem Lichtkreis der Lampe hinüber an das Fenster, weil er seine Erregung nicht länger verbergen konnte. Winnifred sah ihm mit großen Augen nach, und in diesen Augen lag etwas, das ihrem Vater zu denken gab. Das war nicht mehr sein sorglos heiteres Kind. Ihre Augen verrieten, daß ihre Seele erwachen wollte. Und als sie das Lied beendet hatte, fragte er schnell:

»Nun aber etwas Heiteres, Winni, sonst verfällt unser Gast in eine traurige Stimmung.«

Da schrak sie auf. Sie atmete tief und lächelte Salten zu. »Vater hat recht – ich hätte diese traurigen Lieder nicht singen sollen. Aber mir scheint, die deutschen Volkslieder sind fast alle traurig. Morgen muß ich fort von hier? Traute Heimat meiner Lieben? O, wie ist's möglich dann, daß ich dich lassen kann? – das sind ja alles traurige Lieder. Was singe ich nur schnell, Vater, daß Mr. Salten wieder heiter wird?«

Hartau dachte nach.

»Wirklich, es fällt mir jetzt erst auf, daß all diese Lieder einen wehmütigen Inhalt haben. Mr. Salten, helfen Sie uns, ein heiteres Volkslied zu finden.«

Salten faßte sich mühsam. Er zwang seine Erregung nieder. »Ja, es scheint, als gäbe es keine fröhlichen deutschen Lieder.«

»Oh, jetzt weiß ich eins! Ich werde es singen!« rief Winni lebhaft. Und sie begann:

»O Sonnenschein, o Sonnenschein,
Wie scheinst du mir ins Herz hinein.«

Aber als sie weiter singen wollte:

»Weckst drinnen lauter Liebesluft,
Daß mir zu enge wird die Brust«,

da stockte sie und schüttelte errötend den Kopf. »Nein, das ist auch nichts. Ich werde ein Wanderlied singen. Die Wanderlieder sind, scheint mir, die einzigen vergnüglichen.«

Und sie griff munter in die Saiten und sang, die beiden Männer anlächelnd:

»Wer recht in Freuden wandern will,
Der geh der Sonn entgegen.«

Es gelang ihr, eine heitere, gelöste Stimmung hervorzuzaubern.

Salten nahm seinen Platz wieder ein und Winnifred legte befriedigt die Laute fort.

Sie plauderten noch ein Stündchen zusammen. Und als sich Salten dann verabschiedete, sagte sie, ihm die Hand reichend:

»Ehe wir abreisen, müssen Sie uns noch einen Abend schenken, Mr. Salten.«

Hartau nickte bekräftigend. »Dafür plädiere ich ganz entschieden auch.«

Salten verneigte sich. »Ich stehe Ihnen sehr gern zur Verfügung. Sie brauchen nur zu befehlen.«

»Gut, wir sprechen noch darüber. Gute Nacht, Mr. Salten.«

Und herzlich verabschiedeten sich die Gastgeber von ihrem Besucher.

Salten stand draußen noch lange Zeit und sah nach den erleuchteten Fenstern des Waldhauses, bis sie alle dunkel waren. Erst dann schritt er langsam zum Blockhaus zurück.

In den nächsten Tagen traf Winni nur ab und zu flüchtig mit Salten zusammen, der sich mit Eifer in seinem Revier einarbeitete. Aber einige Tage später brachte ihn der Vater wieder mit zum Abendessen – ohne alle Vorbereitung. Und dann am letzten Tag vor der Abreise von Vater und Tochter war Salten nochmals nach dem Waldhaus geladen worden. Dieser Abend verlief ganz ähnlich dem ersten Abend. Und als er vorüber war, verabschiedete sich Salten mit schwerem Herzen.

Auch Winnifred sah ein wenig blaß aus.

»Werden wir Sie noch sehen morgen früh, ehe wir abreisen, Mr. Salten?« fragte sie mit unsicherer Stimme.

Er sah sie mit einem seltsamen Blick an. »Ich will morgen bei Sonnenaufgang wieder in den Wald, Miß Hartau. Aber wenn Sie abfahren, werde ich mir erlauben, zur Stelle zu sein, um Ihnen Lebewohl zu sagen.«

»Wir hoffen bestimmt darauf, Sie noch zu sehen, Mr. Salten«, fügte Hartau hinzu.

Salten verneigte sich und fragte bittend: »Darf ich Sie mit einem kleinen Auftrag behelligen, Mr. Hartau?«

Fragend blickte ihn dieser an.

Salten entnam seiner Brieftasche einen Brief. »Dieses Schreiben soll meiner Mutter meine Ankunft hier melden und ihr Beruhigung bringen, daß ich gut aufgehoben bin. Ich hörte von Mr. Bridge, daß die Post nur jede Woche einmal hier abgeholt wird. Ich möchte jedoch meiner Mutter möglichst schnell Nachricht senden. Würden Sie die große Güte haben, diesen Brief in Montreal zur Post zu geben?«

Hartau faßte nach dem Brief.

»Er soll mit dem ersten Dampfer, der nach unserer Ankunft nach Deutschland fährt, abgehen.«

»Ich danke Ihnen sehr.«

Und Salten verabschiedete sich. Hartau und Winnifred traten mit auf die Veranda, obwohl es schon herbstlich kühl war an diesem Abend und Nebelschwaden aufstiegen.

»Auf Wiedersehen morgen früh, Mr. Salten!« rief Winnifred ihm nach.

Als sie ihr Lager aufgesucht hatte, konnte sie nicht gleich einschlafen. Sie mußte an Rudolf Salten denken. Mit schmerzlicher Gewißheit fühlte Winnifred, daß er unglücklich war.

Und als sie eingeschlafen war, träumte sie von ihm. Sie sah ihn im Urwald, der immer dichter und dichter wurde, je weiter er ging. Und alles, was emporwuchs, umrankte ihn. Sie sah, wie die grünen Pflanzenarme ihn umstrickten. Er kämpfte dagegen, wollte sich befreien und riß an den grünen Fesseln, die sich wie Schlangen um ihn wanden. Sie sah, daß die Adern an seinen Schläfen anschwollen, so, wie sie es gesehen hatte, als sie die traurigen deutschen Lieder sang. Seine Augen sahen sie an, so traurig und verzweifelt. Sie wollte ihm helfen und konnte nicht von der Stelle. Wie an den Boden gefesselt stand sie und sah seine Not. Und sie mußte denken: Wenn er meinen Namen rufen würde, dann wäre er erlöst. Aber er rief ihn nicht, er biß die Zähne zusammen und kämpfte weiter gegen die erstickende Umarmung der grünen, lebendigen Ranken, die wie Nattern um ihn herumkrochen.

Und Winnifred dachte erschauernd im Traum: Wenn ich doch das Wort wüßte, was ihm helfen könnte. Aber sie konnte es nicht, so sehr sie sich auch anstrengte, es zu finden. Und Rudolf Salten versank immer tiefer in den lebendigen grünen Ranken, nur sein Haupt war noch frei. Aber schon züngelten die Ranken höher empor, und eine legte sich über seine Augen, so daß er sie nicht mehr ansehen konnte mit seinem traurigen Blick. Da fand sie plötzlich in höchster Angst das befreiende Wort.

»Vater!«

Sie rief es laut.

Und wie durch diesen Ruf herbeigezaubert, stand der

Vater plötzlich dicht neben Rudolf Salten und riß mit starken Armen die Ranken herab. Er befreite Salten; dieser taumelte auf Winni zu und rief jubelnd: »Winnifred Hartau!«

Da schluchzte Winni auf, und dies befreite Schluchzen weckte sie. Sie schrak empor und sah wirr um sich. Dann lächelte sie aufatmend.

»Gottlob, es war nur ein Traum«, sagte sie vor sich hin.

Sie sank wieder in ihre Kissen zurück und schlief ein, diesmal fest und traumlos bis zum Morgen.

VII

Rudolf Salten war, als er das Waldhaus verlassen hatte, zum Blockhaus zurückgekehrt. Dort lag schon alles im tiefen Schlaf, nur der Hund gab einen leisen Laut, beruhigte sich aber gleich wieder.

Salten vermochte noch nicht sein Lager aufzusuchen. Stundenlang wanderte er vor dem Blockhaus auf und nieder, in Gedanken verloren. Die Nachtkühle empfand er als Wohltat. Sein ganzes vergangenes Leben zog an ihm vorüber. Er sah sich als sorgloses Kind im Elternhaus, unter der Obhut der liebevollen und immer heiteren Mutter, die des Vaters etwas galliges Temperament nicht Herr werden ließ über den Frieden im Haus. Auch in der Schulzeit hatte die Mutter mit ihrem gütigen Humor schützend zwischen ihm und dem Vater gestanden. Er dachte an diese Zeit mit all ihren großen und kleinen Leiden und Freuden. Die Gesichter der Schulkameraden tauchten vor ihm auf, darunter das Karl Rittners, der immer ein wenig verspottet worden war und schließlich im Abitur stecken blieb.

Wie eine Schande war Salten dies erschienen. In seinem

Jungenehrgeiz wollte er nicht begreifen, daß Karl Rittner diese Schande überleben konnte. Und dann brannte dieser durch – nach Amerika.

Wie seltsam ihn das berührt hatte, so, als sei Rittner ausgelöscht aus den Reihen der Menschen, die eine Existenzberechtigung hatten.

»Er ist vor die Hunde gegangen«, hieß es damals.

Und nun? Nun war er selbst »vor die Hunde gegangen«, und das blanke Schild seiner Ehre hatte einen häßlichen Fleck bekommen. Freilich, es wußte niemand davon, nur er selbst, die Frau, um derentwillen er es getan, und ihr Gatte. Und diese beiden Menschen würden im eigenen Interesse schweigen. Kein Mensch würde erfahren, daß er ein Ehrloser geworden war nach den strengen Regeln des Ehrenkodex. Aber er selbst wußte es – und er hatte sich ausscheiden müssen aus der Reihe der Kameraden. Sie würden es wahrscheinlich nicht verstehen, daß er danach noch weiterlebte. Jeder andere an seiner Stelle hätte wohl zur todbringenden Waffe gegriffen.

Wirklich jeder andere? Solange niemand um eine Verfehlung wußte, lag keine Notwendigkeit vor, sich selbst zu richten.

Er machte aufstöhnend eine abwehrende Bewegung. Wenn das süße blonde Kind, das seine Seele durch ihre Lieder in allen Tiefen aufgewühlt hatte, wußte, was er getan, würde es nicht vor ihm zurückschaudern, trotz ihrer reinen Güte, ihn verachten?

Winnifred Hartau!

Oder würde sie Mitleid mit ihm haben? Würde sie verstehen, daß er sein Ehrenwort hatte geben müssen, um nicht zum Verräter zu werden an der Frau, die ihm ihre Gunst geschenkt hatte?

Aber seine Mutter hatte ihm doch verziehen! Ja, weil sie ihn liebte, und wo man liebt, ist Verzeihen leicht.

Und wenn Winnifred Hartau ihn lieben lernte?

Er atmete schwer. Er durfte jedenfalls nicht daran denken. Das taugte ihm nicht, das konnte zur unerträglichen Qual werden. Er mußte die Zähne zusammenbeißen, mußte bedenken, daß er sich auf sich selbst stellen mußte und nur noch eine Daseinsberechtigung hatte, wenn er seine Kräfte zum Wohl des Ganzen nützte. Für sich durfte er nichts mehr hoffen, nichts mehr wünschen. So sagte er sich. Und aufstöhnend lehnte er die Stirn an einen Baumstamm und stand lange reglos, bis ihn die Kälte der Nacht durchschauerte.

Da raffte er sich auf und ging mit schweren, müden Schritten ins Haus.

Mrs. Bridge hatte ihm einen Teil des großen Schuppens, der durch Bretter zu einem separaten Raum abgegrenzt war, zu einem sehr primitiven Schlafzimmer zurechtgemacht.

Eine alte, eiserne Bettstelle war vorhanden. Früher war noch ein zweiter Knecht in der Kantine angestellt gewesen. Er hatte aber nicht gutgetan, und man hatte ihn entlassen, ohne einen Ersatz für ihn zu engagieren, da man ohne ihn fertig wurde. Für ihn war damals dieses Bett angeschafft worden.

Als Rudolf Salten nun heute diesen Raum betrat und das Licht anzündete, das Mrs. Bridge ihm bereitgestellt hatte, stutzte er und sah sich befremdet um. Wie seltsam hatte sich plötzlich sein Zimmer verändert?

Sein Lager war mit sauberer, weißer Wäsche bezogen, und die Wolldecke, die er sonst benutzt hatte, wie sie war, hatte man in ein weißes Schutzlaken eingeknöpft. An Stelle des sitzlosen Stuhls stand eine hübsche kleine Waschkommode. Rechts und links von ihr befanden sich zwei Rohrsessel mit bunten Kissen ausgelegt. Und in der Ecke hatte ein richtiger Kleiderschrank seinen Platz gefunden. Auf dem Waschtisch stand ein komplettes Waschgeschirr, eine Wasserflasche und zwei Gläser. Und in einem der Gläser steckte ein blühender Busch Rhododendron. Der Handtuchhalter neben dem Waschtisch trug zwei kräftige, große Frottierhandtücher. Er hob sie empor und starrte sie an wie verzaubert. In einer Ecke der Tücher entdeckte er einen Buchstaben – ein H.

Er untersuchte die Bettwäsche. Die war mit denselben Buchstaben gezeichnet. Kopfschüttelnd strich er sich über die Stirn und sah sich um. Wie ganz anders wirkte jetzt das Zimmer. An den kleinen Fenstern hingen weiße Scheibengardinen, vor dem Bett auf dem Fußboden lag eine hübsche bunte Strohmatte, und über dem Waschtisch hing sogar ein Spiegel. Kopfschüttelnd suchte er endlich sein Lager auf und fühlte mit Behagen die saubere Wäsche, einen Komfort, auf den er nur schwer verzichtet hatte in dieser primitiven Umgebung.

Wo mochte Mrs. Bridge all die Herrlichkeiten aufgetrieben haben, nachdem sie ihm doch versichert hatte, daß er sich mit der primitiven Ausstattung begnügen müsse?

Gleich nach Sonnenaufgang erhob er sich wieder. Draußen im Hofe, am Brunnen, der einen Waldquell auffing, hantierte Nelli Bridge bereits. Schnell fuhr er in seine Kleider und trat hinaus:

»Guten Morgen, Mrs. Bridge! Mich hat die Neugier herausgetrieben. Sie haben ja den reinsten Salon aus meinem Schlafzimmer gemacht. Ich glaubte zu träumen, als ich es gestern abend betrat.«

Nelli Bridge lachte noch mehr. »Sie müssen mir nicht danken, ich bin ganz unschuldig an dieser Verbesserung.«

»Aber wem soll ich dafür danken?«

»Niemand! Nehmen sie einfach an, Mr. Salten, daß eine gute Fee Ihr Zimmerchen mit einem Zauberstab berührt hat.«

Seine Augen blitzten. »Mrs. Bridge, Sie müssen mir sagen, wer diese gute Fee ist.«

»Ich darf es nicht sagen, sonst bekomme ich Schelte, und

vielleicht fliegt dann der ganze Zauber wieder davon.«

Ein seltsam wohliges Gefühl erfüllte sein Herz. »Mrs. Bridge, jetzt brauchen Sie mir gar nichts mehr zu verraten. Ich weiß, wer die gute Fee war: niemand anders, als Miß Hartau.«

»Ach, was sind sie klug.«

»Die Handtücher und die Bettwäsche sind mit »H« gezeichnet.«

Nelli Bridge sah sich vorsichtig um und kam ganz nahe herbei.

»Nun – da Sie es selbst erraten haben, kann ich ja nichts dafür. Aber Sie müssen mir bezeugen, daß ich es nicht ausgeplaudert habe. Miß Winnifred wollte es nicht. Sie hat all die Sachen herübergeschickt. Und alles hat sie genau beschrieben, wie ich es aufstellen und herrichten soll. Zuletzt hat sie noch gesagt: Mrs. Bridge, daß Sie aber nichts verraten, daß ich Ihnen die Sachen gegeben habe, denn dann bedankt sich Mr. Salten bei mir, und Sie wissen, wie schrecklich es mir ist, wenn mir jemand dankt für so selbstverständliche Dinge, die gar keinen Dank verdienen.«

Salten hatte aufmerksam zugehört, und Nelli Bridge ahnte wohl nicht, wie ihm dabei ums Herz war. »Seien Sie unbesorgt, ich werde nichts verraten und Miß Hartaus Wunsch ehren. Und ich danke Ihnen, daß Sie sich für mein Behagen gemüht haben.«

»Da ist nichts zu danken, Mr. Salten. Was ich tun kann, tue ich gern. Man weiß doch selbst, wie es ist, wenn man gar so trübselig hausen muß. Mir tun ja all die armen Schelme leid, die noch tiefer in die Wildnis hineinziehen. Eine Hütte finden sie natürlich alle, denn vor ihnen haben immer schon andere in dem Revier gehaust, die wieder davongezogen sind. Aber wie sieht es in den Hütten aus? Wenn ich aber schon einmal einen hier habe unter meinem Dach, dann tue ich auch für ihn, was ich kann. Und damit Punktum. Jetzt muß ich die Kuh und die Ziegen melken.

Ich habe keine Zeit mehr. Ihr Frühstück bringe ich Ihnen noch, Mr. Salten.«

Damit ging Nelli Bridge davon. Salten ging in sein Zimmerchen zurück und sah sich mit leuchtenden Augen darin um. Über die saubere Bettwäsche streichelte er liebkosend, nahm den Busch Rhododendron empor und grub sein Gesicht in die kühlen Blätter.

Winnifred Hartau! Winnifred Hartau! Der ganze Raum schien ihm angefüllt mit ihrer Güte.

Eilig packte er nun seine Habseligkeiten aus dem Koffer in den Schrank. Und als er die oberste Schublade der Waschkommode aufzog, stutzte er. Es lag ein Packen sauberer Wäsche darin, Bettzeug zum Wechseln und noch einige Handtücher, alles mit »H« gezeichnet. Und nun entdeckte er hinter der Wäsche eine Reihe Bücher. Es waren deutsche Klassiker und einige wertvolle deutsche Romane. Es stieg feucht in seine brennenden Augen. Die Rührung wollte ihn überwältigen. Und nicht einmal danken durfte er ihr.

Als jetzt Mrs. Bridge sein Frühstück hereinbrachte, konnte er ihr nur stumm zunicken. Sie sah ihn an und merkte, daß seine Augen feucht glänzten. Schnell verließ sie das Zimmerchen.

Salten nahm sein Frühstück ein und machte sich fertig für seinen Inspizierungsgang.

Als er durch den taufrischen Wald schritt, war ihm zumute, als gehe er nicht allein. Eine Blüte des Rhododendrons, die herabgefallen war in sein Waschwasser, hatte er in seine Brieftasche gelegt. Die wollte er immer bei sich tragen zur Erinnerung an Winnifred Hartaus Liebesdienst. Ihm war zumute, als ginge sie neben ihm und plaudere in ihrer reizenden, frischfrohen Art, die so gar nichts Unnatürliches hatte und, frei von aller Sentimentalität, doch aus dem innersten Herzen kam.

Ein wehes Gefühl durchzuckte ihn, als er daran dachte,

daß sie in wenigen Stunden diese Gegend verlassen würde. Bald wäre sie wieder in Montreal, in der stolzen, weißen Marmorvilla ihres Vaters. Und Pelzkönigs Tochter würde dort keine Zeit haben, an den armen Pelzjäger ihres Vaters zu denken, dem sie tausend Wohltaten erwiesen hatte.

Immer wieder sah er nach der Uhr. Daß er nur ja nicht versäumte, zur Stelle zu sein, wenn sie mit ihrem Vater davonfuhr. Einen Blick wollte er wenigstens noch von ihr erhaschen.

Mitten im Walde sah er dann auf seinem Weg eine Anzahl schöner, seltener Blumen, die er nicht kannte. Er pflückte einen Strauß davon und band ihn mit Heidekraut und einem Büschel Rhododendron zusammen. Diesen Strauß wollte er ihr zum Abschied geben Die Blumen sollten ihr sagen, wie dankbar er ihr für ihre Güte war. Und nun war es an der Zeit, zurückzugehen. Zu seinem Schrekken merkte er, daß er zu weit abgekommen war. Er warf sein Gewehr über die Schulter und rannte, so schnell es ging, durch das Dickicht. Einige Male scheuchte er Wild auf. Aber er hatte jetzt keine Zeit, darauf zu achten. Dafür war morgen Zeit – wenn sie fort war.

Heiß, erregt und verstaubt erreichte er endlich das Blockhaus und konstatierte aufatmend, daß er noch zehn Minuten Zeit hatte.

Nelli Bridge sagte ihm, daß Mr. Bridge mit dem Knecht schon hinübergefahren sei zum Waldhaus, um die Herrschaften abzuholen.

Salten nickte ihr zu, ging schnell in sein Zimmerchen, um sein Gewehr abzulegen und seinen Anzug ein wenig zu ordnen. Dann lief er in den Hof und besprengte am Brunnen die Blumen noch einmal. Als er dann wieder hinaustrat vor das Blockhaus, sah er den Wagen kommen. Er ging ihm entgegen.

Mr. Hartau winkte ihn freundlich heran. »Nun lassen wir Sie allein zurück, Mr. Salten. Sehen Sie zu, wie Ihnen die

Einsamkeit schmeckt. Im Januar treffen wir uns wieder. Bis dahin Weidmannsheil!«

Damit gab er Salten die Hand. Dieser hatte Winnifreds Gesicht gesucht. Es erschien ihm ein wenig bleich. Sein Herz zog sich schmerzhaft zusammen.

Und Winnifred?

Sie mußte die Zähne zusammenbeißen und wußte doch nicht, warum ihr so sterbenstraurig zumute war.

Salten überreichte ihr nun mit einer Verbeugung den eigenartigen Blumenstrauß.

»Gestatten Sie mir, Miß Hartau, Ihnen die Blumen als Abschiedsgruß zu geben, als ein Zeichen der Dankbarkeit für die mir in so reichem Maße erwiesene Güte.«

Seine Stimme schwankte ein wenig. Winnifred nahm die Blumen und barg einen Moment ihr Gesicht darin. Dann sagte sie, sich mühsam fassend:

»Ich danke Ihnen, Mr. Salten. Und Gott mit Ihnen. Auf Wiedersehen!«

Ihre Augen sahen mit einem wehen Ausdruck in die seinen.

Er verneigte sich.

»Auf Wiedersehen, Mr. Salten!« rief nun auch Peter Hartau.

»Auf Wiedersehen!« wiederholte Salten mit heiserer Stimme.

Und der Wagen fuhr weiter.

Salten blieb stehen und sah ihm nach, als sei er gelähmt. Er sah, daß Winnifred Hartau sich nach ihm umwandte und ihm zunickte. Da nahm er seinen Hut ab und verneigte sich.

Das altgewohnte Leben in Montreal zog Winnifred nun wieder in seine Kreise. Sie hatte nicht viel Zeit, sich auf sich selbst zu besinnen. Der Herbst brachte noch einige schöne Tage, aber bereits frostige Nächte. Bald nach ihrer

Heimkehr unternahm Winnifred mit Tante Kora und einigen befreundeten Herren und Damen eine Autofahrt zu den Niagarafällen. Tante Kora hatte sie noch nicht gesehen. Der Ausflug befriedigte sie sehr, und die Großartigkeit dieses Naturwunders enthusiasmierte selbst ihren engherzigen Geist. Mit diesem Ausflug war die Sommersaison von Montreal endgültig zu Ende gegangen.

Der kurze Herbst brachte einige Bälle und Routs, an denen Winnifred in Begleitung ihres Vaters und ihrer Tante teilnahm. Ende November gab dann der Pelzkönig Hartau die erste große Festlichkeit in seinem Haus für diesen Winter. Zahlreiche Einladungen waren dazu ergangen, und Tante Kora hatte alle Hände voll zu tun. Sie sonnte sich aber in der Pracht der Lebensführung ihres Bruders und war jetzt sehr stolz auf ihn. Vergessen war, daß sie diesen Bruder einmal zu den Verlorenen gerechnet hatte, über die man in sittlicher Entrüstung den Stab brechen muß. Jetzt war ihr Bruder der Pelzkönig von Montreal – und sie seine stolze Schwester.

Bei diesem Fest wurde wieder viel gediegene Pracht entfaltet. Der Pelzkönig wußte, was er seiner gesellschaftlichen Stellung schuldig war.

Die erste Gesellschaft von Montreal war geladen und auch verschiedene interessante Persönlichkeiten aus aller Herren Länder, die sich zurzeit in Montreal aufhielten. Peter Hartau stand, eine imponierende Erscheinung, inmitten seiner Gäste. Neben ihm machte seine Schwester Kora mit ihrer etwas steifen Grandezza die Honneurs als Hausfrau.

Und an Peter Hartaus anderer Seite stand wie ein lichter Traum seine Tochter Winnifred, die vielumworbene Pelzkönigin.

Sie schien in den letzten Monaten gewachsen zu sein. Ihr Gesichtchen hatte ein wenig die kindliche Rundung verloren und war nicht mehr so rosig und blühend wie zuvor.

Aber dafür lag ein neuer, eigenartiger Zauber über ihrer Erscheinung, und es war den jungen Herren nicht zu verdenken, daß sie sich eifrig um sie bemühten.

Aber wie eine kleine Königin nahm sie alle Huldigungen entgegen, ohne tiefer davon berührt zu werden. Ihre großen tiefblauen Augen sahen zuweilen wie geistesabwesend über die glänzende Gesellschaft weg, und dann erschien vor ihren geistigen Augen eine hohe Männergestalt im schlichten Kleid des Pelzjägers, die einsam durch den Urwald streifte oder in der Hütte beim Lampenschein saß und in einem Buch blätterte.

Tante Kora war jetzt immer restlos mit ihr zufrieden und ganz entzückt von ihrer damenhaften Würde, durch die nur noch selten der übermütige Wildfang brach.

»Winni ist jetzt bis in die Fingerspitzen hinein Dame und hat sich gottlob die burschikosen Backfischmanieren abgewöhnt. Ihr Übermut hat sich zu einer anmutigen Heiterkeit abgeklärt, lieber Peter«, sagte sie im Verlauf des Abends zu ihrem Bruder.

Dieser sah seine Schwester mit einem seltsamen, etwas spöttisch überlegenen Blick an. »So, so? Also Winni gefällt dir jetzt besser als früher?«

Tante Kora nickte und wehte sich würdevoll mit einem Riesenfächer aus Schildpatt und Straußenfedern Kühlung zu.

»Viel, viel besser, Peter! Es ist erstaunlich, wie sie sich gewandelt hat. Meine Ermahnungen sind endlich auf fruchtbaren Boden gefallen, und sie hat mit einemmal begriffen, was ihr früher nicht eingehen wollte. Findest du sie nicht auch ganz entzückend in ihrer damenhaften Anmut?«

Peter Hartau sah zu seiner Tochter hinüber, die mit einigen jungen Damen und Herren plauderte. Er lächelte ein wenig. »Eigentlich darf ich sie ja als Vater nicht entzükkend finden, Kora, obwohl meine Vatereitelkeit gewaltig gestreichelt wird durch Winnis Aussehen und ihr ganzes

Wesen. Aber ich will dir etwas anvertrauen: ich gäbe viel, sehr viel darum, wenn Winni dir mit ihrem frischfrohen Übermut nach wie vor tüchtig zu schaffen machte.«

»Aber Peter!«

Er lachte ein wenig und legte die Hand auf ihre Schulter. »Laß gut sein, Kora! Auch in diesem Punkt, wie in manchen andern, verstehen wir uns nicht. Und ich werde mich schon noch daran gewöhnen, daß meine Tochter erwachsen ist.«

»Das denke ich doch auch, Peter. Sie kann ja nicht immer ein Kind bleiben. Stolz kannst du auf sie sein. Sieh nur, wie sie umschwärmt wird. Wer weiß, wie bald sie sich verlobt. Es sind so nette Herren unter ihren Verehrern.«

»Aber kein Deutscher.«

Sie sah ihn unsicher an. »Meinst du, daß Winni Ernst macht mit ihrem Vorsatz, nur einen Deutschen zu heiraten?«

»Ja, Kora, ich glaube bestimmt, daß es ihr Ernst ist.«

»Nun – dann dürfte es sich empfehlen, wenn du bald einmal mit ihr nach Deutschland reisen würdest.«

»Ja, ja, im nächsten Spätsommer – es ist schon besprochen. Aber nun wollen wir uns wieder unsern Gästen widmen.«

Und Peter Hartau schritt durch den Festsaal auf einen großen, weißhaarigen Herrn zu, einen deutschen Schiffsreeder, der in Montreal Geschäfte zu erledigen hatte. Mit diesem plauderte er eine Weile.

Dabei beobachtete er aber immer wieder seine Tochter. Er wußte genau, wodurch sich seine Winni so sehr verändert hatte.

Winni meinte sich gut in der Gewalt zu haben, so daß niemand ihr etwas anmerken könne von ihren Empfindungen, die sie doch so fest in sich verschloß. Sie ahnte auch nicht, daß der Vater sie durchschaute, als sei sie von Glas, und daß er das Geheimnis ihrer jungen Seele längst kannte.

Im Verlauf des Abends begegnete Winnifred ihrem Vater in einem leeren Nebenzimmer. Er zog sie lächelnd in seine Arme. »Nun, Winni, amüsierst du dich?«

»Vortrefflich, Vater. Ich denke, unser Fest ist uns sehr gelungen. Die Stimmung ist ausgezeichnet.«

»Das finde ich auch. Hier ist es doch amüsanter als oben in unserem Waldhaus. Weißt du, woran ich denken mußte?«

Sie war leise zusammengezuckt, und verräterische Röte schoß in ihre Wangen. »Nun? Woran denn?« fragte sie unsicher.

»An ein anderes Fest.«

»An welches, Vater?«

»An ein ganz kleines, bescheidenes da oben im Waldhaus, weißt du, wo du selbst das Festmahl bereitetest, und wir nur einen einzigen Gast hatten.«

Sie atmete schnell und erregt.

»Ach, du meinst den Abend mit Mr. Salten?«

»Ja.«

»Ach, Vater, diese beiden Abende sind eigentlich nicht zu vergleichen.«

Seine Augen ließen nicht von ihrem Gesicht, in dem die Farbe verräterisch kam und ging. »Nein, eigentlich nicht. Und doch, beides sind Festabende. Jener im Waldhaus, dieser in Villa Hartau. Welcher hat dir nun besser gefallen?«

Sie nahm seinen Arm und legte ihre Wange an seine Schulter. »Weißt du, Vater, solche Festabende wie der heutige habe ich schon eine ganze Anzahl erlebt. Jener im Waldhaus hatte einen eigenen Reiz für mich, weil ich ganz allein für ihn gesorgt hatte. Ich denke immer gern daran zurück.«

Eine heimliche Rührung stieg in ihm auf. Es tat ihm leid, daß er sie ein wenig quälen mußte, aber er verlangte nach absoluter Klarheit über ihr Empfinden. »Wie mag es Mr.

Salten jetzt gehen? Ob er sich eingelebt hat?« fragte er, zum erstenmal seit ihrer Heimkehr mit ihr von ihm sprechend.

Ein zitternder Atemzug hob ihre Brust. »Er wird sich sehr einsam fühlen, Vater. Denke doch daran, wie dir zumute war, als du das erste Jahr da oben bliebst. Du hast mir oft erzählt, wie du unter der Einsamkeit gelitten hast.«

Nun zog er sie, von Zärtlichkeit überwältigt, fest an sich und streichelte über ihr flimmerndes Haar. »Nun, Mr. Salten wird nicht solange wie ich da oben bleiben.«

»Meinst du nicht?« fragte sie erregt.

»Nein! Ich denke, wir werden ihn bald in Montreal haben, spätestens nächsten Sommer.«

Ihre Augen wurden groß und weit. »Wie meinst du das, Vater?«

»Ich habe meine Pläne mit ihm.«

»Was für Pläne?« fragte sie mit fast versagender Stimme.

Er faßte ihr Kinn, sah ihr tief in die Augen und strich leise über ihre Stirn. »Darüber möchte ich noch nicht sprechen. Du weißt, ich rede nie über Dinge, die noch nicht spruchreif sind. Aber eins scheint mir sicher, daß Mr. Salten nächsten Winter in Montreal bei unsern Festlichkeiten anwesend ist.«

Ihre Augen leuchteten im verhaltenen Jubel. »Du bist einzig gut – mein lieber, lieber Vater.«

Ihre Freude rührte ihn. Aber er zeigte es nicht und sagte ruhig lächelnd:

»Jetzt dürfen wir uns aber nicht länger hier isolieren, Winni, laß uns zu unsern Gästen zurückgehen. Und sei recht vergnügt und heiter.«

Sie nickte strahlend, küßte ihn herzhaft auf den Mund und zog ihn froh in den Saal zurück. In diesem Moment erinnerte sie wieder sehr an die Winnifred, für deren Übermut es keine Hindernisse gab.

Das Herz war ihr plötzlich wieder leicht. Des Vaters Versicherung, daß Salten im nächsten Jahr ganz bestimmt in Montreal sein würde, galt ihr als Evangelium.

Peter Hartau hatte das Richtige getroffen. Von dieser Stunde an war seine Tochter wieder ein froher, leichtherziger Mensch. Er sah befriedigt, daß sie sich jetzt mit einer befreiten, sonnigen Heiterkeit den Gästen widmete und nicht mehr mit verträumter Sehnsucht in die Ferne sah.

Es war etwas von dem alten Übermut in Winnifreds Seele zurückgekehrt, und als sie nach einer Weile mit Tante Kora zusammentraf, umfaßte sie diese und wirbelte sie zu den Klängen eines Walzers übermütig durch den Saal.

»Winni, um Gottes willen – laß mich los! Was sollen die Herrschaften denken?« stöhnte Tante Kora außer sich.

»Laß sie denken, was sie wollen, Tantchen! Du hast noch nicht ein einziges Mal getanzt heute abend. Nun werden die Herren dich umlagern und mit dir tanzen wollen.«

»Aber Kind – ich tanze doch schon seit Jahren nicht mehr. Wie kannst du mich so herumwirbeln, ich wäre beinahe gefallen.«

»Ich hätte dich schon festgehalten.«

»Man soll den Tag nicht vor dem Abend loben. Vor einer Weile habe ich deinem Vater gesagt, wie sehr ich mich freue, daß du dein burschikoses, wildes Wesen abgelegt hast. Und nun?«

Winnifred lachte. »Es war ein kleiner Rückfall. Weißt du, ich bin so froh, daß ich laut aufjauchzen möchte. Soll ich's tun?«

Erschrocken legte ihr Tante Kora die Hand auf den Mund. »Untersteh dich! Du bist imstande!«

Wieder lachte Winni herzlich. Aber sie sagte mit einem seltsam weichen Ausdruck. »Nein, Tantchen, hier nicht. Aber wenn ich jetzt droben in unserm Wald wäre, dann würde ich jauchzen, daß der liebe Gott seine Freude dran haben sollte.«

VIII

Droben im Urwald war längst mit Eis und Schnee der Winter gekommen. Rudolf Salten führte ein hartes und sehr monotones Leben. Von früh bis spät war er auf den Füßen. Oft beschlich er auch bei Nacht ein besonderes Wild, zum Beispiel die Wölfe, die sich immer näher wagten, je weiter der Winter vorwärtsschritt. Er hatte sich noch nicht entschließen können, Hans Hölderlin oder Ernst Richter aufzusuchen und zu einer gemeinsamen Wolfsjagd aufzufordern. Allein hatte er sich in mondhellen Nächten aufgemacht und einen sicheren Platz bezogen, von dem er schon viele Wölfe erlegt hatte. In einem riesigen Baum, der aus drei ineinandergewachsenen Stämmen bestand und zu einer mächtigen Krone auslud, hatte er, einige Meter vom Erdboden entfernt, eine Art kleiner Plattform entdeckt. Dort hatte er sich eine Art Schilderhaus aufgestellt, solange noch leidlich warme Tage waren. Er sagte sich, daß hier das Wild erfolgreich zu beschleichen sei und ahnte noch nicht, wie nützlich ihm dies sichere Versteck bei der Wolfsjagd sein würde. Mit Stroh, warmen Decken und dergleichen polsterte er sich das geschützte Versteck aus und konnte hier stundenlang im ärgsten Frost auf der Lauer liegen. Gerade an dieser Stelle wechselten die Wölfe, und in mondhellen Nächten brachte er eine ganze Anzahl von ihnen zur Strecke. Er mußte dann freilich in seinem Versteck bleiben, bis der Tag anbrach. Sonst hätten ihn die Wölfe zerrissen. Bei Tagesanbruch zogen sie sich zurück.

Das Fleisch von anderm erbeuteten Pelzwild legte Salten als Köder für die Wölfe an dieser Stelle aus, wenn er vorhatte, auf Wolfsjagd zu gehen. So zog er die Bestien immer wieder herbei und hatte reiche Beute.

Eines Tages begegnete er an der Grenze seines Reviers endlich einem seiner Nachbarn. Es war Hans Hölderlin.

Der hatte Wildspuren verfolgt und war so dicht an Saltens Revier herangekommen. Nun standen die beiden Jäger einander gegenüber und starrten sich eine Weile sprachlos an. Dann reckte sich Hölderlin lachend in den Schultern.

»Donnerwetter! Da ist ja ein Mensch! Ich glaubte, von dieser Gattung gäbe es hier gar keine Exemplare mehr«, sagte er.

Salten mußte lächeln über das runde, erstaunte Gesicht des jungen Thüringers. »Hoffentlich ist Ihr Erstaunen kein unerfreutes«, erwiderte er.

Hölderlin schüttelte den Kopf.

»Wie kommen Sie denn in diese gottverlassene Gegend?«

Bei diesen Worten schlug er die Arme mit heftigen Schlägen um sich selbst, um sich zu erwärmen.

»Wahrscheinlich auf dieselbe Weise wie Sie. Ich nehme an, Sie sind der Pelzjäger Hölderlin. Und ich bin gleichfalls als Pelzjäger dem Pelzkönig Hartau verpflichtet.«

Hölderlin schüttelte staunend den Kopf. »Nun wissen Sie gar, wie ich heiße. Aber Sie hätte ich nicht für einen Pelzjäger gehalten. Sie sehen verdammt nobel aus – wie ein Graf.«

»Ich bin aber der Pelzjäger Salten.«

»Na, also, wenn Sie es sagen, wird es schon stimmen. Hat sich denn die Jägerei schon gelohnt für Sie?«

»Ich denke, ich hatte gute Beute.«

»Hm, ich auch. Das Viehzeug läuft einem ja beinahe in den Weg. Man braucht nur zu knallen, und da liegt es. Haben Sie schon an Wolfsjagden teilgenommen?«

»Ich habe eine ganze Anzahl Wölfe erlegt.«

»In Gesellschaft von andern Pelzjägern natürlich?«

»Nein – allein.«

»Donnerwetter, das ist doch ein bißchen gefährlich.«

»Nicht sehr, nur etwas langweilig. Wenn es Sie interessiert, will ich Ihnen gern zeigen, wie ich Wölfe jage. Vielleicht tun Sie es mir dann nach. Es hat den Vorteil, daß alle erlegten Wölfe Ihnen gehören, während Sie mit den andern teilen müssen, wenn Sie in Gesellschaft jagen.«

»Das wäre ja famos! Da bin ich neugierig. Wissen Sie, auf was ich jetzt scharf bin?«

»Nun?«

»Auf Bären. Sie sollen selten sein, und ein Bärenfell wird besonders hoch gewertet. Da gibt es feine Prämien.«

»Ich habe noch keine Spuren von diesem Wild gefunden.«

»Aber gerade in Ihrem Revier und in dem meinen sollen welche hausen. Na, wir werden sie schon aufspüren. Wollen wir denn gemeinsam auf die Bärenjagd gehen? Sie gefallen mir besser als die andern. Und ich denke, wir zwei schaffen es. Sie scheinen auch ein forscher Kerl zu sein.«

Salten nickte lächelnd. Hölderlins frisches Wesen gefiel ihm. Seine treuherzigen Augen waren ohne Falsch.

»Ich bin dabei.«

»Gut, wer zuerst eine Spur findet, läßt es den andern wissen. Wo steht Ihre Hütte?«

»Ich wohne bei Mr. Bridge.«

»Ah, in der Kantine?«

»Ja.«

»Donnerwetter, da sitzen Sie hübsch feucht. Mr. Bridge hat einen guten Tropfen auf Lager.«

»Ich mache wenig Gebrauch davon.«

»Hm! Die Güter des Lebens sind eben ungerecht verteilt. Ich möchte mir mal gründlich die Nase begießen. Hier oben braucht man eine kleine Aufmunterung. Wissen Sie was, ich werde Sie bis zur Kantine begleiten, wenn es Ihnen nichts ausmacht. Wir trinken dann einen zusammen, ich bleibe in der Nacht im Blockhaus und gondle erst morgen früh zu meinem Revier zurück.«

Rudolf Salten sah auf die Uhr. »Gut, heute ist doch nichts mehr zu machen. Ich muß ohnedies an die Heimkehr denken. Also gehen wir! Unterwegs zeige ich Ihnen meine

Einrichtung für die Wolfsjagd. Wird Sie interessieren.«

»Machen wir!«

Und die beiden Menschen, die sich bisher fremd gewesen waren und aus ganz verschiedenen Sphären stammten, gingen einträchtig nebeneinander her und unterhielten sich angeregt.

Hans Hölderlin erzählte, daß es ihm drüben im deutschen Vaterland zu eng geworden sei, daß er viel über Kanada gelesen und Lust bekommen habe, hier sein Glück als Pelzjäger zu versuchen.

»Drüben, bei uns zu Hause, darf man ja nicht mal ungestraft einen Hasen schießen«, sagte er.

»Sind Sie denn nun zufrieden? Gefällt es Ihnen hier?«

Hans Hölderlin kratzte sich hinter den Ohren. »Nicht ein weibliches Wesen im ganzen Umkreis, das ist ein bißchen verdrießlich. Ich habe ja was Liebes zu Haus; na, und untreu will ich meinem Mädel auch nicht werden. Aber so ganz ohne weiblichen Umgang, das ist schon eine schnurrige Geschichte. Es muß aber gehen, bis andere Zeiten kommen.«

Salten mußte über sein komisch verzweifeltes Gesicht lachen.

Hölderlin schwatzte ruhig weiter, und Salten war es fast eine Wohltat, diesem schlichten Naturburschen zuzuhören. Auch waren es die ersten deutschen Laute, die er, seit er Winnifred Hartau und ihren Vater das letztemal gesehen hatte, zu hören bekam.

Hölderlin bestaunte dann Saltens Jagdhüttchen oben in den Zweigen des Riesenbaums.

»Donnerwetter, das ist eine famose Idee! Das mache ich natürlich nach. Auf solch einen gescheiten Einfall wäre ich nicht gekommen. Wieviel Wölfe haben Sie denn auf diese Weise schon erlegt?«

»Neunzehn«, erwiderte Salten.

Hölderlin riß staunend seine runden Augen auf.

»Und ich habe erst drei. Das muß anders werden. Sie haben recht, was man allein machen kann, soll man allein machen. Es macht auch mehr Freude. Und wenn wir Bärenspuren finden – glauben Sie, daß wir zwei allein auf die Bärenjagd gehen können? Sonst holen wir uns noch Richter dazu. Aber der ist furchtbar melancholisch. Sonst aber ein anständiger Mensch und Jäger von Beruf. Gut schießen muß man können, wenn man auf Bären pirscht. Es sollen gefährliche Bestien sein.«

»Nun, wir werden sehen. Erst müssen wir mal die Bären haben. Das Weitere findet sich. Jedenfalls gilt unsere Verabredung.«

Damit war Hölderlin einverstanden.

Als sie im Blockhaus ankamen, wurden sie von Bridges freundlich begrüßt.

Hans Hölderlin gab lachend seine Absicht kund, sich die Nase gründlich zu begießen, und Mr. Bridge mußte ihm dazu die nötigen Getränke herbeischaffen. Er führte sein Vorhaben auch aus und stolperte dann weinselig auf einen Heuhaufen, den ihm Mr. Bridge als Nachtlager zurechtgemacht hatte.

Salten hatte sich schon früher in sein Stübchen zurückgezogen, in dem ein kleiner eiserner Ofen behagliche Wärme verbreitete. Er las in einem der Bücher, die Winnifred Hartau für ihn herübergeschickt hatte.

So saß er fast jeden Abend. Und zwischen den Buchstaben tauchte dann wieder und wieder ein blondlockiger Mädchenkopf auf. Und tiefblaue Augen sahen schelmisch oder voll gütigen Mitleids in die seinen.

In seiner Herzenseinsamkeit hielt ihn nur zweierlei aufrecht: der Gedanke an seine Mutter und an Winnifred Hartau. Ob sie wohl einmal an ihn dachte, oder ob sie ihn längst vergessen hatte.

Auch heute fragte er sich das mit einem tiefen Seufzer.

Da klopfte es an seine Tür, und Nelli Bridge brachte ihm

ein Glas Tee mit einem guten Schuß Rotwein herein.

»Damit Sie es warm haben, Mr. Salten«, sagte sie.

»Sie denken immer an mich, Mrs. Bridge.«

Aus ihrem häßlichen Gesicht leuchteten die munteren Augen. »Warum soll ich nicht? Sie sind uns doch lieb geworden wie ein Sohn, Mr. Salten. Und Sie sollen Nelli Bridge doch in gutem Andenken behalten, wenn Sie einmal von uns gehen. Lange bleiben Sie ja doch nicht bei uns.«

»Ist das so sicher, Mrs. Bridge?«

»Ganz sicher. Meine Karten verraten es mir.«

Er lächelte ein wenig über ihren felsenfesten Glauben an das, was ihr die Karten prophezeiten.

»Jedenfalls bin ich Ihnen sehr dankbar, daß Sie es so gut mit mir meinen.«

Sie machte eine abwehrende Bewegung. »Ich habe es doch auch Miß Winnifred versprochen, gut für Sie zu sorgen.«

»Dies Versprechen haben Sie sehr gut gehalten.«

»Es hat mir Freude gemacht. Also gute Nacht, Mr. Salten. Wir gehen jetzt zur Ruhe, und der junge Mann, den Sie heute mitgebracht haben, der schnarcht drüben zum Steinerweichen. Er hat ordentlich getrunken.«

»Ja – die Einsamkeit hier oben setzt ihm zu. Er hat es nicht so gut wie ich und muß erst weit laufen, ehe er einen andern Menschen zu Gesicht bekommt. Ich bin viel besser daran.«

»Na, mit uns beiden können Sie ja auch nicht viel anfangen, wir sind doch kein Umgang für so einen vornehmen Herrn.«

»Ich bin ein Pelzjäger wie die andern auch, Mrs. Bridge.«

»Nun ja, ich weiß es. Aber Sie werden es nicht lange bleiben und bald wieder ein vornehmer Herr werden. Also gute Nacht, Mr. Salten.«

»Gute Nacht, Mrs. Bridge.«

Dann war Salten wieder allein.

Er starrte ins Licht, bis ihn die Augen schmerzten. Dann sprang er auf und ging lange Zeit ruhelos in seinem Stübchen auf und nieder. Noch nie war ihm seine Einsamkeit so sehr wie heute zum Bewußtsein gekommen. Die Begegnung mit Hölderlin hatte ihn aus einer Art Stumpfsinn aufgerüttelt.

Um der Qual dieser Einsamkeit zu entgehen, zog er seine Brieftasche hervor. Darin lag die Blüte von dem Rhododendronbüschel, das ihm Winnifred gesandt hatte zum Schmuck seines Zimmers. Lange sah er darauf nieder. Dann zog er einen Brief hervor – den letzten Brief seiner Mutter, den er vor einigen Tagen erhalten hatte. Diesen Brief hatte er schon oft durchgelesen. Auch jetzt tat er es wieder.

»Mein lieber, lieber Sohn! Hoffentlich hast Du meinen vorigen Brief erhalten, den ich hier am 30. September absandte, gleich an demselben Tage, als ich Deinen ersten Brief aus Kanada erhielt. Ich danke Dir, daß Du mir so fleißig schreibst. Zuerst war ich ja sehr erschüttert, daß Du in eine so weltabgeschiedene Einsamkeit gezogen bist, so weit entfernt von allem Leben und aller Kultur. Aber nun bin ich schon ganz tapfer und sage mir, daß ohne den Willen des lieben Gottes kein Spatz vom Dach fällt.

Daß Deine Mutter täglich, stündlich an Dich denkt, mein Rudolf, das wirst Du wissen und fühlen. Und wenn Mutterliebe Macht hat, dann wird sich Dein Schicksal doch noch zum Guten gestalten. Verzage nicht, Rudolf, soviel ich auch über alles nachdenke, komme ich doch zu keinem andern Resultat, als daß Du nicht anders handeln konntest, wie Du es getan hast. Ich danke Dir, mein Sohn, daß Du mir den Schmerz nicht zugefügt hast, Dein junges Leben wie ein wertloses Ding fortzuwerfen. Es ist keine Sühne, wenn man ein Unrecht mit der größten Sünde, dem Selbstmord, bezahlen will.

Um mich mach Dir keine Sorge. Ich fühle mich so wohl, wie es mein Alter zuläßt. Onkel Ludwig grollt noch immer, er hat sich weder bei mir sehen lassen noch eine Botschaft geschickt. Man sagte mir aber, daß die junge Person, die ihm den Haushalt führt, und die Dir schon unangenehm aufgefallen ist, ihn sehr beeinflussen soll. Sie hat sich neulich ganz offiziell als seine Braut ausgegeben. Vielleicht heiratet er diese Person. Nun, mag er tun, was er will. Ich habe nie an der Hoffnung gehangen, daß er Dich zu seinem Erben einsetzen wird, und Du auch nicht, das weiß ich. Und Deinen Vater kränkt es nicht mehr, daß Dir dies Erbe verloren geht.

Karl Rittner war einige Male bei mir und hat mir viel vom kanadischen Urwald erzählen müssen. Er hat mich so lieb getröstet und mir gesagt, Du würdest Dein Glück schon machen. Sein Vater ist ganz mit ihm ausgesöhnt, und die Mutter ist glückselig, daß sie ihren Jungen wiedergesehen hat. Aber er will gleich nach Weihnachten hinüber nach Amerika und sich eine Farm kaufen. Für immer hält er es hier nicht mehr aus. Damit muß sich seine Mutter abfinden.

Und nun will ich für heute schließen, mein Sohn. Ich schreibe bald wieder, so daß Du um die Weihnachtszeit einen Brief von mir hast. Bis dahin leb wohl, mein Rudolf. Gott behüte Dich auf allen Deinen Wegen. Der guten Mrs. Bridge, die Dich so treu umsorgt, sage meinen herzlichen Dank. Sei innig gegrüßt von

Deiner treuen Mutter.«

Langsam faltete Salten den Brief zusammen, und seine Augen blickten umflort.

Er hatte der Mutter natürlich seine Lage so rosig wie möglich geschildert. Wenn sie ahnte, wie er oft des Nachts verzweifelt in sein Kissen biß und mit dem Schicksal haderte, das ihn so elend gemacht hatte. Nein, das durfte die

Mutter nicht wissen. Es würde sie zu traurig machen.

Von Winnifred Hartau hatte er ihr aber auch nichts erzählt. Was sollte er ihr auch schreiben über diese Lichtgestalt, die wie ein flüchtiger Traum durch sein Dasein gehuscht war und ein ungestilltes und unstillbares Sehnen zurückgelassen hatte. Entweder machte es der Mutter neue Sorgen, oder es verleitete sie zu phantastischen Hoffnungen.

Und hier gab es doch keine Hoffnung für ihn. Selbst wenn es ihm gelungen wäre, Winnifred Hartaus Liebe zu erringen, was hätte es ihm genützt? Er durfte die Hand nicht nach ihr ausstrecken. Zwischen ihr und ihm lag eine tiefe, unüberbrückbare Kluft. Nicht nur, weil sie des reichen Pelzkönigs Tochter war und er nur ein armer Pelzjäger; darüber hinweg hätte sich vielleicht ein Weg finden lassen. Aber er durfte mit seiner befleckten Ehre nicht fordernd vor eine reine Frau treten und seine Hand nach ihr ausstrecken.

Am nächsten Morgen, als er sich erhob, fand er drüben in der Kantine Hans Hölderlin, der abwechselnd mit heißem, starkem Kaffee und konservierten sauren Heringen seinem Kater zu Leibe ging.

»Donnerwetter noch mal, hab' ich einen Brummschädel! Ich habe mich gestern abend ein bißchen übernommen. Man ist nichts Gutes mehr gewöhnt«, sagte er zu Salten, als dieser eintrat.

Salten lächelte. »Draußen im Freien werden Sie bald einen klaren Kopf bekommen. Wir haben achtunddreißig Grad Kälte und wunderbare Luft. Aber heute gehen Sie lieber nicht auf die Wolfsjagd oder auf die Suche nach Bären. Um mit diesen anzubinden, muß man klaren Kopf haben«, erwiderte er scherzend.

»Nein, heute hat das gesamte Viehzeug vor mir Ruhe. Ich würde vielleicht daneben schießen, und schade um jede Kugel, die nicht trifft. Kommen Sie mit? Wir können vielleicht ein Stück Wegs zusammen gehen. So bald kommen wir doch nicht wieder zusammen. Aber das ist gewiß, diesmal bleibe ich Mr. Bridges Kantine nicht so lange fern. Ich werde es einrichten, daß ich alle zwei bis drei Wochen mal hier vorspreche. Erstens wegen der Feuchtigkeit, zweitens wegen Ihrer Gesellschaft und drittens, um mich an Mrs. Bridges Anblick zu erlaben. Wenn sie auch nicht schön ist, so ist sie doch ein weibliches Wesen, sie hat mich heute morgen wie eine gute Mutter gepäppelt.«

Salten nickte. »Ja, Mrs. Bridge ist eine brave Seele.«

Hölderlin seufzte und hielt sich den Kopf. »Sie haben es gut, Sie sitzen hier ganz behaglich. Wir andern hocken des Abends in dieser oder jener Hütte und klopfen einen Skat, wenn wir nicht zu müde dazu sind. Meist bleiben wir allein und fallen wie die Plumpsäcke auf unser Lager. Sie wissen ja, man ist todmüde, wenn man so den ganzen Tag im Freien herumläuft. Na, ich gönne es Ihnen, daß Sie so was wie eine geordnete Häuslichkeit haben und werde zuweilen hier eine Gastrolle geben, wenn Sie nichts dagegen haben.«

»Ich werde mich immer freuen, wenn ich Sie sehe.«

»Wirklich? Na wissen Sie, ich habe so das Gefühl, daß wir beide uns drüben in Deutschland nicht viel zu sagen gehabt hätten. So ein nobler Herr wie Sie und so ein einfacher Mensch wie ich, die sitzen drüben nicht auf einer Bank. Aber hier macht man keine Umstände, und hochmütig scheinen Sie ja nicht zu sein.«

»Ich habe wirklich keine Veranlassung dazu.«

»Na schön – Sie gefallen mir. Und ich komme lieber zu Ihnen als zu meinem andern Landsmann Richter. Sehr vergnügt sind Sie ja auch nicht, aber zugänglicher als Richter. Und so ein fideles Huhn wie ich bringt doch ein bißchen Leben in die Bude.«

Salten lachte. »Sie gefallen mir auch, und ich freue mich, Sie getroffen zu haben.«

»Dann ist alles in schönster Ordnung. Wir werden schon mit vereinten Kräften die Zeit hier überstehen, bis wir das nötige Geld gemacht haben. Dann kaufe ich mir hier irgendwo eine kleine Farm. Sitze ich dann auf einer Klitsche, laß ich mein blondes Mädel aus Thüringen kommen und dann wird geheiratet und feste gearbeitet. Und wenn wir so ein halbes Dutzend Kinder haben, dann wird unser Besitz so weit vergrößert sein, daß ich jedem von meinen Jungen ein Stück eigenen Boden vermachen kann. Solche Aussichten hat man in Deutschland nicht, da gibt es zu viele Menschen. Aber wir können ja so ein Stück Thüringen nach Amerika verpflanzen. Was sagen Sie dazu?«

Salten starrte vor sich hin. Er beneidete diesen jungen Menschen um sein fröhliches Draufgängertum und seine Zukunftspläne. Er konnte doch wenigstens ein Glück erhoffen.

»Ihre Pläne sind sehr gut und ich wünsche Ihnen, daß sie sich verwirklichen lassen.«

»Darum ist mir nicht bange. Na, und Sie? Was tun Sie denn, wenn Sie Geld gemacht haben? Sie wollen doch auch nicht ewig Pelzjäger bleiben?«

»Ich weiß es noch nicht. Vorläufig habe ich hier mein Brot. Was die Zukunft bringt, muß man abwarten.«

»Na also – dann wollen wir aufbrechen.«

Und die beiden so verschiedenen jungen Männer schritten einträchtig wie gute Kameraden durch den Wald.

An der Grenze ihrer Reviere trennten sie sich mit Handschlag.

»Auf Wiedersehen also!«

»Auf Wiedersehen! Gute Jagd!«

»Wünsche ich Ihnen auch.«

Nun war Rudolf Salten wieder allein. Schnell glitt er auf Schneeschuhen dahin, scharf nach Jagdbeute ausspähend. Er hatte Glück an diesem Tag und erlegte ein paar prachtvolle Blaufüchse neben anderen wertvollen Pelztieren. Mit gewandten Griffen zog er den erbeuteten Tieren die Pelze ab und vergrub die Bälge im Schnee. Die konnte er bei der Wolfsjagd als Köder gebrauchen, zumal jetzt eine Reihe von Mondnächten begann. Heute nacht wollte er zum ersten Male wieder auf die Wolfsjagd gehen. Befriedigt von seinem Tagewerk kehrte er mit den erbeuteten Pelzen in die Kantine zurück und schlief einige Stunden Vorrat, nachdem er gegessen hatte, damit er in der Nacht auf dem Posten war. So gingen seine Tage hin. Einer unterschied sich vom andern nur durch eine mehr oder minder große Jagdbeute.

Am 23. Dezember bekam er von seiner Mutter wieder einen lieben Brief. Er nahm an, daß auch sie Weihnachten Nachricht von ihm haben würde. In scheinbar munteren Worten hatte er ihr von der majestätischen Schönheit des winterlichen Urwalds berichtet und ihr von seiner reichen Jagdbeute erzählt, durch die er einen guten Gewinn zu erzielen hoffte, da auf jedes Fell, je nach dem Wert, Prämien gezahlt wurden, die ihn auf einige Zeit aller Sorgen entheben würden.

Aus dem Brief seiner Mutter entnahm er, daß sie gesund und mit all ihrer Liebe bei ihm sei.

Am nächsten Morgen ging er, wie jeden andern Tag, auf die Jagd. Wohl dachte er daran, daß heute der Heilige Abend sei, und daß jetzt in der Heimat ein geschäftig frohes Festtreiben herrsche. Da stand in jedem Haus ein geschmückter Tannenbaum und in allen Herzen war der Drang, Liebe zu geben und Gutes zu tun. Aber er wehrte diese Gedanken ab, die ihn weich machen wollten. Für ihn war dies ein Tag wie alle andern auch. Er wollte nicht mehr daran denken, daß heute Weihnacht sei.

Aber die Gedanken ließen ihn nicht los. Ob heute abend auch im Hause des Pelzkönigs Hartau ein deutsches Weihnachtsfest gefeiert wurde? Ob auch dort Kerzenglanz durch grüne Tannenzweige schimmerte und funkelnde Lichter über einen gesenkten blonden Mädchenkopf warf?

Winnifred Hartau! Winnifred Hartau!

Ihr Name klang in seinem Herzen wieder in sehnsüchtiger Trauer.

Und er sah die schönen Nadelhölzer, die unter einer weißen Schneelast ihre Zweige beugten, im Geiste mit all dem lieben bunten Tand geschmückt, wie er es daheim so oft gesehen. Seine frohsinnige Mutter hatte immer viel Wert auf eine herrliche Ausschmückung des Weihnachtsbaums gelegt, und selbst sein strenger Vater war am Weihnachtsabend ein anderer gewesen und hatte feierlich ein altes Weihnachtslied gesungen. Er konnte sich nicht mehr genau entsinnen. Nur abgerissene Sätze fielen ihm ein.

»Und wenn manche Hoffnung, die treu wir gehegt,
Ein feindliches Schicksal zu Boden uns schlägt,
Heut wollen wir fröhlich wie Kinder sein,
Bei des Weihnachtsbaums blitzendem Schein.«

So lautete die eine Stelle. Und eine andere:

»Wer treu in des Lebens verdrießlicher Fahrt,
Den Sinn sich für Schönes und Edles bewahrt,
Dem leuchtet es freundlich ins Leben hinein,
Bei des Weihnachtsbaums blitzendem Schein.«

Ihm war, als höre er im Geiste die Stimme seines Vaters, er sah die Mutter am Klavier sitzen und mit ihrem sonnigen Lächeln dies Lied begleiten, ach –

»Manch lange vergessenes liebes Gesicht
Taucht wieder empor aus dem zitternden Licht.«

Wie ihn das alles packte. Wo waren die Zeiten hin, da er mit frohem, leichtem Herzen unterm Weihnachtsbaum stand.

»Ach wie liegt so weit
Was mein einst war.«

Eine trübe Stimmung bemächtigte sich seiner. Er hatte auch nicht viel Jagdglück, da er unaufmerksam war. Ziemlich zwecklos lief er auf seinen Skiern hin und her, bis es Zeit wurde, heimzukehren. Es war bereits dunkel, als er das Blockhaus erreichte.

Mr. Bridge winkte ihm schon von weitem und sah ihm lachend entgegen.

»Heute hätten Sie früher Feierabend machen sollen, Mr. Salten«, sagte er behaglich, »es ist doch Festabend heute. Mrs. Bridge hat uns einen guten Braten gemacht und einen feinen Kuchen gebacken. Eine tüchtige Köchin ist sie, das muß man ihr lassen. Wir wollen uns einen Punsch brauen und Orakelspiele machen. Heute steht jedem Christenmenschen eine Frage an das Schicksal frei.«

Salten sah ihn mit trübem Lächeln an.

»Ich wußte gar nicht, daß Sie diesen Abend feiern wollen, Mr. Bridge.«

»O ja, das wollen wir. Sie sollen doch wissen, daß heute Weihnachten ist.«

Gerührt nickte ihm Salten zu. »Dann will ich mich schnell umziehen und ein wenig festlich herrichten, damit ich Mrs. Bridges Vorbereitungen Ehre mache.«

Damit wollte Salten weitergehen, um sein Zimmer zu erreichen. Aber Mr. Bridge hielt ihn am Rockknopf fest und schwatzte ihm allerlei vor. Da er sonst eher wortkarg als schwatzhaft war, und das Reden meist seiner Frau überließ, dachte Salten lächelnd:

»Mr. Bridge scheint den Punsch schon probiert zu haben, da er so redselig ist.«

Aber als jetzt Nelli Bridge eintrat, verstummte ihr Mann mit einem befriedigten Aufseufzen, als habe er es nun nicht mehr nötig zu reden.

Nelli Bridge war in Festtoilette.

»Ei, Mrs. Bridge, was tragen Sie für ein schönes Kleid!« sagte Salten lächelnd.

»Das hat mir Miß Winnifred geschenkt«, rief sie strahlend, »es ist neueste Mode, Mr. Salten. Ich trage es heute Ihnen zu Ehren. Wir zwei, Mr. Bridge und ich, hätten rein vergessen, daß heute Christabend ist. Aber, nun ja – gestern haben wir doch Post gehabt und sind daran erinnert worden. Und nun wollen wir mit Ihnen feiern, so gut es geht. Also gehen Sie nur erst in Ihr Zimmer und machen Sie es sich bequem. Dann kommen Sie wieder herüber. Wir wollen, wenn es Ihnen recht ist, zusammen ein Festmahl einnehmen.«

Es stieg warm in Saltens Herzen auf. Die guten Menschen, sie wollten ihm eine Freude machen.

Schnell ging er in sein Zimmer. Aber als er die Schwelle betrat, stockte sein Fuß und seine Augen starrten ungläubig auf das Bild, das sich ihm bot. Da stand mittendrin ein schöner kleiner Tannenbaum, mit vergoldeten Tannenzapfen und Lichtern geschmückt, die hell brannten. Ein feiner harziger Duft erfüllte das Zimmer.

Salten stand wie verzaubert und staunte dies Wunder an. Und dann wandte er sich aufatmend um zu Nelli Bridge, die ihm gefolgt war und ihn mit lachenden Augen ansah. In heller Aufregung rief er ihr zu:

»Mrs. Bridge, gute Mrs. Bridge, wie soll ich Ihnen danken für diese schöne Überraschung? Ein Weihnachtsbaum – ein richtiger Weihnachtsbaum! Sie haben mir eine große Freude gemacht.«

Nelli Bridge schüttelte ihren Kopf, und ihr Mann erschien auch und schüttelte den seinen. »Dafür dürfen Sie uns nicht danken, Mr. Salten, darauf wären wir nicht von selbst gekommen. Schauen Sie sich den Baum nur genauer an. Ein Briefchen hängt daran, oben in der Krone. Das wird Ihnen alles erklären.«

Salten trat mit seltsam klopfendem Herzen dicht an den Baum heran. Ja – da hing ein schmales Kuvert, mit einem silbernen Schnürchen festgebunden. Er löste es ab, hinter ihm drückte Nelli Bridge die Tür leise ins Schloß. Er war allein mit seinem Weihnachtsbaum – und mit dem Briefchen. Sein Herz klopfte wie ein Hammer. Er öffnete mit unsicheren Fingern das Kuvert und zog eine Karte hervor.

»Lieber Mr. Salten! Auch in Ihre Einsamkeit soll ein Licht leuchten am Festabend aller Christen. Es soll Sie daran erinnern, daß wir Ihrer gedenken. Gott schenke Ihnen frohe Weihnacht. Auf Wiedersehen in etwa vier Wochen.

Winnifred Hartau.

Mit frohem Weihnachtsgruß

Ihr Peter Hartau.«

So stand es auf dieser Karte.

Wie gebannt sah Salten darauf nieder. Winnifred Hartau! Dieser Name schaute ihn an wie ihr liebes Gesicht, wie ihre schönen, tiefblauen Augen. Er fühlte mit tiefer Erregung, daß der Gedanke, ihm einen Weihnachtsbaum aufzubauen, von Winni kam. Ihr Vater hatte wohl seinen Gruß und Namen nur zur Sanktionierung unter ihre Worte gesetzt. Aber doch berührten ihn auch die wenigen Worte Hartaus wie eine Wohltat. Hätte Peter Hartau nicht dulden wollen, daß seine Tochter ihm eine Freude machte, dann hätte er seinen Namen nicht dazugeschrieben.

»Dank dir – Dank dir, du süßes Geschöpf! Gott mag geben, daß ich dir einmal vergelten kann, was du an mir getan hast!« Wie ein Gebet stieg das aus seiner Seele empor.

Lange sah er wie verzaubert auf den Baum, den ihre Güte ihm geschmückt hatte. Und dann kleidete er sich um. Ganz festlich war ihm plötzlich zumute. Und wieder und wieder blieb er mit glänzenden Augen vor dem geschmückten Tannenbaum stehen.

Seine Gedanken flogen nach Montreal in den Palast des Pelzkönigs. Begegneten sie denen von Winnifred Hartau? Dachte sie an ihn, den Einsamen, in ihrem Herzen?

Nelli Bridge klopfte jetzt an die Tür.

»Mr. Salten, das Festmahl wartet!«

»Ich komme gleich, Mrs. Bridge!« erwiderte er und beeilte sich, fertig zu werden.

Ehe er sein Zimmer verließ, löschte er die Lichter am Tannenbaum. Die sollten einige Tage vorhalten und ihm immer wieder aufs neue leuchten. Jeden Abend wollte er sie auf ein halbes Stündchen anzünden, bis sie herabgebrannt waren.

Als er in den Kantinenraum kam, hatte Nelli Bridge einen Tisch sauber gedeckt und einen großen Buschen Tannengrün in einem Glas darauf gestellt. Sonst zierte diese Tafel freilich weder Silber noch Kristall. Einfache Holzbestecke, die nicht mehr ganz einwandfrei waren und nur den Vorzug der Sauberkeit hatten, lagen neben schlichten Steinguttellern, und das weiße Tischtuch war sehr grobfädig. Aber immerhin machte alles einen festlichen Eindruck, zumal Saltens Ansprüche an das Leben hier in seiner Selbstverbannung äußerst bescheiden waren. Nun trug Nelli Bridge auch schon eine dampfende Suppe auf. Nach dieser kam ein kräftig duftender Wildbraten auf den Tisch. Alles war köstlich bereitet.

Mr. Bridge hatte eine gute Flasche Wein aufgetragen. Und nach Tisch gab es einen Punsch von vorzüglicher Qualität und einen sehr leckeren Festkuchen.

Als die drei Menschen dann in behaglicher Stimmung zusammensaßen, fragte Salten:

»Wie hat Ihnen Miß Hartau Ihre Wünsche bezüglich des Tannenbaumes übermittelt, Mrs. Bridge?«

Nelli Bridge lachte, daß man all ihre großen Zähne sehen

konnte. »Sie hat mir einen langen Brief geschrieben und ein Kästchen mit den Lichtern und den vergoldeten Tannenzapfen geschickt. Ganz genau hat sie mir alles beschrieben, wie ich es machen soll. Sie ist eben ein Engel. Und viel schöne Geschenke hat sie für mich geschickt. Sie muß allen Menschen Gutes tun, sonst ist sie nicht mit sich zufrieden.«

Salten nickte und seine Augen glänzten. »Sie haben recht, Mrs. Bridge, sie ist ein Engel. Würden Sie mir wohl gestatten, den Brief zu lesen, den sie Ihnen gesandt hat?«

Nelli Bridge sah ihren Gatten fragend an. Der nickte. »Es steht ja nichts in dem Brief, was Mr. Salten nicht wissen dürfte. Also gib ihm denselben.«

Nelli Bridge erhob sich, trat an das Pult heran, das neben dem Schenktisch stand, und nahm den Brief heraus. Sie reichte ihm das Schreiben mit einem Lächeln.

Er steckte es schnell zu sich. »Ich werde es lesen, wenn ich nachher allein in meinem Zimmer bin. Jetzt wollen wir plaudern.«

Das Ehepaar nickte vergnügt. Salten mußte von Deutschland und hauptsächlich von der großen Stadt Berlin erzählen. Das hörten sie beide gern. Er hatte ihnen schon manchmal davon berichten müssen und heute war er besonders redselig, weil er diesen schlichten Leuten auch ein Zeichen seiner Dankbarkeit geben wollte.

Später als sonst suchten die drei Menschen ihr Lager auf.

Als Salten sein Zimmerchen betrat, zündete er noch einmal die Kerzen an seinem Tannenbaum an und setzte sich daneben, um Winnifreds Brief an Nelli Bridge zu lesen.

Winnifred berichtete darin zuerst, daß einige Pakete mit gleicher Post an Bridges abgehen würden, die hauptsächlich Geschenke für Bridges enthielten. Nur der Inhalt des weißen Kästchens sei nicht für sie bestimmt, er enthalte Kerzen und Christbaumschmuck. Winnifred gab Bridges Weisung, eine hübsche kleine Tanne im Wald zu schlagen und diese so auf einem Holzkreuz zu befestigen, daß sie stehen könne. Dann folgte eine genaue Beschreibung, wie der Baum geschmückt werden solle, und danach fuhr sie fort:

»Dies alles müssen Sie aber ganz heimlich tun, daß Mr. Salten nichts davon hört und sieht. Es soll eine kleine Weihnachtsüberraschung für ihn werden. Aus seiner deutschen Heimat ist er es gewöhnt, das Christfest auf diese Art zu feiern, und ich will, daß ihm auch in der Waldeinsamkeit der Weihnachtsbaum nicht fehlt.

Wenn Sie nun alles so vorbereitet haben, dann müssen Sie sorgen, daß Mr. Salten am 24. Dezember nachmittags bis zur Dunkelheit das Haus verläßt. Wenn er dann nach Dunkelwerden heimkehrt, haben Sie die geschmückte Tanne schon in sein Zimmer gestellt. Mr. Bridge muß ihn nun ein Weilchen festhalten und Sie, liebe Mrs. Bridge, zünden unterdessen schnell die Lichter am Baum an, so daß sie hell brennen, wenn er das Zimmer betritt. An die Krone des Bäumchens binden Sie mit der silbernen Schnur das Briefchen, das dem Kästchen beiliegt.

Ich weiß, gute Mrs. Bridge, daß Sie alles gut ausführen werden, und daß Sie Mr. Salten damit eine große Freude machen. Sorgen Sie auch sonst dafür, daß es an diesem Abend ein wenig festlich zugeht. Sie können einen guten Kuchen backen und ein Festmahl bereiten. Decken Sie aber ein weißes Tischtuch auf und stellen Sie mitten auf den Tisch einen Strauß von Tannengrün.

So, liebe Mrs. Bridge, nun führen Sie meinen Auftrag recht gut aus, und wenn Mr. Salten traurig ist, müssen Sie ihn ein wenig aufheitern.

Bald sehen wir uns wieder, Mrs. Bridge, Sie können schon bald im Waldhaus ein wenig nach dem Rechten sehen. Den genauen Termin unserer Ankunft meldet wie immer mein Vater. Sie sorgen bitte dafür, daß die Öfen im Waldhaus instand sind, und daß genügend trocknes Holz zur Stelle ist. Es wird nötig sein, daß Sie schon einige Tage vor unserer Ankunft heizen, damit wir es warm haben. Das gibt wieder Arbeit für Sie. Aber ich werde wieder selbst kochen, damit Sie sich nicht auch noch darum zu kümmern brauchen. Ich bringe diesmal noch ein Küchenmädchen mit, denn Harriet hat erklärt, daß sie nicht wieder in der Küche arbeiten wird. Mir aber macht es Vergnügen. Ich freue mich sehr auf unser stilles Waldhaus und denke viel daran. Mr. Bridge soll bitte den Tobogan nachsehen, damit er in Ordnung ist, ich will den Berg herab im Schlitten fahren. Mit herzlichem Gruß an Sie und Mr. Bridge

Ihre Winnifred Hartau.«

Mit brennenden Augen starrte Salten vor sich hin, als er diesen Brief zu Ende gelesen hatte. Es war rührend, daß die Tochter des stolzen Pelzkönigs sich so gütig darum bemüht hatte, ihm eine Weihnachtsfeier zu bereiten.

In seinem Herzen sang und klang es wie Christnachtglocken. Nie zuvor hatte ihn eine so intensive Weihnachtsstimmung gepackt, wie in dieser Stunde, da er einsam bei diesem Tannenbaum saß und den lieben Brief Winnifred Hartaus in den Händen hielt.

Siehe, ich verkündige Euch große Freude! War es nicht, als sei auch zu ihm ein Engel mit dieser Botschaft gekommen? Sollte ihn das nicht herausreißen aus der bangen Trübsal seines Herzens?

Lange saß er so, bis die zuckende Flamme einer Kerze einen Tannenzweig erfaßte und ein harziger Duft von verbrannten Nadeln das Zimmer durchzog. Da schrak er auf und löschte die Lichter. Sie durften heute nicht länger brennen.

Wie ein Begnadigter suchte er sein Lager auf. Der Duft des Tannenbaums umschmeichelte seine Sinne und begleitete ihn in den Traum hinüber. Heute lastete die Erinnerung an das, was er in den letzten Monaten durchlitten und durchkämpft hatte, nicht so drückend auf ihm wie bisher.

Es war zum erstenmal wieder seit seiner Überfahrt nach Kanada ein leises Freuen in seiner Seele.

IX

Zu derselben Stunde, als Rudolf Salten in seinem Zimmerchen dem brennenden Weihnachtsbaum gegenüberstand, wurde in der Marmorvilla des Pelzkönigs eine glänzende Weihnachtsfeier abgehalten.

Peter Hartau war diesem schönen alten Brauch aus der Heimat all die Jahre treu geblieben.

Gäste waren an diesem Abend nicht geladen, es war eine ganz intime, aber dabei doch glänzende Feier.

Winnifred fand unter dem Tannenbaum aufgebaut, was zärtliche Vaterliebe nur ersinnen konnte. Neben kostbaren Schmuckstücken erhielt sie als Geschenk einen wunderbaren Zobelmantel. Sie besaß mehrere so kostbare Pelze. Als Tochter des Pelzkönigs mußte sie »Reklame tragen« für die Geschäfte ihres Vaters. Und erst, wer sie in ihren herrlichen Pelzmänteln bewundern konnte, gab ihr den Titel »Pelzkönigin« mit Berechtigung.

Sie konnte jedenfalls dem kalten kanadischen Winter mit Ruhe entgegensehen.

Über den wunderschönen Zobelpelz freute sie sich sehr. Er war leicht und weich und doch mollig warm. Ein kostbarer Seidendamast bildete das Futter.

Auch Tante Kora hatte neben vielen anderen schönen Dingen einen Pelzmantel von ihrem Bruder geschenkt bekommen und legte ihn gleich zur Probe um. Sie war aber mit ihrer kleinen unansehnlichen Erscheinung nicht dazu geschaffen, einen so kostbaren Pelz zur Geltung zu bringen. Das gelang Winnifred um so besser. Auch sie schlüpfte wohlig in den Pelz, der sich in weichen Falten an ihren schlanken Körper schmiegte und von den Schultern in weiter, glockiger Form herabfiel bis zu den Knöcheln.

Winnifred dankte ihrem Vater herzlich für die kostbaren Geschenke. Sie hatte noch nicht verlernt, sich daran zu freuen. Aber viel mehr hatte sie sich gefreut über ihres Vaters Erlaubnis, Rudolf Salten einen Weihnachtsbaum anzünden zu lassen.

Vielleicht hätte sie das auch getan, wenn sie ihr junges Herz nicht an Salten verloren hätte. Sie verlangte immer danach, Gutes zu tun. Ihre Gedanken flogen auch am Weihnachtsabend zu ihm in seine Einsamkeit. Und die Gewißheit, daß sie ihn in wenigen Wochen wiedersehen würde, erfüllte sie mit Glückseligkeit. Nach jenem Gespräch mit ihrem Vater, als er ihr sagte, Salten würde nächsten Winter bestimmt in Montreal sein, war sie ganz heiter und zuversichtlich geworden. Sie war wieder die strahlende, sonnige Winnifred. Nur ein sehr scharfer Beobachter hätte gemerkt, daß sie trotzdem sehr verändert war.

Peter Hartau hatte in all der Zeit sein Töchterchen mit sorgender Liebe beobachtet. Und er wußte, daß ihr Herz Rudolf Salten gehörte und nichts die Liebe zu ihm aus ihrem Herzen drängen konnte.

Im übrigen hatte er die Zeit nicht ungenützt verstreichen lassen, sondern in Deutschland Erkundigungen über Rudolf Salten eingezogen. Auf dem Brief an seine Mutter, den ihm Salten zur Besorgung übergeben, hatte er die Adresse derselben gelesen. Er wußte daher, daß Salten aus Hannover stammte und der Sohn des verstorbenen Geheimrats Salten war. Das genügte ihm als Anhalt für seine Nachforschungen.

Sein Gewährsmann hatte ihm noch folgendes berichtet:

»Man nimmt an, daß widrige Vermögensverhältnisse den allgemein beliebten jungen Offizier zu seinem Schritt veranlaßt haben. Zwar weiß man von keinerlei Schulden, die er hinterlassen hat, aber ein Bruder seines Vaters, von dem er seine Zulage erhielt und der ihn zu seinem Erben einsetzen wollte, hat jetzt eine junge Frau geheiratet und macht seit Monaten kein Hehl daraus, daß er seinen Neffen enterben wird und nichts mehr für ihn tut. Anscheinend liegt also hier der Grund, der Rudolf Salten veranlaßte, den Dienst zu quittieren und auszuwandern.

Als Damenheld war er nicht bekannt, man hat im Gegenteil bei ihm eine gewisse Zurückhaltung Damen gegenüber bemerkt. Um so mehr war es aufgefallen, daß er einige Zeit viel in Gesellschaft einer jungen Frau zu sehen war, deren Gatte in Offizierskreisen verkehrte. Einer der Kameraden Saltens hat mir erzählt, dieser Herr Georg Fein habe bald nach Saltens Abreise die Scheidungsklage gegen seine Frau eingereicht. Aber ehe es dabei zu einem Resultat gekommen, sei Frau Charlotte Fein infolge einer leichten Verletzung an einer Blutvergiftung gestorben. Ob diese Angelegenheit in irgendeinem Zusammenhang mit der Dispensierung des Leutnants Salten gestanden hat, ist nicht zu ermitteln.«

Das war alles, was Peter Hartau erfahren hatte. Er war aber vorläufig damit zufrieden. Es war ja leicht möglich, daß diese Frau eine Rolle in Saltens Schicksal gespielt hatte. Deshalb brauchte er kein leichtfertiger Damenheld zu sein. Sicher hatte Salten einen geheimen Grund, der ihn gezwungen hatte, seinen Abschied zu nehmen. Hing er mit der Frau zusammen, dann barg das für seine Tochter keine Gefahr mehr, da jene nicht mehr am Leben war.

Peter Hartau war ein zu guter Menschenkenner, als daß ihn das, was er gehört hatte, gegen Salten hätte einnehmen können.

Daß er durch Salten selbst genaue Auskunft über seine Vergangenheit erhalten müsse, ehe er daran denken konnte, das Schicksal seiner Tochter mit dem des jungen Mannes in Verbindung zu bringen, war selbstverständlich.

So hatte er lächelnd zugestimmt, als ihn Winnifred bat, ihr zu gestatten, Salten eine kleine Weihnachtsfreude zu bereiten.

Zu jedem Weihnachtsfest und jedem Geburtstage bat sich Winnifred von ihrem Vater eine Summe aus, womit sie ihre Armen beschenken durfte. Der Kreis ihrer Schützlinge wurde immer größer. Und Peter Hartau sagte lächelnd zu seiner Tochter:

»Du hast ja Mr. Salten nun einmal unter deine Schützlinge eingereiht, also mußt du ihm auch wie allen andern eine Weihnachtsfreude bereiten. Ich will dich nicht daran hindern.«

Die stürmische Umarmung seiner Tochter verriet ihm, wie sehr es ihr am Herzen lag, Salten etwas Gutes zu tun. Peter Hartau hatte übrigens schon feste Pläne in bezug auf Salten. Doch davon sprach er mit niemand – auch nicht mit Winnifred.

Diese beteiligte sich heiter an allem, was der Winter an Geselligkeit brachte. Aber im stillen rechnete sie jeden Tag ab, der verstrich. Jeder solcher Tag brachte sie dem Ziel ihrer Sehnsucht näher – dem Wiedersehen mit Rudolf Salten.

Mr. Bridge hatte den großen Schlitten aus dem Schuppen geholt und reinigte ihn mit der ihm eigenen Gewandtheit und Schnelligkeit. Dieser Schlitten war kein elegantes Gefährt, aber er war praktisch und zweckmäßig und konnte zu vielen Dingen verwendet werden. Auf kräftigen Kufen baute sich ein geräumiger Kasten auf, in dem Sitze angebracht werden konnten in mehreren Reihen. Der Boden war mit trockenem Stroh ausgelegt. Wärmflaschen für die Füße konnten darin versteckt werden, und eine ganze Anzahl wollener Decken wurden darin verstaut.

Daß Mr. Bridge den Schlitten zu einem besonderen Zweck herrichtete, war nicht zu verkennen.

Und Nelli Bridge hantierte eifrig drüben im Waldhaus und heizte in allen Öfen, damit alle Räume gut durchwärmt waren. Morgen sollte der Pelzkönig mit seiner Tochter eintreffen.

Im Waldhaus war schon alles blank und sauber und zum Empfang bereit.

Als Rudolf Salten an diesem Tag, mit reicher Jagdbeute beladen, heimkam, sah er den Schlitten stehen. Ein tiefer Atemzug hob seine Brust und in sein schmales charakteristisches Gesicht stieg eine jähe Röte. Er wußte, wen dieser Schlitten morgen von der Station abholen sollte.

Am liebsten wäre er selbst gefahren, um Peter Hartau und seine Tochter abzuholen, aber er wagte es nicht.

Das Ehepaar Bridge kam herbei, als er die Kantine betrat, und bestaunte seine reiche Jagdbeute.

»Sie haben wirklich eine besonders glückliche Hand und sind der beste Schütze, den ich je unter den Pelzjägern gefunden habe. Ich glaube, Sie machen den Rekord, und Mr. Hartau wird Sie loben, Mr. Salten«, meinte Mr. Bridge.

Und Nelli Bridge streichelte die schönen Felle. »Wenn die verarbeitet sind, werden sie von vornehmen Damen getragen und bringen ein hübsches Stück Geld ein.«

Aber Salten nickte nur gleichgültig und verstaute die Felle in dem luftigen, dazu bestimmten Schuppen. Heute hatte er kein Interesse an seiner Jagdbeute. Seine Gedanken galten nur Winnifred Hartaus Ankunft. Nicht einmal das hatte ihn heute besonders beschäftigt, daß Hans Hölderlin ihm bei einer Begegnung an der Reviergrenze versichert hatte, daß er einer Bärenfamilie auf der Spur sei, die entschieden auf Saltens Revier eine Höhle bewohnen müsse.

Zu einer andern Zeit hätte Salten dieser Nachricht mehr Wichtigkeit beigelegt, denn noch immer hatte er nicht das Glück gehabt, seine Pelzsammlung um ein Bärenfell zu bereichern. Er hatte Hölderlin auf später vertröstet.

»Wenn der Pelzkönig wieder abgereist ist, spüren wir die

Bären auf, Hölderlin. Er trifft morgen ein. Die Bären laufen uns ja nicht fort«, hatte er gesagt.

Hans Hölderlin war ja sehr begierig auf die Bärenjagd, aber ohne Salten wollte er sie nicht beginnen. So verabredeten sie, nach Hartaus Abreise die Sache ernstlich in die Hand zu nehmen und trennten sich.

Und nun stand Salten in seinem Zimmer, in dem sich noch immer der geschmückte Tannenbaum mit winzigen Lichtstümpfchen befand und starrte vor sich hin.

»Morgen kommt Winnifred Hartau.«

Der Gedanke erregte ihn namenlos.

In dieser Nacht schlief er sehr schlecht. Am andern Morgen ging er, wie jeden Tag, auf die Jagd. Hartau und seine Tochter konnten frühestens am Nachmittag eintreffen.

Mr. Bridge fuhr um acht Uhr nach der Station, wo er ungefähr um zwölf Uhr anlangte. Dann mußten die Pferde ein wenig verschnaufen und gefüttert werden. Eine halbe Stunde später würde der Zug eintreffen und gegen vier Uhr würden die Reisenden im Waldhaus vorfahren, gerade noch vor der Dunkelheit.

Salten ging am Waldhaus vorbei, als er morgens das Blockhaus verließ. Nelli Bridge wirtschaftete schon wieder darin herum. Der Schornstein rauchte, die Fensterläden waren geöffnet und die Fensterscheiben glitzerten im Sonnenschein. Es war ein heller, klarer Tag und die Sonne stieg hinter den Bäumen auf. Das rötliche Licht glitzerte auf dem Schnee, als seien Millionen Brillanten ausgestreut.

Vor dem Waldhaus blieb Salten stehen. Über der Eingangstür war eine Girlande von Tannenreisig angebracht, in der rote Beerenbüschel wie Blumen eingeflochten waren. Diese Girlande hatte Mr. Salten gestern mit Nelli Bridge zusammen festgemacht. Er hatte ihr gezeigt, wie man eine solche Girlande bindet. Irgendwie wollte er sich auch an den Empfangsfeierlichkeiten beteiligen. Er hätte am liebsten Winnifred Hartaus Weg mit Blumen bestreut.

Als er vor dem Hause stehenblieb, erschien Nelli Bridge am Fenster. Sie öffnete es und zeigte lachend nach dem rotleuchtenden Himmel.

»Schönes Wetter heute, Mr. Salten! Da wird Miß Winnifred eine schöne Schlittenfahrt haben im Sonnenschein.«

Er nickte. »Heizen Sie nur gut ein, Mrs. Bridge! Soll ich Ihnen noch Holz hineintragen?«

»Ist nicht nötig, der Knecht hat ganze Berge davon aufgetürmt. Das ist keine Arbeit für Sie.«

Er lächelte. Was hätte er nicht für Miß Hartau getan. Da wäre ihm keine Arbeit zu schwer gewesen.

Nelli Bridge zunickend, ging er weiter. Ein feierliches Empfinden war in seinem Herzen. Dieser Tag, der Winnifred Hartau und ihren Vater brachte, war ein hoher Festtag für ihn.

Heute hatte das Wild nichts von ihm zu fürchten. Er träumte vor sich hin. Langsam stieg er den Berg hinauf zu Winnifreds Lieblingsplatz. So gut es ging, hatte er ihn vom Schnee gesäubert und grüne Tannenzweige rings um die Bank gestreut, wie einen Teppich. Sie sollte ihren Lieblingsplatz in Ordnung finden. Vom Berg herab gab es eine herrliche Rodelbahn und der Tobogan war in Ordnung. Da konnte sie nach Herzenslust zu Tal fahren. Er ließ sich eine Weile auf der Bank nieder und stützte den Kopf in die Hand. Seine Augen blickten über den schneebedeckten Wald hinüber nach der Bai, die am Rand eine starke Eiskruste hatte. Seine Brust hob sich in tiefen Atemzügen.

Wie klein erschien in dieser grandiosen Natur alles Menschenleid. Hatte es einmal etwas in seinem Leben gegeben, was ihm unsühnbar erschienen war, etwas, das er mit seinem Blut hatte bezahlen wollen? Hatte er wirklich einmal für jene schöne, kokette Frau eine so starke Leidenschaft empfunden, daß er darüber vergaß, was recht und unrecht war? Ja, er hatte dem Mann von Lotte Fein ein Unrecht zugefügt, aber dieser hatte eine feige Rache dafür genommen.

Und dieser Mensch hielt nun seine Ehre in der Hand. Konnte seine Ehre denn wirklich daran zugrunde gehen, daß er sie wie einen Schild schützend vor jene Frau gestellt hatte?

Ach, jemandem einmal alles das sagen dürfen, was lastend auf seiner Seele lag, einem Menschen, der klar, gut und gerecht war und ohne Vorurteil einen Richterspruch über ihn fällen konnte.

Er richtete sich auf und seine Augen blitzten entschlossen. Ja, es gab einen Menschen, dem er sich anvertrauen konnte.

Peter Hartau wollte er beichten, was ihn aus der Heimat getrieben hatte. Und dem Urteil, das Hartau fällen würde, wollte er sich beugen.

Und wenn es ein vernichtendes war, was dann? Ein Schauer überrieselte ihn.

Und wenn er ihn begnadigte, was dann?

Er sprang auf und schüttelte finster den Kopf! Nur nicht ausdenken diesen Gedanken. Nicht vergessen, wer er war und wer sie: Pelzkönigs Tochter und der arme, ehrlose Pelzjäger. Das konnte ja niemals zusammenstimmen!

Er richtete sich straff auf. Sein Blick flog noch einmal über den Wald hinüber zur Bai und seine Brust hob sich in tiefen Atemzügen. Er hing sein Gewehr wieder über die Schulter und ließ sich auf seinen Skiern schnell den Berg hinabgleiten. Als er unten angekommen war und weiterglitt, sah er nicht weit entfernt einen prächtigen Fuchs langsam über den Schnee schreiten mit leichten, gleitenden Schritten und aufmerksam nach Nahrung spähendem Blick. Seine Rute hing schwer zur Erde herab.

Salten ließ ihn laufen – er konnte heute nicht töten, er mußte begnadigen, wie er selbst wünschte, begnadigt zu werden.

Das Tier erschrak, als Salten näher kam und verschwand mit einem Satz im Unterholz.

Rudolf Salten hatte sich am Weg, der von der Station nach dem Waldhaus führte, an einer Wegbiegung im Gestrüpp verborgen. Von hier aus wollte er dem Schlitten entgegensehen, einen Blick in Winnifred Hartaus Antlitz tun, ehe er sie vor den andern begrüßte – sonst verlor er die Fassung.

Und so stand er wie ein Wegelagerer und wartete.

Endlich nahte der große Kastenschlitten. Auf dem Vordersitz erblickte er Winnifred neben ihrem Vater. Ihm war, als setze sein Herzschlag aus. Er wurde bleich vor unterdrückter Erregung und preßte die Fäuste auf sein Herz. Mit großen, brennenden Augen sah er in das süße, frische Gesicht, das aus der Pelzkappe herausleuchtete wie ein Pfirsich. Ihre Augen flogen dem Schlitten voraus, wie in unruhiger Erwartung. Wem galt dieser erwartungsvolle Blick? Des Pelzkönigs großzügiges, festgefügtes Gesicht bildete einen interessanten Kontrast zu den zarten Zügen seiner Tochter. Aber auch sein Gesicht erschien Salten wie eine Offenbarung – wie eine Verheißung.

Schnell war der Schlitten vorübergefahren. Weder von den andern darin befindlichen Personen noch von dem hinten aufgetürmten Gepäck hatte Salten Notiz genommen. Und nun eilte er auf seinen Schneeschuhen in großen Sätzen durch den Wald, die Biegung des Weges abschneidend. Nun hatte er Winnifred gesehen und hoffte, sie mit einiger Haltung begrüßen zu können.

Im atemlosen Lauf flog er dahin, über alle Hindernisse hinwegsetzend. Und er erreichte das Waldhaus noch eine Minute früher als der Schlitten.

In ehrerbietiger Haltung trat er dann an ihn heran. Winnifred hatte schon am Blockhaus vergeblich in unruhiger Sehnsucht nach ihm gespäht. Als er jetzt erschien, faßte sie nach ihres Vaters Arm und wurde sehr blaß.

»Vater, da ist Mr. Salten!«

Ernst und forschend sah Peter Hartau in das bleich gewordene Gesicht seiner Tochter.

Saß es schon so tief bei ihr?

Aber er ließ sich nichts anmerken. Elastisch wie ein junger Mann sprang er aus dem Schlitten und hob Winnifred heraus, während die Diener, die auf den hinteren Sitzen Platz genommen hatten, sich langsam aus ihren warmen Umhüllungen schälten. Lächelnd wandte sich Hartau Rudolf Salten zu.

»Guten Tag, Mr. Salten!«

Dieser verneigte sich und legte seine Hand in die Hartaus, die dieser ihm entgegenstreckte. »Gestatten Sie mir, daß ich Sie und Miß Hartau begrüße«, sagte er, so ruhig er konnte.

Peter Hartau verdeckte ihm den Anblick seiner Tochter. Er wollte Winnifred Zeit geben, sich zu fassen. Aber Salten hatte schon Winnis Erblassen bemerkt und war selber bleich geworden. Sein Herz klopfte rebellisch, wie das Winnifreds. Peter Hartau bemerkte sehr wohl, daß Salten Mühe hatte, seine Erregung zu bezwingen, und daß seine Stimme schwankte.

»Wie geht es Ihnen, Mr. Salten? Wie haben Sie die Einsamkeit ertragen?«

»Wie eine Medizin, Mr. Hartau.«

»Aber wie eine bittere Medizin, nicht wahr?«

Ein blasses Lächeln spielte um Saltens Mund. »Nun ja, bitter war sie zuweilen – aber heilsam.«

Jetzt trat Hartau zur Seite. »Komm, Winni, begrüße Mr. Salten.«

Diese hatte sich mit Mühe gefaßt und reichte Salten die Hand. Es durchschauerte beide wie ein heißes Glücksgefühl, als sie sich bei den Händen hielten.

»Es freut mich, daß ich Sie gesund vor mir sehe, Mr. Salten. Ein wenig schmal sind Sie geworden«, sagte sie mit leise bebender Stimme.

Er atmete tief auf. »Das tut nichts, Miß Hartau. Ich hoffe, es geht Ihnen gut?«

Nun konnte sie schon wieder lächeln. »O ja, es geht mir unverdient gut, nur bin ich momentan ein wenig steif von der langen Fahrt.«

Er verneigte sich. »Ich will Sie nicht länger aufhalten, Sie müssen schnell ins warme Zimmer kommen.«

»Allerdings, wir sind reichlich durchgefroren – also auf Wiedersehen, Mr. Salten«, erwiderte Hartau.

Er reichte Salten nochmals die Hand, und Winnifred nickte ihm lächelnd zu. Dann folgte sie ihrem Vater ins Haus.

Mr. Bridge lud mit dem Knecht und Hartaus Diener das Gepäck ab. Hinten über den Schlittenkufen lagen die Skier von Peter Hartau und seiner Tochter. Es wurde alles ins Haus getragen. Salten stand wie ein Träumer und sah zu, bis der Schlitten leer war und Mr. Bridge wieder aufsaß, um nach dem Blockhaus zurückzukehren.

»Fahren Sie mit, Mr. Salten?« fragte dieser. Salten nickte, löste schnell die Skier von seinen Füßen und sprang in den Schlitten. Er nahm den Platz ein, den Miß Hartau innegehabt hatte. Er spürte noch die Wärme ihres Körpers in den Umhüllungen. Mit geschlossenen Augen lehnte er sich zurück und atmete das feine Parfüm ein, das in ihren Kleidern hing. Es war ein ganz zarter, kaum wahrnehmbarer Duft, aber er schien ihm untrennbar von ihrer Person.

Inzwischen war Peter Hartau mit seiner Tochter von Nelli Bridge empfangen worden. Sie trug sogleich Glühwein und heißen Tee auf. Daran labten sich Vater und Tochter, und auch die Dienerschaft bekam davon zu trinken.

»Es ist mollig warm hier, Mrs. Bridge, das haben Sie gut gemacht«, sagte Winnifred anerkennend.

»Das ist doch selbstverständlich, Miß Winnifred, daß ich für Ihr Behagen sorge, wenn Sie von einer so großen Reise kommen«, erwiderte Nelli Bridge und sah Vater und Tochter mit lachenden Augen an.

»Wir machen Ihnen viele Umstände, Mrs. Bridge.«

»Oh, darauf freue ich mich jedesmal wie auf ein Fest, Miß Winnifred.«

»Und eine herrliche Girlande haben Sie am Eingang angebracht zum Willkommen. Dafür möchte ich mich besonders bedanken.«

»Daran bin ich ganz unschuldig, das hat Mr. Salten angeordnet. Er hat mir gezeigt, wie man sie binden muß, hat die Tannenzweige und die Beeren aus dem Wald geholt und hat die Girlande selbst aufgehängt.

Ein leises Rot huschte über Winnifreds Gesicht. »Mr. Salten danken wir also diese Überraschung?«

Nelli Bridge nickte. »Er meinte, das würde Miß Hartau freuen.«

Mr. Hartau nickte ihr lächelnd zu und verließ das Zimmer, um sich umzukleiden. Nelli Bridge fragte Winnifred, ob sie die leeren Gläser gleich mit hinausnehmen könne.

Statt einer Antwort fragte Winnifred: »Wie war es denn mit der Weihnachtsüberraschung für Mr. Salten? Hat er sich über den Weihnachtsbaum gefreut?«

»Groß war seine Freude, sehr groß. Alles habe ich genauso ausgeführt, wie Sie es mir aufgetragen hatten. Ganz blaß ist er geworden vor Erregung, als er von mir hörte, wer diese Überraschung ausgesonnen hatte. Und stundenlang hat er des Abends vor dem Baum gesessen und ihn angestaunt wie ein Wunder. Der Baum steht jetzt noch in seinem Zimmer, man darf ihn nicht fortnehmen. Und einmal habe ich gesehen, daß er ganz feuchte Augen hatte und wie liebkosend über die Zweige strich. Er hat es gar nicht fassen können. Miß Hartau ist ein Engel an Güte, hat er immer wieder gesagt, und damit hat er recht. Und Sie hätten nur sehen sollen, Miß Winnifred, wie er sich damals über die Möbel in seinem Zimmer gefreut hat und über die Wäsche. Und in den Büchern liest er jeden Abend. Aber, das muß ich Ihnen sagen, er hat es gleich erraten, daß Sie die Spenderin waren. Das Zeichen in der Wäsche hat es verraten. Er hat mir aber versprechen müssen, Ihnen nicht zu danken, weil Sie das doch nicht wollten. Er wollte Ihnen einen Brief schreiben und für den Weihnachtsbaum danken, aber er hat eine Menge angefangener Briefe wieder zerrissen und hat gesagt: Nein, schreiben kann ich nicht, was ich empfunden habe, ich muß das Miß Hartau Auge in Auge sagen.«

Wieder errötete Winnifred und wandte sich schnell ab. »Jetzt muß ich mich aber schnell umkleiden.« Und sie eilte aus dem Zimmer.

Nelli Bridge sah ihr mit einem sonderbaren Ausdruck nach und nickte vor sich hin.

Und dann nahm sie das Tablett mit den leeren Gläsern und ging in die Küche, um nach dem Mahl zu sehen, das sie für die Angekommenen bereitete.

Eine halbe Stunde später saßen Vater und Tochter bei Tisch. Im Verlauf der Mahlzeit fragte Peter Hartau anscheinend ganz beiläufig: »Was meinst du, Winni, sollen wir heute abend schon Mr. Salten auf ein Stündchen herüberbitten? Oder bist du zu müde?«

Hastig schüttelte sie den Kopf.

»Müde bin ich gar nicht, Vater.«

»Nun gut, dann kann Mrs. Bridge ihm sagen, daß wir ihn erwarten.«

Winnifreds Augen glänzten verräterisch. »Ja, Vater! Er wird sich freuen, wieder einmal mit dir plaudern zu können; wir haben ihn ohnedies vorhin ziemlich kurz abgefertigt.«

Hartau lachte. »Wenn man dicht dabei ist, zum Eiszapfen zu werden, hat man keinen Sinn für Konversation.«

Sie lachte mit.

Und dann ließ er Nelli Bridge aus der Küche hereinrufen. Sie kam sofort und sah ihn mit erwartungsvoll blitzenden Augen an. »Also zuerst will ich Ihnen nochmals danken, Mrs. Bridge, daß Sie alles so gut zu unserm Empfang vorbereitet haben. Sie sind wahrhaftig eine Perle.«

»Wenn Sie nur zufrieden mit mir sind, Mr. Hartau, das ist wie ein Orden, den ich bekomme.«

»Orden habe ich leider nicht zu vergeben, sonst würden Sie den höchsten bekommen, den es in England gibt«, scherzte er.

Sie lachte mit allen Zähnen. »Oh, ich weiß, was das für ein Orden ist, Mr. Hartau, der König von England trägt ihn selbst, den Hosenbandorden.«

»Ganz recht, Mrs. Bridge. Honny soit qui mal y pense. Aber ich habe Sie rufen lassen, um Sie zu bitten, daß Sie Mr. Salten ausrichten, wir erwarteten ihn heute abend um acht Uhr.«

»Das will ich bestellen, Mr. Hartau. Haben Sie sonst noch Befehle?«

»Nein, ich danke Ihnen.«

»Dann kann ich wohl jetzt nach Hause gehen?«

»Ja, wir haben Sie schon viel zu lange bemüht.«

»Das war mir eine Freude. Guten Abend denn, Mr. Hartau, Miß Winnifred.« Und Nelli Bridge entfernte sich.

Sie fand Salten in seinem Stübchen. Er hatte die letzten Restchen der Kerzen am Weihnachtsbaum angezündet. Mit brennenden Augen sah er zu, wie eins um das andere verlöschte. Als Nelli Bridge eintrat, sah er sie fragend an.

»Mr. Salten, ich soll bestellen, daß Mr. Hartau und Miß Winnifred Sie um acht Uhr erwarten.«

Seine Stirn rötete sich jäh. Er sprang auf. »Heute abend schon?«

»Ja, heute abend.«

»Wer hat Ihnen das gesagt?«

»Mr. Hartau selbst.«

»Es ist gut, Mrs. Bridge, ich danke Ihnen.«

»Keine Ursache, Mr. Salten. Und was ich noch sagen wollte: ich habe Miß Winnifred gesagt, daß Sie damals gleich erraten haben, daß die Möbel und die Wäsche von ihr kamen, daß ich Ihnen aber das Versprechen abnahm, es ihr nicht mitzuteilen. An dies Versprechen brauchen Sie sich nun nicht mehr zu binden. Sie können Miß Winnifred danken, soviel Sie wollen.«

Er fuhr sich über die Stirn. »Hoffentlich ist Miß Hartau nicht böse, daß ich ihr nicht schriftlich für all ihre Güte gedankt habe.«

Nelli Bridge schüttelte energisch den Kopf. »O nein, ich habe ihr gleich gesagt, daß Sie schriftlich nicht so danken konnten, wie Sie es gewollt hätten. Nun würden Sie ihr alles mündlich sagen. Sie können das alles so schön ausdrücken. Und nun machen Sie sich recht schmuck für heute abend. Heißes Wasser zum Rasieren bringe ich Ihnen.«

»Das ist sehr lieb von Ihnen.«

»Man sieht ja keine Spur von Bart in Ihrem Gesicht, nur so einen dunklen Schein. Aber der muß wohl auch weg?«

»Ja, Mrs. Bridge.«

»Sie sind jedenfalls der erste Pelzjäger, den ich kenne, der sich jeden Tag rasiert. Die meisten lassen sich Bärte wachsen. Na, überhaupt, solange hier Pelzjäger ein- und ausgehen, war noch keiner darunter, der so vornehm aussah wie Sie. Und ich glaube bestimmt daran, daß Sie drüben ein sehr vornehmer Herr gewesen sind, sonst würde die Herrschaft Sie auch nicht zu Gast bitten. Das ist meine Meinung.«

Er lachte ein wenig. »Sie sind eine kluge Frau, Mrs. Bridge.«

Sie zwinkerte ein wenig mit den Augen und lachte gutmütig. »Nun, lachen Sie immerhin ein wenig über die kluge Nelli Bridge. Ich weiß doch, was ich weiß. Meine Karten lügen nicht.«

Salten kannte ihre Leidenschaft, sich und andern die Karten zu legen und ihren felsenfesten Glauben an diese Art Wahrsagerei. »Was haben Ihnen denn die Karten verraten?« fragte er mit gutmütigem Spott.

Sie hob abwehrend die Hände. »Oh, das sage ich Ihnen nicht, denn Sie spotten nur darüber und glauben nicht daran. Und dann trifft es nicht ein. Es wird nur alles wahr, wenn jemand fest daran glaubt. Und ich glaube daran. Es wäre auch jammerschade, wenn's nicht eintreffen würde.«

Er faßte ihre Hände. »Gute Mrs. Bridge, ich glaube jedenfalls fest daran, daß Sie es gut mit mir meinen.«

»Das weiß Gott.«

»Ihre Karten weissagen mir also etwas Gutes?«

»O ja, etwas sehr Gutes, aber über einen langen Weg. Heute und morgen kommt das Glück noch nicht zu Ihnen, das braucht Jahre. Aber dann kommt es gewiß.«

Damit ging sie hinaus.

Er sah vor sich hin und lächelte.

»Es ist ja schon da, das Gute, ich sehe sie wieder. Kann es mehr Glück für mich geben? Dann will ich gern jahrelang dienen, sieben Jahre, wie Jakob um Rahel gedient hat.«

So sagte er zu sich selbst.

Inzwischen waren die meisten Lichter am Weihnachtsbaum verlöscht. Nur zwei flackerten noch ein Weilchen und sanken dann auch zusammen.

Wie gut war es, daß sich die Kerzen gehalten hatten, bis Hartau ankam. Sonst hätte es ihn melancholisch gemacht, wenn ihm die Kerzen nicht mehr geleuchtet hätten an seinen einsamen Abenden. Heute abend würde er nicht einsam sein, heute abend würde ein viel schöneres und helleres Licht in seine Seele leuchten.

X

Punkt acht Uhr traf Rudolf Salten im Waldhaus ein. Er hatte so sorgfältig wie möglich Toilette gemacht. Und wieder, wie damals bei seinem ersten Besuch im Waldhaus, traf er Winnifred allein, als ihn die Zofe einließ.

Weder er noch Winnifred ahnten, daß Peter Hartau leise ins Nebenzimmer getreten war, als er Salten kommen hörte. Hier verhielt er sich ganz still. Er wollte absichtlich dies erste Alleinsein zwischen Salten und seiner Tochter nach der Trennung belauschen und machte sich darüber keine Gewissensbisse. Denn er war sich bewußt, nur den Lauscher zu spielen, weil er über dem Glück seiner Tochter wachen wollte. Aus diesem Zusammentreffen der beiden jungen Menschen wollte er seine Schlüsse ziehen. So verhielt er sich ganz still und wurde unbemerkt Zeuge des folgenden Gespräches.

Salten verneigte sich vor Winnifred.

»Guten Abend, Miß Hartau. Ich danke Ihnen für die gütige Erlaubnis, Sie und Ihren Herrn Vater schon heute aufsuchen zu dürfen.«

Sie reichte ihm die Hand. Als er sie mit der seinen umfaßte, erbebten die beiden Hände leise. »Hoffentlich sind Sie nicht zu müde von Ihrem Tagewerk, um noch mit uns zu plaudern.«

»Ich wäre mit Freuden dafür mitten in der Nacht aufgestanden«.

Sie errötete unter seinem Blick. »Die Einsamkeit hat Sie sehr gequält, nicht wahr?« fragte sie, auf einen Sessel zeigend.

»Zuweilen ja; aber zumeist habe ich sie doch wie eine Wohltat empfunden. Die majestätische Ruhe des winterlichen Waldes ist für mich wie ein Gesundbrunnen gewesen. Manches, was mich bedrückt hat, ist von mir abgefallen. Aber ich will Sie nicht mit meinen Empfindungen belästigen.«

»Das tun Sie gewiß nicht.«

»Ich habe aber etwas auf dem Herzen, das mir dringender erscheint – ich will diese erste Gelegenheit ergreifen, um Ihnen von ganzem Herzen für Ihre Güte zu danken. Sie können wohl kaum ermessen, was für eine große Wohltat Sie mir erwiesen durch das Ausstatten meines Zimmerchens. Ich habe es so viel besser gehabt als die andern Pelzjäger. Lassen Sie mich Ihnen innig dafür danken.«

Sie wehrte errötend ab. »Machen Sie doch kein Aufhebens davon«, sagte sie hastig.

Er tat einen tiefen, zitternden Atemzug. »Bitte, lassen Sie sich meinen Dank gefallen. Sie haben mir eine unsagbare Wohltat damit erwiesen, die ich täglich aufs neue empfand. Und dann kam Ihre Weihnachtsüberraschung. Miß Hartau, wenn Sie in meinem Herzen hätten lesen können, als ich am Weihnachtsabend mein Zimmerchen betrat und den brennenden Lichterbaum sah. Ich – ich hätte losheulen können wie ein Schuljunge.«

Er schwieg erregt, weil seine Stimme die Festigkeit verlor. Und Winnifred sah ihn mit feuchtschimmernden Augen an. Sie konnte nicht sprechen, und so blieben sie eine Weile stumm, während die Augen selbstvergessen ineinander hingen.

Endlich faßte er sich. »Verzeihen Sie – Sie sehen, ich bin noch jetzt meiner selbst nicht sicher, wenn ich davon spreche. Ich wollte Ihnen brieflich danken, aber alle Worte erschienen mir auf dem Papier so arm und nüchtern. Sie konnten Ihnen nicht ausdrücken, was ich empfand, und nun kann ich das auch nicht so, wie ich möchte.«

Ihre Lippen zitterten. Sie machte eine hilflose Bewegung. »Sie beschämen mich, es war ja nur eine kleine Aufmerksamkeit. Dafür müssen Sie mir nicht danken.«

»Schon daß Sie meiner gedachten, hat mich zeitlebens zu Ihrem Schuldner gemacht.«

Peter Hartau fand es jetzt richtig, sich bemerkbar zu machen. Er hatte aus dieser Begegnung gemerkt, daß die beiden jungen Menschen sehr erregt waren und tapfer diese Erregung voreinander zu verbergen suchten.

Er öffnete und schloß nun kräftig die Tür, als sei er eben in das Nebenzimmer getreten, und kam herüber. Lächelnd begrüßte er Salten und reichte ihm die Hand.

»Wir haben Sie gleich heute abend herüberbitten lassen, Mr. Salten, und hoffen, daß es Ihnen nicht ungelegen kam. Wie ist es Ihnen ergangen?«

»Den Umständen nach gut.«

»Das freut mich. Bitte, behalten Sie Platz. Wie war es mit Ihrer Jagd? Hatten Sie gute Beute?«

»Soviel ich beurteilen kann, werden Sie mit mir zufrieden sein. Mr. Bridge behauptet, daß ich den Rekord geschlagen habe. Darf ich Ihnen gleich eine kleine Übersicht geben?«

»Ich bitte darum.«

Salten zog ein kleines Notizbuch hervor und verlas die Zahl und Gattung der erbeuteten Felle.

Aufmerksam lauschte der Pelzkönig, jetzt ganz Geschäftsmann. Als Salten schloß mit den Worten: »Siebenundzwanzig Wölfe«, schaute ihn Hartau überrascht an.

»Alle Hochachtung, Sie nennen stattliche Zahlen. Das dürfte allerdings der Rekord sein. Aber die siebenundzwanzig Wölfe müssen Sie wohl mit den andern Teilnehmern an den Wolfsjagden teilen?«

»Nein, Mr. Hartau, die habe ich allein erlegt. Ich bin nie in Gesellschaft auf der Jagd gewesen.«

»Wie? Auch nicht auf der Wolfsjagd?«

»Nein.«

»Das war leichtsinnig. Ich kenne diese Bestien. Das hätte Ihnen das Leben kosten können.«

Winnifred erbleichte und preßte die Hände zusammen.

Aber Salten schüttelte ruhig den Kopf. »Ich war bestimmt nicht leichtsinnig, Mr. Hartau. Diese Wolfsjagden waren mehr eine Geduldsprobe. Ich habe die Bestien nur in respektvoller Entfernung halten müssen.«

Und er berichtete von seinem Jagdhüttchen in der Zweigen des Baumes und von seiner Art, auf die Wolfsjagd zu gehen. Interessiert hörte Hartau zu, und als Salten zu Ende war, sagte er anerkennend:

»Das war eine kluge Idee. Aber immerhin werden Sie manche ungemütliche Nacht verlebt haben in Ihrem Versteck. Ich kenne die lechzende Blutgier der Wölfe. Sie werden den Baum unzingelt und alles versucht haben, Ihnen einen Besuch auf Ihrem luftigen Sitz abzustatten.«

»Daran hat es allerdings nicht gefehlt. Aber ich habe mich gut vorgesehen. Übrigens habe ich Hölderlin meine Methode erklärt, und er hat danach gehandelt und gleichfalls gute Erfolge gehabt. Soviel ich weiß, hat er es auf fünfzehn Wolfsfelle gebracht.«

»Nun – ich gratuliere Ihnen und mir.«

»Aber wenn Sie verunglückt wären, Mr. Salten, und kein Mensch zu Ihrer Hilfe in der Nähe gewesen wäre«, sagte Winnifred zaghaft.

Salten sah sie ernst an. »Dann hätte es sein sollen, Miß Hartau.«

»Ganz gewiß, es geschieht nichts gegen den Willen der Vorsehung«, bestätigte Hartau.

»Und überdies war ich wirklich sehr vorsichtig, Miß Hartau, und habe mich ganz bestimmt nicht leichtsinnig in Gefahr begeben.«

Hartau brachte nun schnell ein anderes Thema auf. Er nahm sich allerdings vor, den Jagdstand Saltens genau zu besichtigen, um sich zu überzeugen, daß dieser alle Vorsichtsmaßregeln getroffen hatte. Aber er sprach nicht darüber, um Winnifred nicht zu beunruhigen. Nach einer Weile sagte er:

»Nun wollen wir zu Tisch gehen, wenn es dir recht ist, Winni.«

Diese erhob sich und sah Salten schelmisch an. »Heute abend gibt es aber nur kalte Küche, Mr. Salten. Ich bin als Köchin heute noch nicht in Aktion getreten, und Mrs.

Bridge wollten wir nicht noch mal bemühen.«

»Und zur Erwärmung brauen wir eine Punschbowle«, fügte Hartau in seiner liebenswürdig gastlichen Art hinzu.

Rudolf Salten saß dann, wie von einem schönen Traum umfangen, Miß Hartau bei Tisch gegenüber. Sie reichte ihm lächelnd allerhand Delikatessen zu und freute sich, daß sie ihm mundeten. Er sah nur immer wieder in ihr liebes Gesicht, als könnte er sich nicht daran satt schauen, und lauschte auf den Klang ihrer Stimme. Ihr Gesichtchen erschien ihm ein klein wenig schmäler als im Sommer, es hatte etwas von der kindlichen Rundung verloren.

Sie erzählte von Montreal, von den großen Wintersportfesten und sprach auch von dem Weihnachtsfest in ihrem Haus.

»So feiern Sie also auch in Montreal deutsche Weihnacht, Miß Hartau?« fragte Salten.

»O ja – solange ich denken kann. Mein Vater hat mir wieder so reiche Geschenke aufgebaut, daß mir kein Wunsch mehr übrig blieb. Aber nun habe ich eben schon einen neuen Wunsch entdeckt.«

»Was ist das für ein Wunsch, Winni?« fragte der Vater.

»Mr. Salten sprach vorhin von einem besonders schönen und starken Wolf, den er erlegt hat. Dies Fell möchte ich besitzen.«

Peter Hartau gab sich den Anschein, als finde er in diesem Wunsche nichts Auffallendes. Aber Saltens Stirn rötete sich jäh. Er fühlte, daß dieser Wunsch eine Auszeichnung sei.

»Nun, wir wollen uns morgen die Felle ansehen, und wenn das Wolfsfell wirklich so wertvoll ist, soll es für dich verarbeitet werden.«

»Ich hoffe, Miß Hartau, daß es mir auch noch gelingen wird, einen Bären zu erlegen.«

»Ist dazu Aussicht vorhanden?« fragte Hartau.

»Hölderlin behauptet, einer Bärenfamilie auf der Spur zu

sein, und wir beide wollen diese Bären beschleichen und erlegen.«

»Das ist doch eine neue Gefahr für Sie, Mr. Salten.«

»Beunruhige dich nicht, Winnifred, auf die Bärenjagd geht Mr. Salten nicht allein. Aber Sie dürfen auch nicht mit Hölderlin allein gehen, der ist zu jung und zu wenig bedächtig. Nehmen Sie Ernst Richter wenigstens noch mit. Vielleicht beteilige ich mich selbst daran. Eine Bärenjagd – das könnte mich locken. Das hat es lange nicht für mich gegeben. Ich beanspruche dann als Beuteanteil einen Bärenschinken. Und wenn ein gutes Bärenfell erbeutet wird, Winni, dann lasse ich es für dich bearbeiten. Du könntest es sehr gut in deinem Leseeckchen vor dem Diwan als Teppich gebrauchen.«

Winni sah den Vater unruhig an. »Wenn nur niemand dabei in Gefahr kommt, Vater.«

»Aber Winni, wenn drei oder vier Männer auf die Bärenjagd gehen, ist eine Gefahr ausgeschlossen. Trifft der eine nicht sicher, so trifft der andere.«

Damit beruhigte Hartau seine Tochter.

Dann erkundigte er sich, ob Salten gute und pünktliche Nachricht von zu Hause erhalte.

»Ich danke Ihnen noch nachträglich für die prompte Beförderung des Briefes an meine Mutter. Ich habe gottlob zufriedenstellende Post von ihr. Sie ist gesund und denkt meiner in Liebe.«

»Das ist viel. Die Liebe einer Mutter ist ein starkes Schutzgeleit durchs Leben«, erwiderte Hartau.

»Sorgt Ihre Frau Mutter sich sehr um Sie, Mr. Salten?« fragte Winnifred.

Er sah ihr ernst in die Augen. »Sie kann sich, obwohl sie eine tapfere und frohsinnige Natur ist, nicht mit dem Gedanken vertraut machen, daß ich hier zwischen Schnee und Eis von aller Kultur abgeschnitten bin. Aber sie weiß, daß mir keine andere Wahl bleibt und findet sich damit ab.«

»Bleibt Ihnen wirklich keine andere Wahl, Mr. Salten?« fragte Hartau. »Haben Sie die Einsamkeit noch nicht über? Sie haben doch nicht vergessen, daß ich Sie fragen wollte, wenn wir uns wiedersehen, wie Sie sich zu meinem Vorschlag stellen, Ihnen zu einem andern Wirkungskreis zu verhelfen.«

Dabei sah er Salten fest an. Salten merkte, daß auch Winnifreds Blicke an ihm hingen. Er hörte sie schnell und unruhig atmen. Es stürmte in seiner Brust. Aber er bezwang sich und antwortete ruhig und bestimmt: »Diesen Winter harre ich auf jeden Fall hier oben aus, das habe ich mir selbst gelobt. Aber wenn Sie mir dann Ihr gütiges Interesse noch nicht entzogen haben, will ich Sie bitten, mir mit Ihrem Rat und Ihrer Erfahrung beizustehen. Ich hoffe, in diesem Winter ein gutes Stück Geld zu verdienen, da ich gute Beute habe. Damit kann ich eventuell eine Weile aushalten, bis ich einen andern Wirkungskreis gefunden habe.«

»Nun, ein solcher Wirkungskreis wird bei mir immer offenstehen für Sie. Aber davon sprechen wir ein anderes Mal. Das sind Geschäfte, die für Damenohren nicht taugen.«

Damit brach Hartau dieses Gespräch ab, weil er merkte, daß Salten einen unruhigen Ausdruck in die Augen bekam. Winnifred bemerkte das nicht. Ihre Augen strahlten. Sie drückte ihrem Vater unter dem Tisch verstohlen die Hand. Er lächelte ihr zu.

Sie plauderten noch von diesem und jenem. Um zehn Uhr verabschiedete sich Salten. Als er Hartau die Hand reichte, sagte dieser: »Wir rechnen stark damit, daß Sie uns während unseres Hierseins Ihre Abende schenken, Mr. Salten. Wir sind weniger auf Einsamkeit erpicht als Sie. Und meine Tochter hat mir das Opfer gebracht, mich zu begleiten, obwohl sie jetzt in Montreal die Festsaison hinter sich ließ. Ich muß ihr also doch wenigstens für Gesellschaft sorgen, soviel in meiner Macht steht. Nicht wahr?«

Saltens Augen flogen zu Winnifred hinüber. »Es kann für mich keine größere Freude geben, als zu Ihnen zu kommen.«

»Gut, dann ist uns allen geholfen. Wann treffe ich Sie morgen in der Kantine?«

»Sie müssen bestimmen, wann ich da sein soll, Mr. Hartau, denn für gewöhnlich bin ich den ganzen Tag im Wald, wenn ich nicht nachts auf die Wolfsjagd gehe.«

»Also können wir uns nachmittags um zwei Uhr treffen? Ich möchte mir Ihre Beute ansehen.«

»Gewiß, ich werde pünktlich zur Stelle sein.«

»Dann auf Wiedersehen!«

»Gute Nacht, Mr. Salten! Ich werde meinen Vater begleiten, um mir das Wolfsfell anzusehen.«

Salten entfernte sich. Das Wiedersehen mit Winnifred hatte sein ganzes Wesen bis ins Innerste aufgewühlt, hauptsächlich deswegen, weil er fühlte, daß sie ihm so wenig ruhig gegenüberstand wie er ihr.

Am nächsten Morgen ging Salten wie gewöhnlich auf die Jagd, und er hatte wieder einen sehr guten Tag. Bis Mittag hatte er reiche Beute gemacht und kehrte gegen ein Uhr heim.

Er brachte seinen schon sehr mitgenommenen Jagdanzug ein wenig in Ordnung und begab sich in den Schuppen, wo seine Felle hingen. Aufmerksam betrachtete er das große Wolfsfell und freute sich, daß es so besonders schön war. Winnifred Hartau wollte es ja tragen. Hoffentlich gefiel es ihr.

Er streichelte das dichte Fell in Gedanken versunken. Dann schrak er auf. Er hatte draußen Stimmen gehört und darunter Winnifred Hartaus Stimme. Schnell ging er hinaus und begrüßte Vater und Tochter, die mit Bridges zusammenstanden. Dann führte er sie in den Schuppen und zeigte ihnen die verschiedenen erbeuteten Felle.

Der Pelzkönig prüfte sie mit Kennermiene und nickte Salten lächelnd zu.

»Ich habe Ihnen ja gleich gesagt, daß ich Ihnen ein gutes Revier anweise. Aber Sie haben mehr herausgeholt, als ich erwarten konnte. Und tadellose Schüsse haben Sie abgegeben. Da ist kein Fell an der falschen Stelle verletzt. Sie müssen ein Meisterschütze sein. Sieh, Winni, das ist der Wolf. Donnerwetter, ein Prachtexemplar! Was sagst du dazu?«

Winni hatte sich ein gutes Verständnis angeeignet für alle Pelzarten. Aber wenn der Wolf auch nicht so hervorragend schön gewesen wäre, hätte sie nicht darauf verzichtet, weil Salten ihn geschossen hatte.

»Ich sage nur, daß ich ihn besitzen möchte, Vater. Einen Wolf habe ich ohnedies nicht unter meinen Pelzen.«

Salten konnte seine Augen nicht von ihr lassen.

Man mußte Winnifred Hartau zugestehen, daß sie es verstand, Pelze zu tragen. Und Peter Hartau suchte seinen Stolz darin, seine Tochter wirklich den Titel einer Pelzkönigin verdienen zu lassen.

Rudolf Salten wurde das Herz schwer. Die Kluft zwischen ihm und der Pelzkönigin wurde immer breiter.

Nach einer Weile entfernte sich Winnifred, um die Herren ihren Geschäften zu überlassen. Es gab allerhand zu erledigen, und Winnifred wußte, daß sie in den nächsten Tagen nicht viel von ihrem Vater haben würde. Er erwartete einen großen Teil seiner Pelzjäger zur Abrechnung und mußte auch einige Schlittenfahrten unternehmen, um den Transport der Felle in die rechten Wege zu leiten. Er sah gern selbst überall nach dem Rechten.

Salten erkannte, daß sich in den nächsten Tagen keine Gelegenheit finden würde, mit Mr. Hartau in seiner eigenen Angelegenheit zu reden. Er mußte damit warten, bis dieser seine wichtigsten Geschäfte erledigt hatte.

Und schließlich war er für diesen Aufschub dankbar. Er konnte ja nicht wissen, ob Hartau nicht sofort jeden Verkehr mit ihm abbrechen würde, wenn er seine Beichte abgelegt hatte. Zwar machte er ihm nicht den Eindruck eines engherzigen Menschen, aber er war früher auch Offizier gewesen und hatte jedenfalls auch starre Ehrbegriffe. Allerdings hatte ihm Hartau angedeutet, daß er auch den bunten Rock hatte ausziehen müssen, aber das konnte aus einer ganz anderen Veranlassung geschehen sein.

Die Tage, die nun folgten, brachten neue Freuden und neue Schmerzen für Salten. Bei jeder Begegnung mit Winnifred wurde es ihm klarer, daß sie ihm mit ähnlichen Gefühlen gegenüberstand wie er ihr. Und wenn er sich auch mit aller Kraft im Zaum hielt, so konnte er doch seinen Augen nicht immer gebieten.

Winnifreds stille Glückseligkeit, wenn sie sich einmal eine Weile selbstvergessen angesehen hatten, verriet ihm wie ihrem Vater zur Genüge, wie lieb sie ihn hatte.

So war eine Woche vergangen seit der Anwesenheit von Vater und Tochter im Waldhaus. Wieder erwartete Winnifred eines Abends mit Ungeduld Saltens Erscheinen. Aber es wurde acht Uhr, und er kam nicht. Es wurde halb neun Uhr, und noch immer war nichts von ihm zu sehen.

Mit großen, bangen Augen sah Winnifred zu ihrem Vater hinüber. »Vater, Mr. Salten wird doch nichts zugestoßen sein? Er ist sonst immer so pünktlich.«

Peter Hartau war selbst schon ein wenig unruhig geworden, aber unter Winnifreds bangem Blick schüttelte er lächelnd den Kopf. »Er wird sich im Wald verspätet haben. Vielleicht war er irgendeinem erstrebenswerten Wild auf der Spur und hat es nicht gleich zur Strecke gebracht. Er wird schon kommen.«

»Er wird doch nicht unter die Wölfe geraten sein. Mir ist so angst.«

Er zog sie an sich. »Du kannst ganz beruhigt sein, Winni.

Salten ist ein ruhiger, zuverlässiger Mensch und seiner Waffe sicher. Er hat sich ganz sicher nur verspätet und wird schon kommen.«

Sie warteten weiter. Die Uhr schlug neun. Da sprang Winnifred auf und warf sich ihrem Vater in die Arme. »Vater, lieber Vater – ich ertrage das untätige Warten nicht mehr. Laß uns bei Bridges nachfragen, ob er daheim ist.«

Er erschrak über ihre leidenschaftliche Heftigkeit und streichelte beruhigend ihr Haar. »Ich werde den Diener nach dem Blockhaus hinüberschicken. Vielleicht ist er nicht wohl oder hat sonst einen Grund zur Verspätung.«

»Ja, bitte, tu das. Ich habe solche Angst um ihn.« Sie wußte nicht, wie sehr sie sich ihrem Vater verriet.

Gerade wollte Hartau den Diener fortschicken, als dieser eintrat und Mr. Salten meldete. Hartau atmete auf, und Winnifred sank kraftlos in ihren Sessel zurück.

Gleich darauf stand Salten im Zimmer. Seine Augen, die in einer seltsamen Erregung brannten, suchten zuerst Winnifred. Er sah, wie bleich sie war, und wie erregt es in ihrem Gesicht zuckte. »Ich bitte um Verzeihung für meine Verspätung, aber ich konnte nicht früher hier sein; ich hatte einen unliebsamen Aufenthalt.«

»Was ist geschehen?« fragte Winnifred erregt. Sie fühlte, daß Salten sehr aufgeregt war.

Ihr Vater legte beruhigend seine Hand auf ihre Schulter. »Du siehst, daß Mr. Salten gesund vor uns steht, Winni. Wir waren in Sorge um Sie, Mr. Salten, weil wir sonst an Ihre präzise Pünktlichkeit gewöhnt sind.«

Salten lächelte erregt. »Diesmal konnte ich leider nicht pünktlich sein. Ich war ziemlich weit in den Wald hineingekommen, an eine Stelle, die ich bisher noch nicht entdeckt hatte. Und als ich mich dort ein wenig umsehen und orientieren wollte, traf ich plötzlich auf einen sehr großen und starken Bären. Irgendwie mußte er aus seiner Ruhe aufgestört sein. Jedenfalls stand ich ihm plötzlich ziemlich nah gegenüber. Darauf war ich natürlich nicht gefaßt.«

Winni fuhr auf. »Um Gottes willen! Und Sie waren allein?«

Salten neigte das Haupt. »Wie gewöhnlich, Miß Hartau. Wohl war ich der Warnung Ihres Herrn Vaters eingedenk, nicht allein auf die Bärenjagd zu gehen. Aber das prachtvolle Tier schien aus irgendeinem Grund in sehr gereizter Stimmung und ging gleich ziemlich aggressiv gegen mich vor. Offen gestanden lockte es mich auch mächtig, das Tier zu erlegen. Ich dachte daran, daß Sie ein schönes Bärenfell für Ihr Leseeckchen gebrauchen konnten. Und außerdem ließ mir der Bär gar keine Zeit, lange Betrachtungen anzustellen. Ich legte kurz entschlossen mein Gewehr an und zielte zwischen die Lichter. Aber zu meinem Schrecken merkte ich, daß meine Hände durch den Frost etwas steif geworden waren. Es blieb mir jedoch keine Zeit, sie erst gelenkig zu machen – ich mußte abdrücken. Und zum erstenmal, solange ich Pelzjäger bin, und gerade in dieser kritischen Situation, traf ich mein Ziel nicht genau. Ich verwundete den Bären nur am Kopf, aber nicht tödlich. Er war nun doppelt gereizt und tappte auf mich zu. Ich schoß noch einmal, traf ihn aber wieder nicht richtig, weil meine Hände einfach den Dienst versagten. Aufgerichtet stand er nun im furchtbaren Zorn vor mir; ich mußte es auf einen Nahkampf ankommen lassen. Zum Glück war das Tier durch die Verwundung schon etwas geschwächt, sonst wäre ich wohl nicht mit heiler Haut davongekommen. Durch den Kampf wurden meine Hände gelenkiger, ich zog mein Messer und konnte dem Bären den sicheren Gnadenstoß geben. Er liegt ziemlich drei Stunden von hier entfernt im Wald. Ich habe ihn mit Zweigen von Nadelhölzern dicht bedeckt, damit ihn mir nicht etwa die Wölfe in der Nacht zerreißen. Das hat mich lange aufgehalten, zumal ich damit rechnen mußte, daß auch die Bärin noch auftauchen würde.«

»Das ist aber nicht geschehen?« fragte Hartau ebenfalls erregt.

»Nein, ich konnte meine Beute ohne Störung bergen. Und dann bin ich so schnell wie möglich heimgeeilt. Ich sah etwas sehr mitgenommen aus, der Bär hat mir meinen Rock gründlich zerrissen – gottlob nur den Rock. Mrs. Bridge sitzt jetzt daheim und versucht, ihn wieder zusammenzuflicken. Und nun bitte ich nochmals um Entschuldigung, daß ich Sie warten ließ.«

Atemlos hatte Winnifred zugehört. Sie preßte die Hände aufs Herz. »Gottlob, daß Sie heil und unversehrt vor uns stehen«, stieß sie zitternd hervor.

Er sah sie mit leuchtenden Augen an.

»Ich muß wohl einen besonderen Schutzengel haben, Miß Hartau, denn diesmal gab ich keinen Heller für mein Leben. Aber nun freue ich mich doch, daß ich Ihnen ein sehr schönes Bärenfell zur Verfügung stellen kann.«

Sie schauerte zusammen. Ihr Vater nahm sie beruhigend in seinen Arm. »Seien wir froh, daß Mr. Salten wohlbehalten bei uns ist. Und nun walte deines Amtes als Hausfrau. Ich taxiere, daß Mr. Salten einen Bärenhunger mitgebracht hat. Und ich bin auch hungrig. Wir haben mit dem Essen auf Sie gewartet, Mr. Salten.«

Damit suchte Hartau die Stimmung zu beleben. Winnifred raffte sich auf, aber ihre Hände zitterten leise. Unter Saltens sorgendem Blick wurde sie bald ruhiger: er saß ihr ja unversehrt gegenüber.

Peter Hartau sorgte dafür, daß die nervöse Stimmung sich in Heiterkeit auflöste. Und im Verlauf des Abends sagte er zu Winnifred: »Was meinst du, Winni, das wäre morgen eine gute Gelegenheit zu einer hübschen Skitour. Wollen wir Mr. Salten morgen früh zum Kampfplatz begleiten und die Beute bergen helfen? Mr. Bridge kann uns mit dem Schlitten begleiten, auf dem wir den Bären hereinholen. Denn ich sehe nicht ein, warum wir den Wölfen und anderm Raubzeug den Bärenschinken überlassen. Der soll uns selber munden.«

Lebhaft nickte Winnifred. »O ja, da bin ich gern dabei.«

»Also sind wir mit von der Partie, Mr. Salten. Wann wollen wir aufbrechen?«

»Mit Rücksicht auf Miß Hartau darf es nicht zu früh sein, aber mit Rücksicht auf das Tageslicht auch nicht zu spät. Um acht Uhr geht die Sonne auf und um vier Uhr unter. Bei Tageslicht müssen wir mit Miß Hartau unbedingt zurück sein.«

»Nun gut, also brechen wir lieber gleich um acht Uhr auf, damit wir den ganzen Tag vor uns haben. Ist es dir so recht, Winni?«

Sie atmete auf und nickte. »Natürlich, Vater.«

Sie war von Herzen froh, daß sie Salten morgen begleiten würden, denn sie fürchtete, daß dieser, wenn er allein seine Beute barg, doch noch mit der Bärin zusammengeraten könnte. Lieber wollte sie selbst mit dabei sein. Sie war sehr tapfer und unverzagt für ihre eigne Person und nur ängstlich um Menschen, die sie liebte.

»Du mußt für etwas Proviant sorgen, Winni, den können wir im Schlitten verstauen. Und wenn du müde wirst unterwegs, legst du die Skier ab und nimmst im Schlitten Platz.«

Sie reckte lächelnd ihre schlanke Gestalt.

»Ich werde bestimmt nicht müde, Vater.«

»Also, lieber Mr. Salten, Sie sagen dann heute abend noch Mr. Bridge Bescheid, daß er uns mit dem Schlitten begleiten soll«, sagte Hartau.

Salten versprach es, und für diesen Abend trennten sich die drei Menschen.

XI

Am nächsten Morgen stand Salten pünktlich um 8 Uhr vor dem Waldhaus. Nelli Bridge hatte seinen Rock kunstvoll geflickt und gestopft. Er hatte diesen Rock wieder anziehen müssen, da er ihn auf der Jagd nicht entbehren konnte.

Unter diesem Rock trug er, wie jetzt immer, eine Art Pelzweste, die ihm Nelli Bridge aus schadhaften Fellen zusammengeflickt hatte und die ihm bei der großen Kälte gute Dienste tat. Er war zwar sehr abgehärtet, aber immerhin mußte er auf seinen Streifzügen warme Kleidung haben.

Salten hatte die Skier schon angelegt. Hinter ihm kam Mr. Bridge mit dem Schlitten angefahren.

Nun erschien auch Peter Hartau mit seiner Tochter. Er trug kurze Beinkleider mit Pelzgamaschen, Sweater, Pelzweste und einen kurzen Überrock, auf dem Kopf eine anliegende Pelzkappe mit Ohrwärmern, und die Hände steckten in Pelzhandschuhen.

Ein Paar gleiche Handschuhe trug er in den Händen und reichte sie Salten. »Das habe ich Ihnen mitgebracht, damit Sie nicht wieder steife Hände bekommen. Meine Tochter hat Ihnen eine Schnur zum Umhängen daran genäht, damit sie Ihnen nicht verlorengehen.«

Salten verneigte sich und hing die Handschuhe sogleich um. Seine Augen dankten Winnifred mehr als seine Worte. »Ich nehme die Handschuhe dankbar an. Zwar besitze ich, wie Sie sehen, sehr dicke Wollhandschuhe, aber die sind schon etwas ausgeweitet und lassen die kalte Luft eindringen. Diese sollen mir bessere Dienste tun, damit ich keinen Fehlschuß mehr abgebe.«

Er zog die Wollhandschuhe aus, steckte sie in seine Tasche und zog die Pelzhandschuhe an. Dabei hingen seine Augen entzückt an Winnifred.

Sie war ähnlich ausgestattet wie ihr Vater. Ein dickes,

wollenes Sportkostüm, bestehend aus Sweater, Sporthose und kurzem Rock, umhüllte ihre schlanke Gestalt. Die Füße steckten in hohen Lederstiefeln, die noch von Pelzgamaschen bedeckt waren, die bis zu den Knien heraufreichten. Über dem weißen Wollsweater trug sie eine kurze Pelzjakke, die bis zum Hals geschlossen war und einen breiten Kragen hatte, der das Kinn und die Ohren noch einhüllte. Eine Pelzkappe bedeckte das blonde Haar und umrahmte das frische, blühende Gesicht. Natürlich trug auch sie Pelzhandschuhe. Sie sah reizend aus.

Der Diener brachte nun einen Proviantkorb heraus, der im Schlitten verstaut wurde.

Salten half Winnifred beim Anlegen der Skier, während Hartau die seinen befestigte. Mr. Bridge, der dick vermummt auf dem Schlitten saß, wurde bedeutet, daß er sich im Gefolge der drei Skiläufer halten solle. Er müßte die Pferde tüchtig ausgreifen lassen.

Und dann ging es im schnellen Lauf auf der Schneedecke dahin, der wie ein glühender Ball aufsteigenden Sonne entgegen. Der Atem stand sichtbar in der Luft. Es war ein ganz windstiller Tag und daher die Kälte erträglich.

Und es war eine herrliche Tour durch den verschneiten Wald. Die drei Menschen sprachen wenig zusammen, riefen sich nur ab und zu einige Worte zu. Und hinter ihnen flog der Kastenschlitten so schnell wie sie über die hart gewordene Schneedecke dahin, die alle Unebenheiten des Bodens ausglich.

Ohne Rast zu halten, liefen die drei ihrem Ziel entgegen. Die Herren fragten zwar die junge Dame, ob sie nicht ein wenig ausruhen wolle, aber sie schüttelte lachend den Kopf und flog ihnen übermütig voraus, so daß sie schneller laufen mußten, um sie einzuholen.

Endlich gelangten sie an den Platz, wo gestern Saltens Kampf mit dem Bären stattgefunden hatte. Unversehrt lagen die aufgetürmten Zweige über dem toten Tier. Salten atmete auf. Er hatte gefürchtet, daß trotz seiner Schutzmaßregeln der Bär von Raubzeug aufgespürt worden sei.

Peter Hartau prüfte mit scharfen Blicken den Kampfplatz. Deutlich markierten sich die Spuren des Bären und die Saltens. Er sah sehr wohl, daß es heiß hergegangen sein mußte, und als Winnifred jetzt zum Schlitten hinüberging, um den Proviant auszupacken, sagte er halblaut zu Salten:

»Da haben Sie einen schweren Stand gehabt, Mr. Salten. Gottlob, daß es gut abgelaufen ist.«

»Ich habe Ihnen gestern abend in Miß Hartaus Gegenwart nicht alle Details erzählen wollen. Im entscheidenden Moment verfingen sich meine Skier und ich stürzte in die Knie. Zwar konnte ich der Bestie in dieser Stellung das Messer ins Herz stoßen, aber sie fiel dann so über mir zusammen, daß ihr Blut mir über das Gesicht rann. Mrs. Bridge schrie auf, als sie mich heimkommen sah. Obwohl ich mir mit Schnee, so gut es ging, das Blut abgewaschen hatte, waren doch genug Spuren davon übriggeblieben, und sie glaubte, ich sei verwundet. Einen schönen Anblick habe ich jedenfalls nicht abgegeben.«

Peter Hartau sah wohlgefällig auf den jungen Mann und sagte aufatmend: »Ich sage nochmals: Gottlob, daß Sie unversehrt geblieben sind.«

Salten räumte nun das Tannenreisig von dem toten Bären. Es war ein Prachtexemplar. Hartau und seine Tochter betrachteten ihn mit Bewunderung.

Dann nahmen sie alle zusammen einen Imbiß ein, setzten sich auf die Bänke im Kastenschlitten und tafelten aus dem Proviantkorb. Auch Mr. Bridge mußte mithalten. Während der ganzen Zeit spähten aber Hartau und Salten immer wieder vorsichtig die Gegend ab, da es ihnen nicht ausgeschlossen schien, daß die Bärin auf der Suche nach ihrem Gefährten herumirrte. Ihre Gewehre hatten sie für alle Fälle schußbereit zur Hand. Aber sie sagten der jungen Dame wie auf stille Verabredung nichts davon.

Doch Winnifred sah immer wieder mit leisem Erschauern auf den toten Bären, und aus ihrem Herzen stieg ein Dankgebet zum Himmel, daß der geliebte Mann aus dieser Gefahr siegreich hervorgegangen war.

Nachdem der Imbiß eingenommen worden war, mußte Winnifred, in warme Decken eingehüllt, noch eine Weile Siesta halten, bis die drei Männer das schwere Tier herbeigeschleppt hatten.

Es wurde in den Schlitten gehoben und mit Reisig zugedeckt. Dann legten alle drei ihre Skier wieder an. Die Herren hingen die Gewehre über die Schulter, und nun schlugen sie den Rückweg ein.

Winnifred weigerte sich lachend, im Schlitten Platz zu nehmen und behauptete, nicht müde zu sein.

Die Sonne schien hell und klar, und der Rückweg wurde fast noch schöner. Als man an eine Stelle kam, wo frische Skispuren quer liefen, deutete Salten darauf hin. »Hier geht der Weg nach Hölderlins Revier. Anscheinend ist er ihn kürzlich gegangen. Es sollte mich nicht wundern, wenn er den Bären auf der Spur wäre.«

»Nun, jedenfalls können Sie morgen zu ihm hinüberlaufen und ihn auf übermorgen früh an diese Stelle bestellen. Sie ist leicht zu finden, da sich hier die Skispuren mit den unsern und den Schlittenspuren kreuzen. Ich denke, wir nehmen dann übermorgen gemeinsam die Bärenspuren auf und kommen so sicher noch an die Bärin heran«, sagte Hartau.

Salten neigte zustimmend den Kopf. Doch er fing einen angstvollen Blick Winnifreds auf. »Wenn Ihnen aber nun die Bärin in den Weg läuft, wenn Sie allein sind, Mr. Salten?«

Er zeigte ihr lächelnd die Pelzhandschuhe. »Meine Hände sind ganz warm und gelenkig. Hätte ich gestern solche Handschuhe getragen, wäre mein Schuß nicht fehlgegangen.«

»Versprechen Sie mir aber, der Gefahr aus dem Weg zu gehen, so viel Sie können«, bat sie mit bebender Stimme.

Es stieg heiß in ihm auf. Wie süß war es für ihn zu wissen, daß sie um ihn bangte. Aber er sagte fest und ruhig: »Ich verspreche es, Miß Hartau, Sie können ganz unbesorgt sein.«

Trotzdem schnürte Winnifred die Angst das Herz zusammen. Der Gedanke, daß Salten ein Leid geschehen könne, quälte sie namenlos.

Sie war jedenfalls auf dem Heimweg stiller als auf dem Hinweg. Sie mußte immer daran denken, daß Salten morgen allein im Wald sein würde und auf die Bärin treffen konnte.

Als sie wieder am Waldhaus anlangten, verabschiedeten sich die Herren von Winnifred. Diese sollte sich umkleiden und ein wenig ruhen, während die Herren drüben im Schuppen des Blockhauses den Bären häuten und zerlegen wollten.

Mrs. Bridge lachte über das ganze Gesicht, als der Bär abgeladen wurde. »Das gibt zwei feine Schinken, Mr. Hartau; die wollen wir gleich einsalzen und vorbereiten«, sagte sie. Sie kannte Mr. Hartaus Vorliebe für Bärenschinken.

Und sie berichtete nun, daß Hans Hölderlin dagewesen sei und ihr erzählt habe, daß er einen jungen Bären lebend gefangen habe. Er wisse, wo die alten Bären hausten und wolle mit Salten auf die Bärenjagd gehen. Dieser möge ihm Bescheid bringen, wenn es ihm passe.

Die Herren hörten interessiert zu. »Nun ist mir alles erklärlich«, sagte Hartau. »Hölderlin hat den jungen Bären gefangen, und dessen Eltern haben sich auf die Suche nach ihm gemacht. Wahrscheinlich haben sie verschiedene Richtungen eingeschlagen, und so ist es gekommen, daß Sie auf den Bärenvater trafen, während die Bärenmutter noch nach dem Jungen sucht. Schade, daß uns Hölderlin nicht angetroffen hat. Wir hätten dann gleich morgen auf die Jagd nach der Bärin gehen können. So müssen wir es noch einen Tag verschieben. Jedenfalls müssen Sie sehr vorsichtig sein, Mr. Salten. Falls Sie irgendwie auf die Bärin treffen, suchen Sie ihr auszuweichen.«

Salten nickte lächelnd. »Das werde ich schon deshalb tun, um Hölderlin Gelegenheit zu geben, die Bärin zu erlegen. Wenn die Bärenfamilie auch in meinem Revier zu hausen scheint, so hat sie Hölderlin doch aufgespürt.«

»Nun, jedenfalls hat er vorläufig den jungen Bären gefangen. Gut, daß er ihn nicht abgeschossen hat. Man kann ihn vielleicht an einen zoologischen Garten verkaufen. So ganz jung kann er ja nicht mehr sein. Der Mutter wird er jedenfalls nicht mehr bedürfen.«

Die Herren machten sich nun, unterstützt von Mr. und Mrs. Bridge und dem Knecht daran, den Bären zu häuten und zu zerlegen. Das dauerte immerhin einige Stunden. Und es war keine leichte Arbeit. Aber das Fell war prachtvoll und Salten betrachtete es mit stolzer Freude. Er sah es schon im Geiste zu Winnifreds Füßen liegen.

Als die Arbeit beendet war, verabschiedete sich Peter Hartau. »Also um acht Uhr auf Wiedersehen drüben im Waldhaus, Mr. Salten. Aber bitte, sprechen Sie mit meiner Tochter vorläufig nicht von dem jungen Bären und unsrer Vermutung, daß die Bärin noch suchend umherstreift. Sie malt sich sonst allerhand Schrecknisse aus.«

»Ich werde bestimmt nicht davon sprechen, Mr. Hartau.«

»Dann auf Wiedersehen! Seien Sie pünktlich.«

»Ich werde pünktlich sein. Auf Wiedersehen.«

Hartau ging davon. Nelli Bridge trat, als Hartau fortgegangen war, an Salten heran. »Sie werden die Bärin auch noch erlegen, Mr. Salten. In den Karten lag schon gestern Jagdglück für Sie. Aber heute liegt es noch dichter bei Ihnen. Sie werden morgen oder übermorgen großes Glück auf der Jagd haben.«

Salten lächelte gutmütig spottend. »Ihre Karten scheinen

mir andauernd freundlich gesinnt zu sein.«

»Tun sie auch. Aber es steht auch noch etwas Schweres für Sie in den Karten, das Sie erst überwinden müssen. Lächeln Sie nur nicht so spöttisch, Mr. Salten. Meine Karten lügen nicht. Sehen Sie, ich war doch ein ganz armes, häßliches Mädchen, die einzig Häßliche von vier Schwestern, die alle schön waren. Und meine alte Mutter sagte immer: Nelli, du armes Ding, du wirst nie einen Mann bekommen. Aber meine Karten sagten mir: Nur Geduld, du wirst die erste von euch Schwestern sein, die einen Mann bekommt, aber er kommt über einen weiten Weg und du gehst mit ihm über einen weiten Weg. Und richtig, eines Tages kommt Mr. Bridge von Kanada zum Besuch seiner Familie nach Irland. Es war, ehe er hier die Kantine aufmachte, was er aber schon geplant hatte. Und er wollte sich von Irland eine Frau mit hier herübernehmen. Und sehen Sie – trotz meiner schönen Schwestern, die gern einen solchen Freier gehabt hätten, begehrte er mich – ausgerechnet mich – zur Frau. Meine Karten hatten recht. Ich ging einen weiten Weg mit ihm. Sie haben nie gelogen, und auch für Sie werden sie nicht lügen.«

»Meinen Sie, Mrs. Bridge?« fragte Salten, über ihren Eifer lächelnd.

»Ganz gewiß! Geben Sie nur acht, bald werden Sie uns verlassen. Und dann machen Sie eine große, weite Reise und erleben etwas ganz Großes und auch etwas Schweres. Aber dann kommt das Glück, ein großes Glück. Wie das aussieht, weiß ich auch. Aber das verrate ich Ihnen nicht, weil Sie doch nicht daran glauben. Und ich will, daß es in Erfüllung geht.«

»Also ist es etwas sehr Gutes für mich?«

»Ganz gewiß. Warten Sie nur, wenn Sie von uns fortgehen, dann gibt Ihnen Nelli Bridge ein versiegeltes Blättchen mit. Das sollen Sie als Talisman tragen. Und an dem Tag, an dem Sie sich verloben, sollen Sie das Blättchen entsiegeln und darin lesen, was ich Ihnen heute schon prophezeie. Sie werden auch den Namen Ihrer Braut darin finden.«

»Aber Mrs. Bridge, Sie wollen doch nicht behaupten, daß Sie sogar den Namen meiner künftigen Braut aus den Karten lesen?«

Sie zeigte lachend ihre Zähne. »Den Namen natürlich nicht – aber den denke ich mir aus. Ich deute doch meine Karten. Also ich gebe Ihnen den Zettel mit und Sie dürfen ihn nicht eher öffnen als an Ihrem Verlobungstag, damit Ihr Zweifel nicht das Glück verjagt.«

Salten nickte gutmütig. »Nun gut, wenn ich hier fortgehe, geben Sie mir den Zettel mit. Ich werde ihn verwahren, solang Sie wollen.«

»Gut! Aber Sie müssen mir versprechen, daß Sie an Ihrem Verlobungstage an Nelli Bridge denken und ihr Nachricht senden.«

»Ich verspreche Ihnen, daß ich viel öfter an die gute Mrs. Bridge denken werde und besonders aber dann, wenn ich mich einmal verloben sollte, was aber wahrscheinlich nie geschehen wird.«

»Das weiß Nelli Bridge besser.«

Lächelnd nickte er ihr zu und verließ den Schppen, nachdem er das Bärenfell nochmals aufmerksam betrachtet hatte. Dann betrat er sein Zimmer, um sich umzukleiden.

Am Abend war er wieder drüben im Waldhaus.

Da Winnifred aber noch immer ein wenig still war, kamen auch die Herren nicht recht in Stimmung. Schließlich bat Hartau seine Tochter um ein paar Lieder. Sie erfüllte ohne Zögern seinen Wunsch, denn sie merkte, daß auch aus Saltens Augen das Verlangen nach ihren Liedern sprach.

Atemlos lauschte Salten der süßen klaren Mädchenstimme. Er ließ seine Augen auf Winnis reinen Zügen ruhen.

Und das Herz klopfte ihm wie ein Hammer in der Brust. Was hätte er darum gegeben, wenn er frei und offen um die Liebe Winnifred Hartaus hätte werben dürfen. Eine grenzenlose Trauer erfüllte sein Herz, weil er fühlte, daß auch ihr Glück mit dem seinen zusammenhing. Wenn sie ihn liebte, wie er glaubte, dann würde sie leiden, wenn er von ihr scheiden mußte für immer.

Heiß stieg es in ihm empor, als sie jetzt mit innigem Ausdruck sang:

»Du hast die Seele mein
So ganz genommen ein,
Daß sie kein' andren liebt
Als dich allein.«

Als es zehn Uhr war, erhob er sich, um sich zu verabschieden. Peter Hartau reichte ihm die Hand. »Also verabreden Sie morgen alles Nötige mit Hölderlin, Mr. Salten.«

»Das werde ich tun, Mr. Hartau.«

Winnifred sah ihn mit unruhigen Augen an. »Gott mit Ihnen morgen. Seien Sie nur ja recht vorsichtig, daß die Bärin Ihnen nicht zu nahe kommt.«

Sein Atem kam gepreßt aus der Brust. Er fühlte, daß sie um ihn bangte. Das beglückte und beunruhigte ihn zugleich. Aber er zwang sich zu einem Scherz, um sie zu beruhigen. »Wenn ich sie sehen sollte, werde ich auf meinen Skiern davonlaufen, so schnell ich kann, denn die Bärin darf ich Hölderlin nicht auch noch wegschießen. Er hat ein Anrecht daran, da wir gemeinsame Jagd verabredeten.«

Er freute sich, daß sie ein wenig lächelte. »Dann morgen abend auf Wiedersehen! Aber seien Sie pünktlich.«

»Ich werde mich beeilen, so sehr ich kann und mich lieber gleich zur Stelle melden, wenn ich von meinem Weg zurück bin.«

»Das ist gut, das tun Sie nur. Ich werde erst wieder ganz

ruhig sein, wenn auch die Bärin erlegt ist.«

»Das wird übermorgen ganz sicher geschehen. Gute Nacht, Miß Hartau.«

»Gute Nacht, Mr. Salten.«

Er entfernte sich.

Winnifred sah ihren Vater mit bangen Augen an. »Vater, mir ist so angst um Mr. Salten«, stieß sie hervor.

Er strich ihr das Haar aus der Stirn. »Aber Winni, Jahr um Jahr werden hier oben Bären und Wölfe erlegt, und solange ich denken kann, ist kein Mensch dabei ums Leben gekommen. Du kannst ruhig sein. Mr. Salten soll dich morgen abend wegen deiner törichten Angst auslachen.«

»Ich will mich gern auslachen lassen, Vater. Du mußt doch zugeben, daß Mr. Salten gestern bei dem Kampf mit dem Bären in ernster Lebensgefahr war.«

»Nun ja, zugegeben, es kamen da allerlei ungünstige Zufälle zusammen. Und doch ist er siegreich aus dieser Gefahr hervorgegangen. Jetzt ist er auf der Hut. Er weiß, daß die Bärin am Weg sein könnte und wird vorsichtig sein. Du kannst ruhig schlafen.«

Aber Winnifred schlief durchaus nicht ruhig in dieser Nacht. Sie hatte schwere Träume und sah Rudolf Salten von allerlei Gefahren bedroht.

Als sie am nächsten Morgen erwachte, war es schon hell. Schnell erhob sie sich. Als sie dann zum Frühstück kam, erwartete sie ihr Vater schon. »Gut ausgeschlafen, Winni?« fragte er lächelnd.

Sie küßte ihn. »Ich habe schlecht geträumt, Vater.«

Er zog sie neben sich. »Komm, trink eine Tasse Tee. Du hast dich wohl gestern ein wenig überanstrengt bei unserer Skitour. Es wird dir guttun, wenn du dich heute ausruhst.«

»Ich bin gar nicht müde, Vater, und werde wohl heute ein wenig im Tobogan den Berg herabfahren.«

»Auch gut. Aber entferne dich nicht weiter, als ich dir erlaubt habe.«

Sie nickte ein wenig geistesabwesend. – Während Vater und Tochter frühstückten, sagte Hartau:

»Du mußt dich heute lange ohne meine Gesellschaft behelfen, Winni. Ich fahre mit Mr. Bridge nach der westlichen Pelzjägerstation, um dort nach dem Rechten zu sehen.«

»Wann fährst du fort, Vater?«

»Gleich nach dem Frühstück.«

»Und wann kannst du zurück sein?«

»Frühestens nachmittags gegen vier Uhr.«

»Willst du mich nicht mitnehmen?«

»Nein, Winni, das ist nichts für dich. Das sind lauter ungebildete, rauhe Menschen, die keine Rücksicht auf eine Dame nehmen. Außerdem brauchen wir auch allen verfügbaren Platz im Schlitten für die Felle, die wir bei dieser Gelegenheit gleich mit hierher bringen wollen.«

Als der Vater Winnifreds Blicken entschwunden war, ging sie ruhelos im Haus umher. Sie tat dies und das, versuchte zu lesen, klimperte ein wenig auf der Laute und machte sich auch in der Küche zu schaffen.

Da der Vater nicht mit ihr speiste, hatte sie wenig Interesse am Kochen und stellte nur ein einfaches Menü zusammen. Das Küchenmädchen half dabei und bereitete auch das Essen für sich und die anderen Dienstboten.

Aber bei all diesen Beschäftigungen wurde Winnifred den Druck auf ihrer Seele nicht los. Immer wieder mußte sie an Mr. Salten denken. Und sie rechnete aus, wann er wohl von seinem Gang zu Hölderlin zurückkäme.

Sie kam zu keinem Resultat. Nur das war ihr klar, daß er frühestens mit Einbruch der Dämmerung zurück sein konnte.

»Wenn ich ihn doch hätte begleiten können, dann wäre ich viel ruhiger«, sagte sie sich.

Jedenfalls wuchs ihre Unruhe, je weiter der Tag vorschritt. Um sich abzulenken, machte sie sich fertig zur Schlittenfahrt. Sie kostümierte sich wie gestern zur Skitour, legte auch die Skier an, um schneller vorwärts zu kommen, und zog den Tobogan hinter sich her.

Wie immer, hatte sich auch heute ihren Browning schußbereit zu sich gesteckt.

Und so lief sie bis zum Fuß des Berges. Aber als sie dort anlangte, lauschte sie unruhig in die Ferne, nach der Richtung hin, wo sie Salten wußte. Und ohne es zu wollen, ohne sich Rechenschaft darüber abzulegen, schlug sie ganz mechanisch, wie magnetisch angezogen, die Richtung ein, die sie gestern zwischen Salten und ihrem Vater eingehalten hatte. Den Schlitten zog sie hinter sich her.

Ab und zu blieb sie lauschend stehen. Aber nichts regte sich in dem winterstillen Wald.

Und diese Stille legte sich ihr beklemmend auf die Brust. Die heimliche Angst, die seit gestern ihr Gemüt belastete, schlug ihre Krallen in ihr Herz. Sie hätte laut aufschreien mögen – den Namen des Mannes, um den sie bangte.

»Er ist in Gefahr, ich fühle es, ich muß ihm zu Hilfe kommen«, dachte sie erschauernd.

Sie umklammerte den Browning, den sie in einer Tasche ihrer Pelzjacke trug und lief auf ihren Skiern schnell weiter in der Richtung, in der sie Salten wußte, ohne daran zu denken, daß sie sich selber in die Gefahrzone begab.

Da sie der Schlitten am schnellen Laufen hinderte, ließ sie ihn schließlich stehen. Im übrigen war es ihr ganz gleich, was mit dem Schlitten wurde, ihre Unruhe wurde immer größer, immer treibender.

Wie ein Pfeil flog sie vorwärts, weiter und weiter, der Stelle zu, wo sich Hölderlins Skispuren mit den ihren gekreuzt hatten.

Sie konnte nichts weiter denken, als daß sie Salten in irgendeiner Gefahr, die sie ahnte, zu Hilfe eilen mußte. So zaghaft sie für ihn war, so mutig war sie für sich selbst. Sie dachte auch nicht daran, daß der Vater ihr verboten hatte, sich weiter als bis zum Berg vom Waldhaus zu entfernen.

Suchend irrten ihre Augen den Weg voraus. Salten mußte ihr ja auf diesem Wege begegnen, wenn er von Hölderlin zurückkam. Im Schnee sah sie ganz deutlich die Spuren, die sie gestern alle drei zurückgelassen hatten und daneben auch die Spuren des Schlittens. Also fehlgehen konnte sie nicht. Und jetzt entdeckte sie auch daneben noch eine ganz neue Spur von Skiern. Da war Salten sicher heute morgen gelaufen. Also mußte dieser Weg zu ihm führen. Diese Gewißheit machte sie etwas ruhiger. Was geschehen würde, wenn sie ihn erreichte, daran dachte sie jetzt nicht. Nur ihn erst wieder gesund und unversehrt wiedersehen.

Und immer schneller eilte sie vorwärts. Aber als sie fast den Kreuzungspunkt der beiden Wegrichtungen erreicht hatte, sollte ihrem Vorwärtsstreben ein schnelles und unerwartetes Ende gemacht werden. Irgendein Hindernis, unter der Schneedecke verborgen, hemmte jäh ihren Lauf und brachte sie zu Fall. Und sie fiel so unglücklich, daß sie sich den Fuß verletzte; sie wußte nicht, wie. Sie fühlte nur einen rasenden Schmerz und konnte den Fuß nicht bewegen, ohne diesen Schmerz bis zur Unerträglichkeit zu erhöhen. An ein Aufstehen war nicht zu denken.

Da lag sie nun, mitten im Urwald, wohl stundenweit vom Waldhaus entfernt, wie ein hilfloses Kind. Sie vermochte sich nicht aufzurichten, kaum zu bewegen und biß die Zähne zusammen, um das Stöhnen zu unterdrücken.

Was sollte jetzt aus ihr werden? Nun konnte sie Salten nicht zu Hilfe kommen, auch wenn er in Gefahr war. Und sie selbst?

War sie jetzt nicht in der schlimmsten Gefahr, die es geben konnte, wenn nicht Salten auf dem Rückweg rechtzeitig hier vorüberkam? Konnte er nicht einen anderen Weg eingeschlagen haben? Dann mußte sie stundenlang hier liegen oder länger. Sie würde erfrieren, da sie sich nicht bewegen konnte. Jetzt am Tag mochte es noch angehen – aber in der Nacht?

Sie schüttelte sich vor Grauen. Und ihre Hand tastete nach dem Browning, der ihr entfallen war bei ihrem Sturz. Gottlob, sie konnte ihn erreichen. Aber was half ihr die Waffe, wenn sie nicht weiter konnte. Und wenn in der Nacht die Wölfe über sie herfielen?

Ihr Herz schlug in rasenden Schlägen. Und in ihrer Angst schrie sie, so laut sie konnte, Saltens Namen. Dann lauschte sie atemlos, ob ihrem Ruf Antwort kam. Aber alles blieb still.

Unruhig blickte sie um sich. Der Schmerz am Fuß quälte sie sehr. Und die unheimliche Stille ringsum verstärkte ihre Angst. Noch einmal schrie sie gellend Saltens Namen und lauschte auf Antwort. Da schien es ihr, als höre sie aus der Ferne den leisen Klang einer Männerstimme. Es war nur ein verklingender Ton, aber ihr Herz jauchzte auf. Das konnte nur Salten sein und er mußte ihren Ruf gehört haben.

Wieder schrie sie so laut sie konnte und versuchte, sich ein wenig hochzurichten, indem sie sich auf den linken Arm stützte. Aber als sie nun atemlos lauschte auf die schon etwas näher gekommene, deutlicher werdende Männerstimme, hörte sie plötzlich etwa hundert Schritte von sich entfernt, das Unterholz knacken. Sie starrte erschrokken in die Richtung. So nah konnte Salten unmöglich sein.

Und plötzlich setzte ihr Herzschlag aus. Da drüben aus dem Dickicht wand sich ein großer, dunkler Körper mit schwerfällig tappenden Bewegungen. Entsetzt sah sie dem Ungetüm entgegen, das unschlüssig suchend hin und her lief.

»Die Bärin!« Wie ein Stöhnen kam es aus Winnifreds Brust.

Und die Zähne fest zusammenbeißend richtete sie sich so weit auf, daß sie sitzen konnte, indem sie sich auf die linke

Hand stützte. Mit der rechten umklammerte sie schußbereit [illegible] Browning.

In der höchsten Not kamen ihr Ruhe und Mut zurück. Und noch einmal schrie sie, so laut sie konnte, um Hilfe.

Bei diesem durchdringenden Schrei stutzte die Bärin, wandte ihren dicken Kopf wie fragend nach Winnifred um und kam langsam, immer hin und her schnuppernd und leise brummend auf Winnifred zu.

Aber nun hörte auch Winnifred ganz deutlich und ziemlich nah Saltens Stimme. »Miß Hartau!«

Wieder stieß sie einen Schrei aus, der aus Angst und Jauchzen gemischt war. Und die Augen fest auf die Bärin gerichtet, die Waffe schußbereit in der Hand, rief sie wieder und wieder, um ihm die Richtung anzugeben.

Die Bärin blieb erst eine Weile unschlüssig stehen, als sie etwa fünfzig Schritt von Winnifred entfernt war. Sie schien zu überlegen, was sie den beiden Menschenstimmen für eine Deutung geben sollte.

Dadurch war kostbare Zeit gewonnen. Salten war auf dem Rückweg von Hölderlins Revier, nachdem er mit diesem alles zur morgen stattfindenden Bärenjagd verabredet und Hölderlin sein Abenteuer mit dem alten Bären erzählt hatte.

Der freute sich, als Salten versprach, ihm die Bärin als Beute zu überlassen.

Als Salten nun fast die Hälfte des Rückwegs zurückgelegt hatte, immer sorgsam nach der sicher ihr Junges suchenden Bärin Ausschau haltend, vernahm er plötzlich aus weiter Ferne den kaum wahrnehmbaren Klang einer Frauenstimme.

Er stutzte erschrocken. Daß es in dieser Gegend außer Mrs. Bridge und Winnifred Hartau kein weibliches Wesen gab, wußte er. Und plötzlich erfaßte ihn eine unbeschreibliche Angst. Wieder hörte er die Stimme. Er lief dem Klang nach, so laut als er konnte Antwort gebend.

Und je näher er kam, desto deutlicher erkannte er Winnifreds Stimme, aus der er die Angst zittern hörte.

Über alle Hindernisse hinwegsetzend mit seinen Skiern, kam er schnell näher. Es blieb ihm gar keine Zeit, sich Gedanken darüber zu machen, wie Winnifred hierherkam. Er fühlte nur, daß sie in Not war und rief immer wieder laut ihren Namen.

Und nun hörte er ganz deutlich, wie sie ihm zurief:

»Mr. Salten! Vorsicht! Vorsicht! Die Bärin ist hier!«

Salten stöhnte vor Entsetzen laut auf.

Wie von Sinnen stürmte er vorwärts und brach gleich darauf wie der Sturmwind durch das Gestrüpp. Mit einem Blick erfaßte er die kritische Situation, und mit einem weit ausholenden Satz stand er zwischen Winnifred und der Bärin.

Diese richtete sich jetzt mit einem zornigen, gereizten Brummen auf und lief auf Salten zu. Sie witterte wohl das Blut ihres toten Gefährten oder die Spur ihres Jungen und reckte sich zum Kampf.

Als Salten Winnifred hinter sich in Sicherheit wußte, wurde er ganz ruhig. Freilich hatte er keine Zeit, sich um sie zu kümmern. Er rief ihr nur zu:

»Halten Sie sich ganz still, Miß Hartau, es geschieht Ihnen nichts.«

Und das Gewehr anlegend, zielte er ruhig und sicher nach dem Kopfe der Bärin, zwischen ihre Lichter.

Winnifred sank jetzt, da Salten an ihrer Seite war, halb ohnmächtig zurück, aber mit Aufbietung aller Kraft zwang sie die Schwäche nieder und richtete sich wieder auf, so gut sie konnte. Und ihre Waffe im Anschlag haltend, biß sie die Zähne zusammen und sah mit brennendem Blick an Salten vorüber auf die Bärin, fest entschlossen, Salten zu Hilfe zu kommen mit ihrer Waffe, wenn die seine versagte.

Aber es war nicht nötig. Saltens Schuß krachte durch den

Wald und traf die Bärin mitten zwischen die Augen. Sie stieß einen zornigen Laut aus, torkelte noch zwei Schritte vorwärts und brach tot zusammen.

Als Salten die Bärin fallen sah und sich überzeugt hatte, daß sie tot war, warf er sein Gewehr fort und beugte sich mit blassem, erregtem Gesicht zu Winnifred herab. »Ist Ihnen etwas geschehen, Miß Hartau?« fragte er mit heiserer Stimme und brach wie kraftlos neben ihr in die Knie, indem er seine Skier fortschleuderte.

Sie sah, daß ihn die Angst um sie haltlos machte, und bei allen Schmerzen und aller Unruhe durchzitterte sie eine große Seligkeit. »Nur mein Fuß, sonst nichts. Ich bin gestürzt und habe mir den Fuß verletzt, so daß ich mich vor Schmerzen nicht bewegen kann. Und – als ich um Hilfe schrie, da kam die Bärin.«

Er zitterte, und sie sah, daß er die Zähne zusammenbiß. »Wie kommen Sie hierher?« fragte er rauh vor unterdrückter Erregung.

Da flog eine dunkle Röte über ihr blasses Gesicht. Aber mit rührender, hilfloser Offenheit sagte sie: »Ich hatte Schlimmes von Ihnen geträumt und war in Sorge um Sie. Mir war, als müsse ich Ihnen zu Hilfe kommen. Ich weiß selbst nicht, wie ich hierhergekommen bin. Ich wollte rodeln vom Berg herab, bin aber dann immer Ihrer Spur nachgelaufen, weil ich dachte, Sie seien in Gefahr, und ich könnte Ihnen helfen.«

Er faßte ihre Hände und preßte sein Gesicht daran.

Sie sollte nicht sehen, wie ihn dieses rührende Geständnis erschütterte. Als er sich wieder aufrichtete, erschrak sie über sein Aussehen. Er glich einem Sterbenden.

Aber mit Gewalt bezwang er sich. »Weiß Ihr Herr Vater, wo Sie sind?«

»Nein, natürlich nicht. Er hätte mich ja nicht allein gehen lassen. Vater ist mit Mr. Bridge zur westlichen Pelzjägerstation gefahren. Auch zu Haus weiß niemand, wo ich bin. Ich wollte ja nur zum Berg, um zu rodeln. Aber es trieb mich weiter – immer weiter. Und plötzlich stürzte ich, und wenn Sie nicht gekommen wären, was wäre dann aus mir geworden?«

Er sah sie mit einem Ausdruck an, der sie erschütterte. Sprechen konnte er nicht. Ohne etwas zu erwidern, löste er die Skier von ihren Füßen. Als er das bei dem verletzten Fuß tat, zuckte sie zusammen. Aber als er sie angstvoll ansah, lächelte sie tapfer. »Es ist nicht schlimm, es tut nur ein wenig weh.«

Er warf die Skier beiseite. »Ich muß den Stiefel von dem verletzten Fuß lösen«, sagte er heiser. Erst türmte er den Schnee hinter ihrem Rücken hoch und legte einige Zweige darüber, daß sie sich anlehnen und bequemer sitzen konnte.

»Wie lange liegen Sie schon hier?«

»Nicht lange; Sie hörten ja schon meinen zweiten Ruf.«

Er atmete auf. »Gottlob!«

Behutsam löste er nun Gamaschen, Stiefel und Strumpf von dem verletzten Fuß. Sie fühlte, daß seine Hände dabei zitterten. Und sie biß die Zähne zusammen, um nicht vor Schmerz aufstöhnen zu müssen.

Endlich hatte er den verletzten Fuß entblößt. Er war am Knöchel stark geschwollen und gerötet. Sorgfältig untersuchte er den Fuß, und all seine Kraft zusammenraffend, faßte er ihn fest bei der Ferse und renkte ihn mit einem sicheren Griff wieder ein.

Sie schrie nun doch leise auf. Der Angstschweiß stand ihm auf der Stirn. Er hatte gewußt, daß er ihr weh tun mußte.

»Nun wird es gleich besser werden, Miß Hartau. Ich mußte den Fuß einrenken, das hat weh getan, nicht wahr?«

Mit blassen Lippen lächelte sie zu ihm auf. »Ein wenig, ja.«

»Wie tapfer Sie sind«, sagte er leise und legte nun losen

Schnee auf die Geschwulst. Das besänftigte den Schmerz sogleich.

»Oh, nun ist es schon viel besser, Mr. Salten, ich danke Ihnen. Aber wie komme ich nun nach Hause? Ich kann unmöglich laufen.«

Er wagte nicht sie anzusehen, sein ganzes Innere war aufgewühlt. Er wußte, wenn er sie jetzt ansah, riß er sie in seine Arme und preßte seinen Mund wie ein Verdurstender auf den ihren. Das durfte nicht sein.

Er sprang auf und stand hoch aufgerichtet vor ihr. Seine Augen sahen über sie hinweg. »Ich werde Sie natürlich heimtragen, Miß Hartau. Ein besseres Beförderungsmittel haben wir nicht zur Stelle. Und Sie müssen so schnell wie möglich nach Hause gebracht werden.«

Nachdem er das gesagt hatte, beugte er sich zu der toten Bärin herab und legte Winnifreds Skier neben das Tier. Darüber häufte er schnell einige Zweige.

»Ihre Bretter holen wir morgen mit der Bärin«, sagte er, gleichgültige Ruhe heuchelnd.

Sie merkte aber sehr wohl, wie erregt er war. Und als er, nachdem er sich wieder in der Gewalt hatte, zu ihr trat, fragte sie, unruhig zu ihm aufsehend:

»Sie sind mir gewiß sehr böse, daß ich Ihnen soviel Mühe mache.«

Er schüttelte nur stumm den Kopf. Und dann kniete er wieder neben ihr nieder und häufte nochmals frischen Schnee auf den geschwollenen Knöchel. Das alles tat er, ohne sie anzusehen. Und so sagte er nun auch:

»Ich muß Ihnen jetzt den Strumpf und die Pelzgamasche wieder überstreifen, Miß Hartau, sonst bekommen Sie Frost in den Fuß.«

Sie ließ es geschehen und sah unruhig in sein blasses Gesicht. »Sie zürnen mir doch«, klagte sie bedrückt.

Da sah er sie an, daß sie erbebte. »Miß Hartau, machen Sie es mir nicht zu schwer, ruhig zu bleiben. Ich – ich bin noch fassungslos vor Entsetzen, wenn ich bedenke, was Ihnen alles hätte geschehen können. Zürnen, ach nein, wie könnte ich. Wenn Sie mir ins Herz sehen könnten, wie ich mich um Sie bange, und wie es mich trifft, daß Sie sich meinetwegen in Gefahr begaben – meinetwegen.«

Er biß die Zähne zusammen. Wie konnte dies holde, liebe Kind ahnen, wie es in ihm aussah? Sie war sich wohl selbst kaum bewußt, was sie getrieben hatte, zu ihm zu eilen.

Er faßte plötzlich ihre Hände und preßte seine Lippen darauf. »Gottlob, daß ich Ihren Ruf gleich gehört habe. Aber wir müssen jetzt aufbrechen. Sie haben ganz kalte Hände. Wo sind Ihre Handschuhe? Hier – also schnell die Hände hinein. Ist Ihr Fuß warm geung?«

»O ja – mir scheint, er glüht.«

Er hängte sein Gewehr über die Schulter, nachdem er die Skier wieder angelegt hatte, und trat zu ihr.

»Jetzt müssen Sie die Arme um meinen Hals legen, Miß Hartau, damit ich Sie emporheben kann, ohne Ihnen weh zu tun.

Sie errötete jäh, tat aber gehorsam, was er sie geheißen hatte. Er hob sie wie ein Kind empor, faßte nach seinem Stab, worauf er sich stützen konnte, und bewegte sich so schnell wie möglich vorwärts auf seinen Skiern. Er atmete schwer und gepreßt. Es kostete ihn große Anstrengung, ruhig zu bleiben mit der süßen Last auf seinen Armen. So nah waren ihre Lippen den seinen, und das blonde Haar, das sich aus ihrer Pelzkappe gestohlen hatte, berührte seine Wange. Es war wirklich schwer für ihn, ruhig zu scheinen.

Sie hörte die schweren Atemzüge und fühlte den schnellen Schlag seines Herzens. Und eine traumhaft selige Stimmung kam über sie. So hätte sie sich durchs ganze Leben von ihm tragen lassen mögen.

Sie schloß die Augen und rührte sich nicht, obwohl der Fuß jetzt wieder schmerzte.

Nach einer langen Weile blickte sie zu ihm auf. »Werde ich Ihnen nicht sehr schwer, Mr. Salten?«

Er schüttelte heftig den Kopf. »Nein, nein – nur quält es mich, daß ich nicht schneller vorankommen kann.«

Da fiel ihr der zurückgelassene Tobogan ein. »Mr. Salten!«

»Sie wünschen, Miß Hartau?«

»Bitte halten Sie sich genau in den Spuren, wo wir gestern liefen. Bald müssen wir da an eine Stelle kommen, wo ich meinen Schlitten zurückgelassen habe. Ich kann mich dann setzen, und sie ziehen mich bis nach Hause. Da kommen wir schneller vorwärts.«

Er atmete auf. »Das ist ein Glück, Miß Hartau, ich fürchte, Sie erkälten sich noch bei dieser langsamen Beförderung, da Sie keine Bewegung haben.«

»Oh, mir ist ganz warm, aber im Schlitten bringen Sie mich leichter und schneller vorwärts.«

Dann blieben sie beide stumm. Winnifred schloß wieder die Augen und lauschte auf Saltens Atemzüge und auf seinen Herzschlag.

Und Salten sehnte den Schlitten herbei, weil es ihm immer schwerer wurde, seine korrekte Haltung zu bewahren und Winnifred seine heimliche Erregung zu verbergen. Und doch fürchtete er sich vor dem Augenblick, da er sie aus seinen Armen lassen mußte.

Aber endlich sah er den Schlitten stehen. Aufatmend ließ er Winnifred darauf niedergleiten. Trotz ihres Protestes zog er noch seinen Rock aus und breitete ihn über ihre Füße.

»Sie werden selbst frieren«, sagte sie.

Er schüttelte den Kopf. »Ich habe ja noch die Pelzweste an und kann mich warm laufen. Sitzen Sie so gut?«

»Sehr gut.«

»Tut der Fuß sehr weh?«

»Nicht schlimm.«

»Ich würde nochmals Schnee auflegen zur Linderung der

Schmerzen, fürchte aber, Sie bekommen Frost. Werden Sie es aushalten bis nach Hause?«

Sie nickte ihm lächelnd zu, und ihre blauen Augen blickten lieb und vertrauend zu ihm auf.

Er überzeugte sich, daß der verletzte Fuß so gebettet war, daß die Erschütterung des Schlittens ihm nichts anhaben konnte.

»Nun halten Sie sich fest, ich werde ein schnelles Tempo anschlagen.«

Sie nickte und tat, wie er geheißen hatte. Er faßte die lange Schnur, die an dem Tobogan befestigt war, und dann ging es vorwärts.

Er schlug ein Sturmtempo an. Seine Angst, daß Winnifred sich erkälten könne, beflügelte seine Schritte. Schweigend legten sie den Rest des Wegs zurück.

XII

Peter Hartau war gegen drei Uhr nach Hause gekommen. Seine Geschäfte hatten sich glatt abgewickelt, und er war schneller wieder daheim, als er erwartet hatte. Als er im Waldhaus eintraf, erfuhr er zu seinem Schrecken von Harriet, daß seine Tochter schon vor Tisch fortgegangen und noch nicht zurückgekehrt sei. Er starrte die Zofe unruhig an.

»Wohin wollte meine Tochter gehen?«

»Miß Winnifred wollte auf den Berg hinauf und rodeln. Aber sie wollte zu Tisch zurück sein. Ich habe John schon zum Berg geschickt, weil ich mich wegen des Ausbleibens beunruhigte. Er soll auch bei Mrs. Bridge nachfragen, ob sie Miß Winnifred gesehen hat. Aber er ist noch nicht zurück.«

Unruhig verließ Peter Hartau das Waldhaus, um John

entgegenzugehen. »Wo ist meine Tochter?« rief er ihm schon von weitem entgegen.

John zuckte die Achseln. »Ich habe Miß Winnifred nicht finden können, habe auch keine Spur von ihr entdeckt. Auch im Blockhaus ist sie nicht gewesen, Mrs. Bridge hat sie nicht gesehen.«

Peter Hartau stand eine Weile wie gelähmt. Winnifred mußte, Harriets Aussage nach, schon fast fünf Stunden vom Haus fort sein. Das ging doch nicht mit rechten Dingen zu. So lange entfernte sie sich doch nie, wenn sie allein war. Eine lähmende Angst kroch in ihm hoch.

Er eilte ins Haus zurück, um eine Waffe und seine Skier zu holen. Er wollte selbst nach Winnifred suchen. Als er wieder heraustrat, vernahm er ein lautes Hallo!

Als er sich umwandte, sah er Salten in stürmischem Lauf ankommen.

»Ich bringe Miß Hartau!« rief dieser ihm laut entgegen, denn er konnte sich denken, daß Hartau um den Verbleib seiner Tochter besorgt war.

Peter Hartau atmete auf, denn er erblickte nun Winnifred hinter Salten auf dem Schlitten.

»Gott sei Dank!« sagte er vor sich hin und lief den beiden einige Schritte entgegen.

Plötzlich stockte sein Fuß. Er sah forschend in die jungen, blassen Gesichter. Das Winnifreds war zagend und unruhig, das Saltens wie versteinert in Schmerz und Not.

»Was ist geschehen?« rief er erschrocken.

Salten hielt dicht vor ihm an. »Bitte jetzt keine Fragen, Mr. Hartau, erst muß Miß Hartau in Haus. Bitte, lassen Sie ein warmes Bad richten und warme Decken bereithalten. Auch Glühwein muß bereitet werden. Miß Hartau hatte einen kleinen Unfall, einen verrenkten Knöchel, sie ist sehr kalt geworden. Ich berichte Ihnen alles nachher. Erst muß Miß Hartau in die Wärme kommen.«

Während dieser Worte hatte er schon seine Skier abgelegt. Ohne sich weiter um Hartau zu kümmern, der angstvoll in das blasse Gesicht seiner Tochter sah, hob er Winnifred empor und trug sie ins Haus.

Winnifred versuchte ihrem Vater zuzulächeln.

»Es hat nichts auf sich, Vater, der Fuß wird schnell wieder heil sein. Mr. Salten hat mich im Wald gefunden«, sagte sie über Saltens Schulter hinweg.

Peter Hartau folgte ihnen noch ganz benommen ins Haus und gab die nötigen Befehle. Salten trug Winnifred ins Wohnzimmer und legte sie auf den Diwan, löste vorsichtig die Umhüllung des Fußes und ließ eine Schüssel mit kaltem Wasser und leinene Tücher bringen.

Davon machte er eine Kompresse auf den verletzten Fuß, wonach der Schmerz schnell nachließ.

Peter Hartau war in einen Sessel gefallen und faßte Winnifreds Hand. Sie sah ihn flehend an.

»Lieber Vater, ausschelten wirst du mich, weil ich ungehorsam war und weiter in den Wald lief, als ich sollte. Aber zu Bett will ich nicht. Ich brauche auch kein warmes Bad. Mr. Salten ist zu ängstlich mit mir. Ich bin wirklich ganz warm und habe nicht gefroren. Sie haben mir ja noch Ihren Rock geopfert.«

Salten atmete zitternd auf. Peter Hartau merkte sehr wohl, daß der junge Mann ganz aus dem Gleichgewicht war und sich kaum noch beherrschen konnte. Er ließ es ruhig zu, daß Salten Harriet Weisung gab, wie sie die Kompressen erneuern sollte, und wie er darauf drang, daß Winnifred wenigstens den Glühwein so heiß wie möglich trank. Als Harriet dann wieder hinausgegangen war, sagte Hartau so ruhig er konnte: »Und nun möchte ich endlich wissen, was geschehen ist, wie und wo Sie meine Tochter fanden.«

Salten richtete sich straff empor. Sein Gesicht zuckte und seine Stimme bebte, als er sagte: »Verzeihen Sie, Mr. Hartau, wenn ich Sie jetzt bitte, mich zurückziehen zu dürfen. Ihr Fräulein Tochter wird Ihnen alles berichten. Ich möchte in diesem Aufzug nicht länger hier bleiben. Wenn Sie mir gestatten, komme ich später herüber, wenn ich mich umgekleidet habe.«

Er wollte Winnifred Gelegenheit geben, ihrem Vater in seiner Abwesenheit zu erzählen, was sie für gut fand, und außerdem fühlte er, daß seine Selbstbeherrschung ihre Grenzen erreicht hatte. Hartau sah ihn prüfend an.

»Nun gut, ich erwarte Sie, sobald Sie sich umgezogen haben.«

Peter Hartau sah ihm mit einem seltsamen Blick nach. Dann wandte er sich seiner Tochter zu und faßte ihre Hand. »Willst du mir nun dies alles erklären, Winni?«

Sie umfaßte seinen Hals, legte ihren Kopf an seine Schulter und sah zu ihm auf, ein wenig schuldbewußt und zagend, aber doch voll kindlichen Vertrauens.

»Lieber Vater, erst muß ich beichten, daß ich gegen dein Verbot weit vom Hause fortgegangen war. Ich werde es nie wieder tun. Es hätte sehr, sehr schlimm ablaufen können, wenn Mr. Salten mich nicht gefunden und aus einer furchtbaren Gefahr errettet hätte. Ohne ihn, mein lieber Vater, hättest du deine Winni wahrscheinlich lebend nicht wiedergesehen.«

Peter Hartau drückte seine Tochter erblassend fest an sich. »Winni! Mein Gott, Kind – was ist geschehen? Wenn ich Mr. Salten dein Leben danke, dann bin ich für ewig sein Schuldner. Sprich – erzähle mir, wie alles kam.«

Da beichtete sie offen und rückhaltlos alles, was geschehen war und wie in höchster Not Salten aufgetaucht war und sich zwischen sie und die Bärin geworfen hatte.

Mit tiefster Erregung hatte Hartau dem Bericht seiner Tochter gelauscht. Nun streichelte er ihr beruhigend das Haar.

»Mein liebes Kind, du bist ja ganz außer dir. Sei ruhig! Wie könnte ich dir zürnen, weil du deinem Herzen folgtest. Ich habe es kommen sehen, daß du dein Herz an Salten verlieren würdest, und ich kann es auch verstehen. Aber du bist noch so jung, Winni, noch ein halbes Kind. Und Salten? Wir wissen so wenig von ihm.«

»Oh, er ist der beste, edelste Mensch nach meinem Vater.«

Er mußte lächeln. »Das glaubst du. Ich glaube auch, daß er ein anständiger Mensch ist, und es kann wohl sein, daß auch er dich liebgewonnen hat. Aber weiter dürfen wir vorläufig nicht denken. Du mußt erst älter und reifer werden, und wir müssen Salten erst besser kennenlernen und erfahren, was ihn übers Meer getrieben hat. Aber das will ich dir schon heute versprechen zu deiner Beruhigung: ist er der Mensch, für den wir ihn halten, und bist du nach einigen Jahren, wenn du älter, reifer geworden bist, dieser Meinung noch treu, so werde ich kein Veto einlegen, wenn er um deine Hand anhält. Daß er arm ist, zählt nicht. Dagegen fällt sehr schwer in die Waagschale zu seinen Gunsten, daß er dich aus einer schlimmen Gefahr gerettet hat. Das werde ich ihm nie vergessen. Und nun beruhige dich, du bist nach der überstandenen Gefahr und der damit verbundenen Aufregung ganz aus dem Gleichgewicht gekommen. Du wirst mein vernünftiges Kind sein, Winni, wirst deinem Vater vertrauen.«

Sie preßte ihre Wange an ihn und küßte ihn.

»Lieber, lieber Vater – nun ist ja alles gut. In deiner Hand weiß ich mein Glück am besten aufgehoben. Es soll alles sein, wie du willst. Ich werde nie andern Sinnes werden, mein Herz wird immer Rudolf Salten gehören, und daß er mich wiederliebt und meiner Liebe wert ist, das weiß ich. Aber ich weiß auch, daß ich noch jung bin und mir mein Glück erst verdienen muß. Ich wollte nur kein Geheimnis vor dir haben, Vater. Salten wird es mir nicht sagen, daß er mich liebt, wenn du ihm die Erlaubnis dazu nicht gibst. Aber er braucht es mir auch gar nicht zu sagen.«

»So sicher bist du deiner Sache?« fragte er gerührt.

Sie nickte, und ihre Augen leuchteten. »Was wir beide heute zusammen erlebt haben, das bindet unsere Herzen für alle Zeit. Prüfe du uns beide, lieber Vater, ich werde ruhig auf mein Glück warten.«

Tiefbewegt küßte er ihr Stirn und Augen. »So ist es recht, Winni! Und nun verlange ich von dir, daß du dich einige Stunden niederlegst. Jetzt, wo ich weiß, was du heute erlebt hast, halte ich es für nötig, daß du zur Ruhe kommst. Bist du am Abend wieder frisch, dann kannst du ja aufstehen und mit Salten und mir speisen.«

Sie faßte seine Hand. »Aber er wollte doch gleich wiederkommen.«

»Dann wird er mich allein finden.«

»Wirst du auch nicht hart gegen ihn sein?«

»Hart? Mit dem Retter meines Kindes? Nein, Winni, soweit solltest du mich doch kennen, daß dies ausgeschlossen ist.«

»Was wirst du mit ihm reden?«

»Ich werde ihm sagen, daß du folgsam zur Ruhe gegangen bist und im übrigen abwarten, was er mir zu sagen hat. Von dem, was du mir jetzt anvertraut hast, werde ich ihm natürlich kein Wort verraten. Das verspreche ich dir.«

Sie lächelte verträumt und küßte seine Hand. »Mein lieber, guter Vater, wie danke ich dir, daß du so lieb und verständnisvoll bist.«

Er streichelte lächelnd ihre Wange.

»Wenn ich dich nicht verstehen könnte, das wäre schlimm für uns beide. In dieser Stunde habe ich mich in die Seele deiner guten, liebevollen Mutter hineingedacht und danach gehandelt.«

Winnifred war von ihrem Vater in ihr Schlafzimmer getragen worden. Harriet hatte sie ausgekleidet und neue Kompressen auf den verletzten Fuß gelegt. Nun lag Winnifred auf ihrem Lager und fühlte sich ganz behaglich. Die seelische Erregung war unter den gütig verständigen Worten ihres Vaters abgeebbt, und eine wohlige Müdigkeit überfiel sie.

Kaum war sie in ihrem Schlafzimmer allein, als sie auch schon in einen tiefen, ruhigen Schlummer verfiel.

Peter Hartau ging im Wohnzimmer auf und ab. So ruhig, wie er Winnifred erschienen, war er nicht. Ein wenig bangte ihm doch um das Glück seines Kindes.

Was hatte Salten aus der Heimat getrieben?

Er durfte und wollte ihn nicht danach fragen, aber es quälte ihn, daß er es nicht ergründen konnte. Daß Winnifred so schnell zum Bewußtsein ihrer Liebe gekommen war, hatte er nicht erwartet. Ohne das heutige Ereignis wäre sie wohl auch noch eine ganze Weile unbefangen geblieben. Er sah noch immer das Kind in ihr. Und noch war ja auch viel Kindliches und Unfertiges in ihrem Wesen. Aber das Gefühl für Salten mußte tief und echt sein.

Wie stand es nun mit Salten? Liebte er Winnifred wirklich? Daß er tief erregt gewesen war und fliehen mußte, um seine Haltung nicht zu verlieren, hatte er vorhin sehr wohl gemerkt. Es war ja auch nicht schwer, an Winnifred sein Herz zu verlieren, das mußte er ohne Vatereitelkeit zugeben. Aber was sollte nun geschehen?

Auf diese Frage hatte er noch keine Antwort gefunden, als Salten sich melden ließ. Er empfing ihn und streckte ihm beide Hände entgegen.

»Mein lieber Mr. Salten, meine Tochter hat mir erzählt, aus welcher Gefahr sie von Ihnen errettet worden ist. Ich danke Ihnen Leben und Gesundheit meines Kindes – das will ich Ihnen nie vergessen.«

Salten legte unruhig seine Hände in die Hartaus. Er sah bleich und abgespannt aus, und seine Augen verrieten eine schmerzliche Unruhe.

»Wo ist Miß Hartau? Wie geht es ihr?« stieß er hervor.

»Ich habe sie zu Bett geschickt, nachdem ich ihre Erlebnisse angehört hatte. Sie soll einige Stunden ruhen.«

Salten nickte erregt.

»Das ist gut! Sie muß Ruhe haben und sich ordentlich erwärmen. Ich war so in Sorge, daß ihre Gesundheit Schaden leiden könnte. Und – da ich Sie allein antreffe, Mr. Hartau, haben Sie eine Stunde Zeit für mich? Ich habe schon seit langem das Bedürfnis, mich mit Ihnen auszusprechen. Es fand sich nur keine Gelegenheit, und schließlich war ich auch froh über den Aufschub. Aber jetzt – ich will nicht länger zögern. Darf ich Ihnen eine Beichte ablegen über das, was mich aus der Heimat trieb und noch manches andere?«

Peter Hartau sah ihm forschend in das erregte Gesicht und neigte das Haupt. »Lassen Sie uns Platz nehmen. Ich stehe zu Ihrer Verfügung.«

Salten ließ sich in einen Sessel gleiten, als Hartau Platz genommen hatte, und sah ihn düster an. »Wenn Sie gesehen und erlebt hätten, was ich sah und erlebte – ich gestehe, daß ich zutiefst erregt bin. Mr. Hartau, hat Ihnen Ihr Fräulein Tochter gesagt, was sie dazu getrieben hat, sich so weit vom Haus fortzuwagen?«

»Ja, sie hat mir gesagt, daß sie schlecht geträumt habe, und daß die Angst um Sie der Anlaß war, sie immer weiter in den Wald zu locken. Sie glaubte, Ihnen zu Hilfe kommen zu müssen.«

Salten atmete tief auf und sah ihn mit brennenden Augen an. »Mr. Hartau, bringen Sie Ihre Tochter fort, so schnell wie möglich. Oder entbinden Sie mich sogleich von meinen Verpflichtungen als Pelzjäger. Lassen Sie mich gehen. Ich bitte Sie.«

»Und warum?«

»Ich will es Ihnen ganz offen sagen, weil Sie es wünschen. Entsetzen Sie sich nicht über meine Vermessenheit. Ich liebe Ihre Tochter, Mr. Hartau. Aber das ist nur meine Angelegenheit und braucht Sie nicht zu kümmern. Schließlich bin ich ein Mann, der gelernt hat, seine Gefühle zu beherrschen. Aber ich habe heute die Gewißheit erhalten, daß auch Miß Hartau in Gefahr ist, ihr Herz an mich zu verlieren, wenn es nicht schon geschehen ist. Ich darf nicht wagen, noch länger in ihrer Nähe zu bleiben; ich will nicht, daß sie unglücklich wird.« Die letzten Worte kamen wie ein heiserer Schrei über seine Lippen.

Hartau fühlte sich tief erschüttert. Forschend sah er Salten in die Augen, und sich vorbeugend, fragte er langsam, jedes Wort betonend: »Müßte sie unglücklich werden, wenn sie Ihnen ihr Herz geschenkt hätte?«

»Mr. Hartau! Können Sie sich diese Frage nicht selbst beantworten? Des Pelzkönigs Tochter – die Pelzkönigin von Montreal – und ich?«

»Meinen Sie, daß zwischen des Pelzkönigs Tochter und dem Pelzjäger eine unüberbrückbare Kluft ist?«

»Diese Kluft ist groß. Aber das ist es nicht allein. Ihre Worte scheinen anzudeuten, daß solch eine Kluft zu überbrücken wäre?«

»Wenigstens dann, wenn der Pelzjäger das Leben meiner Tochter gerettet hat.«

Salten machte ein gequältes Gesicht und hob abwehrend die Hände. »Mein Gott, sie begab sich doch meinetwegen in Gefahr! Sollte ich sie darin umkommen lassen? Beschämen Sie mich doch nicht«, brach es aus ihm heraus.

Hartau lächelte ein wenig. Diese heftige Abwehr gefiel ihm sehr und sprach von einer edlen Gesinnung. »Also lassen wir den Lebensretter jetzt aus dem Spiel. Aber nun weiter. Der Pelzjäger ist ein gebildeter Mann. Und ich kenne nur ein unüberwindliches Hindernis zwischen zwei Menschen, die sich lieben – eine ungleiche Bildungsstufe.«

»Aber ich kenne noch ein anderes Hindernis, Mr. Hartau. Bitte, gestatten Sie mir, daß ich Ihnen eine Beichte ablege. Sie sollen mich ganz kennenlernen. Ich bin Ihnen jetzt volle Offenheit schuldig. Sie sollen selbst urteilen, wie groß die

Kluft ist, die mich von Ihrer Tochter trennt.«

»Bitte, sprechen Sie. Ich danke Ihnen, daß Sie mir Ihr Vertrauen schenken wollen.« Salten atmete gepreßt.

»Also – das Schlimmste zuerst, Mr. Hartau: ich habe ein falsches Ehrenwort gegeben. Ich konnte nicht anders. Als ich es getan hatte, blieb mir die Wahl, mir eine Kugel durch den Kopf zu schießen, oder, wie man sagt, vor die Hunde zu gehen. Ich hätte das erste vorgezogen, aber meine Mutter sagte mir: In derselben Stunde, da du dich tötest, tötest du auch deine Mutter: lebe. Und – ich lebe.« Hartau war leise zusammengezuckt. Als ehemaliger deutscher Offizier wußte er, was es heißt, ein falsches Ehrenwort zu geben. Aber er fühlte zugleich, daß Salten nicht aus niedrigen Motiven gehandelt hatte.

»Ich möchte alles hören«, sagte er ruhig.

Und Salten legte eine vollständige Beichte ab. Er erzählte, wie er, der noch wenig mit Frauen zu tun gehabt hatte, sich sinnlos in die schöne, kokette Frau verliebte und ihr im Rausch nähergetreten war, als es hätte sein dürfen.

Nur den Namen jener Frau nannte er natürlich nicht und ahnte nicht, daß Hartau diesen Namen in Erfahrung gebracht hatte. Endlich war Salten mit seiner Beichte zu Ende und sank nun in seinen Sessel zurück.

Peter Hartau stützte den Kopf gedankenschwer in die Hand und sah lange schweigend vor sich hin. Erst nach langer Zeit richtete er sich auf und sah ernst in Saltens gespannt düstere Miene.

»Ich danke Ihnen für Ihr Vertrauen, Mr. Salten, und ich kann dies Vertrauen nicht besser vergelten, als daß ich Ihnen eine Geschichte aus meiner Vergangenheit erzähle. Auch ich war deutscher Offizier, stamme aus einer alten Offiziersfamilie, in der es immer Tradition war, daß die Söhne Soldaten wurden, obwohl es immer nur knapp zur nötigsten Zulage reichte. Aber ich paßte nicht in diesen Beruf, denn ich war in meiner Jugend ein Feuerkopf, der sich nicht in eine Schablone pressen ließ. Mein Vater nannte mich, ›aus der Art geschlagen‹ und konnte es nicht verstehen, daß er einen Sohn hatte, der nicht mit Leib und Seele im Soldatenberuf aufging. Er zwang mich aber doch in diesen Beruf hinein. Meine Mutter und meine Schwester hielten mir immer wieder vor, daß es der schönste und vornehmste sei. Lieber Gott, sie waren beide schon im Drill verkümmert, denn mein Vater hielt auf ein streng militärisches Kommando in seiner Familie.

Nun, ich wurde also Offizier, aber ein sehr mangelhafter. Der Drill war mir verhaßt, und es widerstrebte mir, meine Leute in eine Schablone zu pressen, die mir selbst unerträglich war.

Mein direkter Vorgesetzter, Hauptmann von Holsten, ein gefürchteter Leuteschinder, war mir nicht gewogen und ließ es nie an allerlei Schikanen gegen mich fehlen. Ich biß die Zähne zusammen und nahm es hin. Sie wissen ja, man ist als Untergebener wehrlos. Aber die Sache wurde unerträglich, als es ein Zufall wollte, daß wir beide uns um dieselbe junge Dame bewarben. Sie schien mich zu bevorzugen, während sie den Hauptmann ziemlich deutlich abfallen ließ. Übrigens brachte sie mir nur eine Art Freundschaft entgegen, denn sie hat sich an demselben Tage, da sich mein Schicksal entschied, mit einem Dritten verlobt. Hauptmann von Holsten glaubte aber, ich sei ihr Auserwählter und ließ mich das durch eine miserable Behandlung entgelten. Ich habe damals unsagbar gelitten, eben, weil ich alles ruhig einstecken mußte, und ein immer heftiger werdender Groll brachte mich manchmal der Verzweiflung nahe. Eines Tages beleidigte er mich vor Zeugen derart, daß ich ihn, alles vergessend, forderte. Er schnauzte mich an und verhöhnte mich. In der Sicherheit seiner Unverletzlichkeit schob er mir im Vorbeigehen absichtlich den Säbel zwischen die Beine, so daß ich hinstürzen mußte, und rief lachend, auf mich herabsehend:

›Und so etwas will Schneid haben.‹

Da sprang ich, meiner nicht mehr mächtig, im rasenden Zorn auf, versetzte ihm zwei schallende Ohrfeigen und stieß ihn, als er sich wehren wollte, so heftig zurück, daß er eine Treppe hinabstürzte.

Er erhob sich gleich wieder und schüttelte drohend die Hand.

›Das sollst du mir büßen, Bürschchen!‹

Ich wollte mich nochmals auf ihn stürzen, aber meine Kameraden hielten mich fest. Ich wußte, daß ich mit diesem Abend meine Karriere vernichtet hatte. Insubordination, Forderung eines Vorgesetzten, tätliche Beleidigung desselben – das war das Fazit meines impulsiven Verhaltens. Nun war es aus mit der Offizierskarriere. Ich ging nach Hause, reichte meinen Abschied ein und bat um Dispens, bis dieser bewilligt war.

Den ganzen nächsten Tag blieb ich zu Hause, mich krank meldend, und erwartete die Sekundanten des Hauptmanns.

Sie kamen nicht.

In der Dämmerstunde kam einer meiner Kameraden zu mir. Von ihm hörte ich, daß der Hauptmann noch am Abend vorher Anzeige gegen mich beim Kommandeur erstattet hatte. Dann sei er in ein bekanntes Weinlokal gegangen, wo er stark zechte wie meist. Auf dem Heimweg in der Nacht hatte ihn ein Schlaganfall getroffen; er war tot. Aber das Verfahren gegen mich schwebte.«

Hartau schwieg eine Weile und erhob sich.

Seine kraftvolle Gestalt hoch aufreckend, blieb er vor Salten stehen und fuhr mit einem tiefen Atemzug fort:

»Ich zog es vor, das Ergebnis dieses Verfahrens nicht abzuwarten. Ich wollte mich nicht maßregeln und bestrafen lassen dafür, daß ich mir mein Recht nahm. Und so verließ ich noch am selben Abend die Garnison und schiffte mich am nächsten Tage nach Kanada ein. Mein Vater, der ein Offizier von ziemlich hohem Rang war, hat es erreicht, daß ich mit schlichtem Abschied entlassen und das Verfahren eingestellt wurde.

Ich bin seitdem nicht mehr in Deutschland gewesen. Wenn ich nicht als Fahnenflüchtiger straffällig wurde, danke ich es nur dem Einfluß meines Vaters, der übrigens seinen Abschied nahm, weil er sich durch meine Handlungsweise mit Schmach beladen erschien. Ich erfuhr erst später durch meine Schwester, wie ich in meiner Familie abgeurteilt wurde.

Jedenfalls hatte ich durch mein Verhalten und meine Flucht auch meine sogenannte Ehre verloren. Aber das, was ich in meinem Herzen für Ehre halte, habe ich mir bis zum heutigen Tage bewahrt. Und weiß Gott, ich halte mich trotz allem für einen Ehrenmann. Und damit haben Sie auch meine Antwort auf Ihre Beichte, mein lieber Mr. Salten. Es fragt sich nur, ob auch Sie mich noch als rechten Ehrenmann anerkennen wollen, denn über mich wäre ein schimpfliches Urteil erlassen worden, wenn mein Vater mir nicht als Gnade den schlichten Abschied verschafft hätte. Ich habe mein ›Vergehen‹ durch jahrelange Kämpfe, durch ein einsames Vegetieren in dieser Wildnis abgebüßt. Meine Familie hatte sich von mir losgesagt, mein Vater hat mir gegrollt bis wenige Stunden vor seinem Tod. Meine Mutter war schon tot, als ich die Heimat verließ. Meine Angehörigen haben mir nie eine Zeile geschrieben, bis auf meine Schwester, die mir den Tod des Vaters und seine Verzeihung in vorwurfsvollen Worten meldete. Diese meine Schwester kam später durch den Tod ihres Gatten in Not. Da bot ich ihr meine Hand zur Versöhnung, ließ sie zu mir kommen und nahm sie in mein Haus. Ich glaube, sie fühlt sich da sehr wohl. Aber sonst sind alle Bande mit der Heimat gelöst. Ich habe über meine Vergangenheit bisher mit keinem Menschen gesprochen. Nicht einmal mit meiner Tochter. Sie sind der erste, der davon etwas erfahren hat. Ich denke, wir sind quitt. In meinen Augen gelten Sie als untadeliger Ehrenmann. Was aber gelte ich in Ihren Augen nach meinem Geständnis?«

Salten strich sich über die Augen, als erwache er aus einem Traum. Und mit mühsam unterdrückter Erregung sagte er heiser:

»Mr. Hartau, seit ich Sie kenne, habe ich voll Bewunderung aufgesehen zu Ihnen. Was Sie mir jetzt gesagt haben, ändert daran nichts. Ganz abgesehen davon, daß ich nicht berechtigt bin, ein Urteil abzugeben, könnte ich nur sagen, daß ich an Ihrer Stelle nicht anders gehandelt haben würde als Sie. Wir haben beide nicht in die Kaste gepaßt, in die man uns gedrängt hat.«

Hartau reichte ihm mit einem warmen Blick die Hand. »Schlagen Sie ein. Wir zwei wissen von heute an mehr voneinander als andere Menschen.«

Erfreut legte Salten die Hand in die seine. Seine Augen leuchteten auf.

»Mr. Hartau, mir ist zumute, als sei ich begnadigt worden. Sie können sich nicht denken, wie leicht mir jetzt ums Herz ist. Wie ein Betrüger erschien ich mir, solange ich Ihnen nicht gebeichtet hatte.«

»Nun, so ganz im unklaren hatten Sie mich ja nicht gelassen. Aber ich habe Ihnen nie etwas Schlimmes zutrauen können. Und was nun die Kluft betrifft, die zwischen Ihnen und meiner Tochter besteht, so sehen Sie wohl ein, daß sie ein gut Teil ausgefüllt ist. Ich denke doch, daß ich eine Brücke darüberschlagen könnte.«

Salten schlug das Herz bis zum Hals hoch. Seine Augen brannten. »Mr. Hartau – ich kann nicht aussprechen, was ich jetzt empfinde.«

Dieser sah ihn groß und ernst an. »Sie lieben also meine Tochter?«

»Ich glaube, vom ersten Tag an, als ich sie gesehen habe. Wenn Sie wüßten, wie mir zumute war, als sie in der Nacht meiner Verzweiflung plötzlich vor mir stand – wie eine

Lichtgestalt. Und all die einsamen Monate habe ich nur ertragen in der Hoffnung, sie wiederzusehen. Wünsche haben sich nie aus meinem Empfinden zu ihr herangedrängt. Sie stand zu hoch dafür. Aber Sie öffnen mir einen Ausblick – wenn ich sie mir verdienen könnte! Wie Jakob um Rahel wollte ich um sie dienen, und Gott ist mein Zeuge, ihr Glück gilt mir höher als das meine.«

Es lag eine so starke Wahrhaftigkeit in seinen Worten, daß Hartau ihm glauben mußte. Er legte die Hand auf Saltens Schulter. »Nun, dienen sollen Sie um Winnifred, wenn auch nicht sieben Jahre. Sie ist noch zu jung, als daß ich ihr gestatten würde, sich jetzt schon zu binden, obwohl ich glaube, daß sie ihr Herz nie einem andern Mann zuwenden wird. Aber sie soll frei sein bis zu ihrem zwanzigsten Geburtstage. Das ist etwas über zwei Jahre. So lange sollen Sie Zeit und Gelegenheit haben, sich Winnifred zu verdienen. Und ich gebe Ihnen mein Wort: gehört an jenem Tag ihr Herz noch Ihnen, was ich nicht bezweifle, dann sollen Sie mein Schwiegersohn werden.«

Salten sprang auf und wandte sich ab. Er trat ans Fenster, stützte seinen Arm an den Rahmen und barg sein Gesicht darin. Zu mächtig stürmte die Erregung auf ihn ein. So stand er lange.

Hartau ließ ihn ruhig gewähren.

Endlich wandte sich Salten wieder um. Er war sehr blaß. »Verzeihen Sie, Mr. Hartau – wenn einem Menschen lange das Augenlicht fehlt, und er sieht dann plötzlich wieder in eine strahlende Helle, dann mag ihm so zumute sein, wie mir in dieser Stunde. Ich muß mich erst fassen«, sagte er mit versagender Stimme.

Hartau faßte seine Hand und zog ihn neben sich. »Nun lassen Sie uns weitersprechen. Ich muß natürlich verlangen, daß Sie Winnifred nicht beunruhigen. Sie sollen ihr mit keinem Wort von Liebe sprechen. Verhalten Sie sich ihr gegenüber so, wie es Ihnen ums Herz ist. Sie mag es merken, wie es um Sie steht, vielleicht – nun ja – sie hat es wohl schon gemerkt. Aber sorgen Sie dafür, daß ihre Ruhe und ihr Frieden nicht gestört werden. Sie soll erst ausreifen. Ihre Gefühle für Sie sind mehr die eines liebenden Kindes als die einer liebenden Frau. Und darin soll sie nicht beirrt werden.«

Ernst sah Salten in seine Augen. »Das Wohl und Wehe Ihrer Tochter liegt mir mehr am Herzen als mein eigenes. Ich füge mich blindlings all Ihren Beschlüssen. Verlangen Sie von mir, was Sie wollen. Wenn es zu Winnifreds Bestem ist, tue ich es ohne Zögern.«

»Gut. So hören Sie meine Pläne. Sie bleiben jetzt noch hier, über den Winter, und überlassen es mir, Winni zu erklären, was ich über Ihre Zukunft bestimme. Im Frühjahr, sagen wir am ersten April, kommen Sie nach Montreal. Dort halte ich Ihnen in meinem Unternehmen einen Posten bereit, der Ihren Fähigkeiten entspricht und Ihnen zugleich gestattet, sich eine gewisse Selbständigkeit zu schaffen. Ich werde dafür sorgen, daß diese Stellung derart ist, daß Sie in unserem Gesellschaftskreis verkehren können. Sie werden natürlich auch in meinem Haus ein- und ausgehen. Sie sollen mit Winni verkehren wie ein guter Freund. Wenn sich Winni irgendwie über Ihr beiderseitiges Verhältnis beunruhigt, werde ich ihr die nötigen Erklärungen geben. Auch sie soll wissen, daß ihre Herzenswünsche nicht unerfüllbar sind, und daß ich nur eine Wartezeit für gut halte. Alles andere überlassen wir der Zeit. Sind Sie damit einverstanden?«

Mit einem Aufleuchten sah Salten in seine Augen. »Ich bin es, und ich danke Ihnen von ganzem Herzen für Ihre Güte.«

»Danken Sie mir dadurch, daß Sie meine Tochter glücklich machen.«

»Das soll Zweck und Inhalt meines Lebens sein.«

»Nun, dann sind wir einig in einem gemeinsamen Bestreben.«

»Gestatten Sie mir nur noch, Ihnen zu sagen, daß ein anderer an Ihrer Stelle mir kaum dieses Verständnis entgegengebracht hätte.«

Hartau winkte heftig ab. »Überschätzen Sie mich nicht! Sie waren mir sympathisch von Anfang an, aber wenn ich nicht gemerkt hätte, daß meiner Tochter Herz an Ihnen hängt, hätte ich mein Interesse für Sie beschränkt. Und ein gewisser Egoismus liegt auch in meinem Verhalten. Ich habe mir immer einen deutschen Schwiegersohn gewünscht. Winni hat auch stets erklärt, noch ehe sie Ihnen begegnete, sie wolle einen deutschen Mann haben. Bei der Ansicht ist sie geblieben, obwohl sie viele Verehrer gefunden hat. Ich hatte Winni versprochen, nächsten Herbst mit ihr nach Deutschland zu gehen, damit sie dort ihr Glück suchen könne. Nun ist es zu uns herübergekommen, und das ist mir lieber. Ich habe gleich gemerkt, daß Sie Art von meiner Art sind. Und Winni hat immer behauptet, sie müsse einen Mann haben, der mir ähnlich sei im Wesen. Sehen Sie wohl, da lugt auch ein Zipfelchen Selbstgefälligkeit hinter meiner sogenannten Güte hervor. Und ich kann sogar sehr gut verstehen, daß meine Tochter ihr Herz an Sie verloren hat. Aber nun soll diese Angelegenheit erledigt sein. Es bleibt zwischen uns beiden, was wir jetzt besprochen haben, davon braucht Winni nichts zu wissen.«

Unsicher blickte Salten auf. »Aber ehe ich später das entscheidende Wort an Miß Hartau richte, müßten Sie mir gestatten, ihr ebenfalls meine Beichte abzulegen.«

Hartau lächelte. »Wenn es soweit ist, werden wir uns darüber verständigen. Ich weiß nicht, wieviel Verständnis meine Tochter dieser Ehrenwortangelegenheit entgegenbringen würde. Für sie dürfte dabei nur in Frage kommen, daß Sie schon einmal eine Frau geliebt haben. Aber das ist doch überwunden, nicht wahr?«

»Es war schon überwunden, ehe ich sie das letztemal sah.«

Hartau hätte Salten sagen können, daß Lotte Fein nicht mehr am Leben war. Aber erstens wollte er ihn nicht wissen lassen, daß er sich nach seinem Vorleben erkundigt hatte, und zweitens brauchte Salten nicht zu wissen, daß er den Namen jener Frau kannte. Es war ja auch nicht von Wichtigkeit.

»Das wird für Winni die Hauptsache sein. Aber Sie werden darauf bestehen, ihr zu beichten und ich werde Sie nicht daran hindern, wenn die Entscheidung herangekommen sein wird. Geben Sie mir noch einmal Ihre Hand – wir sind jetzt im reinen, nicht wahr?«

Salten umfaßte seine Hand mit einem festen Druck. Sprechen konnte er nicht in diesem Moment. Seine Bewegung war zu groß.

Es blieb nun eine ganze Weile still zwischen den beiden Männern. Jeder ließ diese Stunde in seinem Herzen ausklingen.

Endlich richtete sich Hartau auf. »Nun haben Sie Hans Hölderlin vergeblich zur Bärenjagd bestellt.«

Salten fuhr empor. »Ja, und er wird sehr betrübt sein, daß er die Bärin nicht schießen kann. Ich bitte Sie, ihm die Prämie für das Fell der Bärin in Anrechnung zu bringen.«

Hartau nickte lächelnd. »Er soll nicht zu kurz kommen und wird begreifen, daß Sie zu dem Schuß gezwungen waren. Außerdem werde ich dafür sorgen, daß er einen anständigen Gewinnanteil erhält, wenn der junge Bär an einen zoologischen Garten verkauft wird.«

Nun flog auch über Saltens Gesicht ein helles Lächeln. »Er will Sie darum bitten, den jungen Bären bald abholen zu lassen. Er sagte mir: Der drollige Kerl wächst mir sonst zu sehr ans Herz. Man wird rein närrisch in dieser Wildnis und ist imstande, mit so einem ungewöhnlichen Haustier Freundschaft zu schließen.«

»Bären sind leicht zu zähmen, da sie im Grunde gutmütig

sind. Ich habe vor Jahren auch zwei junge Bären wochenlang in meiner Hütte gepflegt. Sie waren noch sehr jung und verwaist. Ich habe sie dann auch verkauft.«

Und so kamen sie auf Geschäfte zu sprechen. Hartau ließ Salten einen Einblick tun in den Umfang seiner geschäftlichen Unternehmungen und machte ihm Andeutungen, wie er sich Saltens spätere Stellung dachte.

»Dabei wird Ihnen die hier oben verbrachte Zeit nicht ohne Nutzen sein. Sie kennen nun das Tierleben in unseren Wäldern genau. Es ist auch ganz gut, wenn Sie noch bis April hier bleiben. Außerdem ist das für Winni wichtig. Durch das heutige Abenteuer ist sie ein wenig aufgestört worden aus ihrem kindlichen Empfinden. Das muß erst ausgeglichen werden.«

»Ich verstehe das alles, Mr. Hartau und möchte auch selbst gern den Winter hier oben durchhalten, wie ich es bei meinem Engagement als Pelzjäger versprochen habe. Es wird mir ja jetzt so leicht werden, zu warten.«

XIII

Winnifred hatte einige Stunden fest und ruhig geschlafen und erwachte erst, als der Fuß wieder zu schmerzen begann. Sie richtete sich auf und sah auf die Uhr. Schon nach sieben! Da wurde sie schnell ganz wach. Sie klingelte ihrer Zofe.

Harriet kam schnell herein.

»Bitte, Harriet, machen Sie mir eine frische Kompresse auf den Fuß.«

Diese tat es. »Die Geschwulst ist aber schon etwas zurückgegangen, Miß Winnifred.«

»Ja, so arg weh tut es auch nicht mehr.«

»Wie sehr müssen Sie sich vor dem Bären erschrocken haben, Miß Winnifred. Das ist doch eine schreckliche Gegend, und ich kann nicht verstehen, daß Sie so gern hier sind.«

Winnifred lächelte. »Ach, Harriet, und ich kann nicht verstehen, daß Sie sich immer so schweren Herzens von Montreal losreißen. Wo ist denn mein Vater?«

»Im Wohnzimmer, Miß Winnifred.«

»Allein?«

»Nein, Mr. Salten ist bei ihm.«

Winnifreds Augen leuchteten auf. »Ist Mr. Salten schon lange da?«

»Sie waren kaum eingeschlafen, da kam er.«

Winnifreds Gesicht glühte. Ach, daß sie diese kostbare Zeit verschlafen hatte. Aber die Erregung und die Strapazen dieses Tages hatten sie so müde gemacht. Nun war sie aber wieder ganz munter.

»Ordnen Sie mir schnell das Haar, Harriet, und helfen Sie mir, mich anzukleiden.«

»Was für ein Kleid wünschen Sie anzuziehen?«

Winnifred überlegte, während die Zofe schnell und gewandt ihr Haar ordnete.

»Geben Sie mir das weiße, wollene Flauschkleid mit den weiten Ärmeln. Das ist am bequemsten. Ich muß ja auf dem Diwan liegen wegen des dummen Fußes.«

Harriet holte das Kleid herbei und warf es ihrer jungen Herrin über. Bald war Winnifred mit ihrer Toilette fertig.

»So, Harriet, nun melden Sie meinem Vater, daß ich fertig bin und ihn bitten lasse, mich hinüberzutragen. Hat Beggie das Abendessen gerichtet?«

»Ja, sie hat Mrs. Bridge gebeten, ihr zu helfen. Es ist alles ziemlich fertig.«

»Gut. Wir werden heute im Wohnzimmer speisen. Der Tisch soll an den Diwan gerückt werden, damit ich mit den Herren essen kann.«

»Ich werde John Bescheid sagen, Miß Winnifred, und Mr. Hartau herüberbitten.«

Damit verließ Harriet das Zimmer.

Winnifred wartete voll Unruhe auf den Vater. Als er eintrat, streckte sie ihm die Arme entgegen. »Vater, lieber Vater!«

Er setzte sich neben sie und zog sie an sich. »Nun, Winni, hast du brav geschlafen?«

Sie nickte und sah ihn etwas unsicher an. Daß sie ihm heute das Geheimnis ihres Herzens ausgeplaudert hatte, bedrückte sie jetzt ein wenig.

»Ja, Vater, ich habe fest und ruhig geschlafen und fühle mich ganz wohl und frisch. Ich war etwas aus dem Gleichgewicht durch mein Abenteuer und habe wohl mancherlei gesprochen in der Erregung, was ich besser hätte verschweigen sollen.«

Sanft streichelte er ihr Haar. »Tut es dir leid, daß du deinem Vater alles anvertraut hast, was dich bewegt?«

Sie errötete jäh. »Ich fürchte, daß ich dich beunruhigt habe, oder daß ich dich gar gegen Mr. Salten eingenommen habe.«

»Du brauchst nichts zu fürchten. Salten war die ganze Zeit bei mir. Wir haben mancherlei zusammen gesprochen.«

»Vater, du hast ihm doch um Gottes willen nicht gesagt, was ich dir anvertraute?«

»Nein Winni, ich habe ihm nichts gesagt, was er nicht selbst gewußt hat. Daß du mir etwas anvertrautest, habe ich gar nicht erwähnt. Aber ich habe mit ihm über seine Vergangenheit und seine Zukunft gesprochen. Bezüglich seiner Vergangenheit brauchen wir uns keine Kopfschmerzen zu machen. Da ist für mich alles rein und klar, es ist kein Tadel an ihm.«

Ihre Augen strahlten. »Oh, das wußte ich. Und seine Zukunft, Vater? Wie hast du darüber bestimmt?«

»Er wird am 1. April nach Montreal kommen und in meinem Unternehmen eine für ihn passende Position erhalten, die ihn gesellschaftsfähig macht. Du wirst ihn sehen und sprechen können, soviel du willst. Und wenn deine Gefühle sich nicht ändern, dann wird kein Hindernis zwischen euch liegen. Aber du bist noch zu jung, um zu wissen, ob solch ein Gefühl beständig ist.«

»Ich werde nie anderen Sinnes werden«, sagte sie ernst.

»Nun gut, das wird die Zeit lehren. Ich verlange von dir, daß du bis zu deinem zwanzigsten Geburtstage wartest, ehe du dich fürs Leben bindest. Bis dahin wirst du reif genug sein für einen so schwerwiegenden Entschluß.«

Winnifred umarmte den Vater. »Wie soll ich dir danken, mein geliebter Vater.«

»Danke mir dadurch, daß du dich in alles fügst, was ich beschlossen habe. Bist du nun ganz beruhigt?«

»Ja, Vater, ganz ruhig und ganz froh.«

Er küßte sie auf die Stirn. »Dann will ich dich jetzt hinübertragen ins Wohnzimmer, du willst doch sicher mit uns speisen.«

Hartau nahm seine Tochter wie ein Kind auf den Arm. So trug er sie hinüber.

Salten stand mitten im Zimmer. Er sprang hinzu, um Winnifred Kissen in den Rücken zu legen, damit sie bequem sitzen konnte. Und da blickte Winnifred zu ihm auf mit einem zagenden, süßen Lächeln. Sie erschrak fast über das strahlende Leuchten seiner Augen. Eine Weile hingen ihre Blicke ineinander. Das löste eine wundersame Ruhe und Freudigkeit in ihnen aus. Sie wußten, fühlten, daß sie bis in alle Ewigkeit miteinander verbunden waren.

Dann richtete sich Salten rasch empor und sagte mit leise bebender Stimme: »Wie geht es Ihnen, Miß Hartau?«

»Gut, sehr gut.« Und ihr Lächeln sagte ihm mehr als tausend Worte. Das Nachtmahl wurde aufgetragen und Winnifred von beiden Herren bedient und verwöhnt.

Salten war in einer unbeschreiblichen Stimmung. Er konnte es noch nicht fassen und begreifen, daß sich sein Schicksal so wunderbar gewendet hatte. Seine Augen hingen wie verklärt an Winnifreds Gesicht.

Nur als Salten sich dann verabschiedete und Winnifreds Hand mit einer inbrünstigen Gebärde an die Lippen zog, legte sie auch noch ihre andere Hand in die seine und fragte:

»Freuen Sie sich ein wenig auf Montreal, Mr. Salten? Vater hat mir gesagt, daß Sie am 1. April zu uns kommen.«

Da sah er sie an, daß sie leise erzitterte. »Sie wissen es, Miß Hartau, müssen es wissen, wie sehnsüchtig ich auf den 1. April warten werde.«

Da lehnte sie sich mit einem befreiten Aufatmen in die Kissen zurück. »Gehen Sie morgen auf die Jagd?«

»Nein, ich will mich nur mit Hölderlin an der verabredeten Stelle treffen und ihm sagen, daß die Bärin erlegt ist. Dann will ich das Tier zum Blockhaus transportieren im Schlitten und Ihre Skier zurückholen.«

»Vorläufig kann ich sie nicht brauchen. Hoffentlich wird mein Fuß mich nicht lange im Zimmer festhalten.«

»In einigen Tagen werden Sie wieder laufen können, auf Skiern freilich vorläufig nicht.«

»Dann sorgen Sie nur durch fleißige Besuche dafür, daß ich mich nicht langweile.«

»Ich stelle Ihnen mit Freuden meine ganze freie Zeit zur Verfügung.«

Darauf verabschiedete sich Salten auch von Peter Hartau mit einem festen Händedruck und einem ernsten Blick. Und dann schritt er hinaus in die klirrend kalte, klare Winternacht.

In seiner Seele war ein Jauchzen. Alle Qual lag hinter ihm. Vor ihm lag ein freundlich heller Weg, der zum Schluß zu leuchtender Glückseligkeit führen mußte. Kein Zweifel kam ihm, daß Winnifred die zweijährige Prüfungszeit nicht bestehen würde, er war ihrer sicher wie seiner selbst.

Als er dann vor Nelli Bridge stand, die noch beschäftigt war, neue Waren auszupacken, begrüßte er sie mit einem so frohen Zuruf, daß sie ihn verwundert ansah.

»Ei, Mr. Salten, mit einem so frohen Gesicht habe ich Sie noch nie gesehen. Was sagen Sie nun zu meinen Karten, die Ihnen ein großes Glück auf der Jagd prophezeiten?«

Er lachte sie an. »Sie haben ganz recht, daß Sie nichts auf Ihre Karten kommen lassen, Mrs. Bridge.«

»Jetzt warten Sie einen Augenblick, Mr. Salten, ich will Ihnen schon heute das versiegelte Blättchen geben. Gerade heute lagen die Karten so günstig für Sie. Da habe ich gleich aufgeschrieben, wie ich sie deute und habe das Blättchen versiegelt. Stecken Sie es in das Medaillon, in dem Sie das Bild Ihrer Mutter bei sich tragen. Und da lassen Sie es drin, bis zu dem Tag, an dem Sie sich verloben. Denken Sie an Nelli Bridge, wenn Sie es dann entfalten. Sie müssen es mir mitteilen, ob meine Karten richtig prophezeit haben.«

Sie kramte in dem Pult und brachte das versiegelte Zettelchen herbei. Er drückte es lächelnd in das Medaillon. »Ich will es als Talisman bei mir tragen, Mrs. Bridge, da es mir Glück verkünden soll. Und nun sollen Sie auch das Neueste erfahren, daß ich am 1. April von hier fortgehe. Mr. Hartau hat in Montreal eine bessere Anstellung für mich bereit.«

Nelli Bridge schlug lachend die Hände zusammen. »Habe ich Ihnen nicht gesagt, daß Sie bald von hier fortgehen werden? Es wird sich alles erfüllen. Alles Glück mit Ihnen, Mr. Salten, Sie sind ein guter Mensch und verdienen es.«

»Nicht alle guten Menschen können glücklich sein, Mrs. Bridge.«

»Aber Sie werden es sein, nur Geduld.«

Salten sagte ihr gute Nacht und suchte sein Zimmer auf.

Über eine Woche mußte Peter Hartau noch mit seiner Tochter im Waldhaus bleiben, ehe Winnifred wieder richtig auftreten konnte mit ihrem Fuß,

Jeden Tag kam Salten herüber, und die beiden jungen Menschen verlebten köstliche Stunden, in denen sich ihre Herzen immer näherkamen, ohne daß sie ein Wort von Liebe gesprochen hätten. Dieses ruhevolle Näherkommen und Sichfinden war voll süßen Zaubers.

Peter Hartau ließ sie gewähren. Er vertraute Salten unbedingt und wußte, daß dieser Winnifreds Frieden nicht stören würde.

Lächelnd hatte Salten Vater und Tochter von seinem Zusammentreffen mit Hans Hölderlin erzählt. Dieser war sehr traurig gewesen, daß die Bärin schon erlegt war, aber als er die näheren Umstände hörte, kratzte er sich hinter den Ohren und sagte:

»Freilich, dann konnten Sie ja nicht warten, bis ich kam.«

Entschieden hatte er sich geweigert, die Prämie für das Fell der Bärin anzunehmen. Aber sehr erfreut war er, als er hörte, daß ihm Peter Hartau einen Anteil am Gewinn zugedacht hatte, den der junge Bär beim Verkauf einbringen würde.

Als dann der Pelzkönig mit seiner Tochter abreiste, gab es keine traurigen Abschiedsworte, sondern hüben und drüben ein frohes: Auf Wiedersehen! Es lagen ja nur noch zwei Monate zwischen heute und dem Tag, der Salten nach Montreal bringen würde.

Alles Wichtige war zwischen Hartau und Salten besprochen worden.

Nach der Abreise von Vater und Tochter wurde es freilich für Salten doppelt eintönig und still, aber er füllte seine Tage mit angestrengter Arbeit, so daß er abends müde auf sein Lager fiel. Und eine stille Freudigkeit erfüllte ihn.

Eine kleine Abwechslung brachte der Abtransport des jungen Bären, der nach New York verkauft worden war. Er wurde in einem Käfig verladen. Salten und Hölderlin fuhren im Schlitten nach der Station. Hölderlin trennte sich schweren Herzens von seinem drollig-täppischen Hausgenossen; aber als er später erfuhr, daß ihm Mr. Hartau dafür einige tausend Mark nach deutschem Geld gutgeschrieben hatte, machte er einen Luftsprung und sagte zu Salten: »Ich möchte alle Tage junge Bären fangen.«

Aber soviel die beiden Pelzjäger auch ihre Reviere durchstöberten, sie fanden keine Bären mehr. Nur in noch nördlicher gelegenen Revieren wurden in diesem Winter noch einige erlegt.

Dafür gab es sonst noch gute Jagdbeute und nicht nur Salten, auch Hölderlin konnte damit zufrieden sein.

Von Karl Rittner bekam Salten bald nach Peter Hartaus Abreise einen Brief, in dem ihm dieser schrieb, daß er wieder in Kanada sei. Er habe sich in der Nähe von Quebeck ein Stück Land gekauft und treibe da Viehzucht und Ackerbau.

Salten antwortete ihm darauf, daß er im April nach Montreal gehe.

Auch an seine Mutter schrieb er einen langen, ausführlichen Brief. Er berichtete ihr von der Wendung, die sein Schicksal genommen hatte, nur von seinem Verhältnis zu Winnifred sprach er noch nicht. Dafür war noch Zeit, wenn sein Glück festere Gestalt annahm. Vorläufig würde es seine Mutter beruhigen und erfreuen, wenn sie hörte, daß er wieder in kultivierte Verhältnisse kam. Er schrieb ihr auch, daß er ein gutes Stück Geld verdient habe durch seine reiche Jagdbeute und daß sie sich nicht um ihn sorgen möge. Daß sich sein Onkel wirklich mit seiner Haushälterin verheiratet habe, mache ihm wenig Sorge. Er hoffe, auch ohne das Erbe des Onkels durchs Leben zu kommen.

Als der März zu Ende ging, rüstete Salten zur Abreise.

Noch einmal stieg er hinauf zur Anhöhe, zu Winnifreds Lieblingsplatz. Da oben war ihm sein Glück zuerst begegnet. Dankbaren Herzens blickte er über den noch immer tief verschneiten Wald, der mit seiner majestätischen Ruhe Frieden in seine zerrissene Seele gebracht hatte. Ihm war, als lasse er alles Leid hier zurück.

Nach einem herzlichen Abschied von Bridges reiste er ab nach Montreal.

Dort nahm er zunächst in einem Hotel Wohnung. Am nächsten Morgen holte er vom Spediteur seine Sachen ab und war froh, daß alles im guten Zustand geblieben war. Und dann verwandelte sich der von Wind und Wetter arg mitgenommene Pelzjäger wieder in einen eleganten jungen Herrn.

So war er gerüstet, sich Peter Hartau und seiner Tochter vorzustellen. Er sandte einige Zeilen an den Pelzkönig und fragte an, wo und wann sein Besuch erwünscht sei.

Mit einiger Unruhe sah er der Rückkehr des Boten entgegen, der seinen Brief zu Mr. Hartau brachte.

Es schien ihm mit einem Mal ganz unglaublich, daß sich sein Geschick wirklich so sehr zum Guten wenden sollte, wie es ihm der Pelzkönig in Aussicht gestellt hatte.

Aber endlich kam der Bote zurück und brachte ihm ein Antwortschreiben. Eine Weile wagte er es nicht zu öffnen. Es erschien ihm ganz unzweifelhaft, daß er eine kühle, formelle Absage in den Händen hielt.

Endlich riß er das Kuvert auf und las: »Mein lieber Mr. Salten! Wir haben Sie schon seit gestern erwartet. Ehe wir an unsere Geschäfte gehen, besuchen Sie uns heute in meinem Haus. Wir erwarten Sie um fünf Uhr zum Tee. Meine Tochter ist schon voller Ungeduld und meine Schwester sehr gespannt, den ehemaligen deutschen Offizier kennenzulernen. Sie weiß nur, daß Sie mißliche Vermögensverhältnisse nach Kanada verschlugen und mehr braucht sie auch nicht zu wissen. Auf Wiedersehen also um fünf Uhr.

Ihr Peter Hartau.«

Salten atmete auf, wie erlöst. Ein jäher Freudenschein flog über sein Gesicht und eine zärtliche Sehnsucht erfüllte sein Herz.

Dennoch war ihm ein wenig beklommen zumute, als er zur festgesetzten Stunde durch den Mont-Royal-Park zu der weißen Marmorvilla schritt.

XIV

Winnifred Hartau hatte mit großer Sehnsucht dem 1. April entgegengeharrt. Als dieser Tag verging, ohne daß sich Rudolf Salten auch nur anmeldete, wurde sie sehr unruhig.

»Wo bleibt Mr. Salten, Vater?« fragte sie bei Tisch.

Peter Hartau lächelte. »Meine liebe Winni, Mr. Salten hat heute, am 1. April, wahrscheinlich erst seine Position im Urwald aufgegeben, folglich kann er noch nicht hier sein. Er wird frühestens heute abend in Montreal eintreffen. Abends macht er keine Besuche mehr. Außerdem wird er sich erst besuchsmäßig ausstatten wollen. Ich kann mir nicht denken, daß er im urwäldlerischen Jagdkostüm hier antreten wird. Du weißt, was es ihn für eine Überwindung kostete, ohne Besuchsdreß im Waldhaus vorzusprechen. Was sollte auch Tante Kora dazu sagen, wenn er nicht im richtigen Anzug erschiene.«

Winnifred mußte lachen. »Das würde eine Katastrophe geben.«

»Nun also! Frühestens morgen mittag werden wir von ihm hören.«

Und Peter Hartau hatte recht. Als am nächsten Tag Saltens Botschaft eintraf, reichte Peter Hartau seiner Tochter lächelnd den Brief, und während diese mit strahlenden

Augen las, fragte er seine Schwester: »Ist es dir recht, Kora, wenn ich Mr. Salten heute zum Tee zu uns bitte?«

Tante Kora neigte das Haupt. »Selbstverständlich, Peter! Ich bin sogar sehr gespannt, euren vielgerühmten Mr. Salten kennenzulernen.«

»Ja, Vater, Tante Kora interessiert sich brennend für ihn. Weißt du, sie hat mir einmal erzählt, daß jedes deutsche junge Mädchen einmal für einen Leutnant geschwärmt haben muß. Als ich sie fragte, ob sie das auch getan hat, schüttelte sie ganz entrüstet den Kopf. Aber Kinderkrankheiten, die man in der Jugend nicht gehabt hat, bekommt man im Alter. Jetzt wird Tante Kora also noch nachholen müssen, was sie in der Jugend versäumte. Und Mr. Salten ist schon ein deutscher Offizier, für den man schwärmen kann«, sagte Winnifred im schelmischen Übermut.

Tante Kora mußte lachen. »Mir scheint, liebe Winni, das Schwärmen werde ich in diesem Falle dir selbst überlassen müssen. Du sprichst mir bedenklich viel von diesem Mr. Salten. Und gerade deshalb interessiert er mich.«

Winnifred küßte die Tante lachend auf die Wange und sah mit einem lächelnden Seitenblick auf ihren Vater. »Tante Kora, du bist furchtbar klug!«

Damit eilte sie aus dem Zimmer.

Die alte Dame sah ihren Bruder an. »Wirklich, Peter, Winnifred scheint sich sehr für diesen Mr. Salten zu interessieren.«

»Meinst du?«

»Sonst würde ich es nicht sagen.«

»Nun, so laß sie doch. Er ist eine sehr interessante Persönlichkeit.«

»Aber wenn sie sich ernstlich in ihn verliebt?«

»Das wäre kein Unglück.«

»Du würdest also nichts dagegen haben?«

»Nein. Du weißt ja, Winnifred will einen Deutschen heiraten, und ich möchte gern einen deutschen Schwiegersohn haben. Salten wäre mir schon ganz recht.«

»Nun ja, aber Winnifred ist noch sehr jung.«

»Richtig. Und heute und morgen wird sie ja nicht heiraten wollen. Also laß die Dinge laufen, Kora.«

»Wie du willst. Ich wollte nur für alle Fälle Direktiven haben.«

»Du bist nun im klaren?«

»Wenigstens soweit es nötig ist.«

Er nickte ihr lächelnd zu, trank seinen Mokka aus und zog sich zurück, um die Antwort an Salten zu schreiben.

Winnifred war in ihr Zimmer gelaufen, als sie Vater und Tante verlassen hatte und warf sich auf den Diwan. Das Gesicht in den Händen vergrabend, dachte sie nur immer wieder das eine: »Er kommt – er kommt!«

Und die wenigen Stunden bis zu seinem Erscheinen dünkten ihr so lang wie eine Ewigkeit. Trotzdem wollte sie nichts unternehmen, was sie ablenkte. Aber sie machte dann sehr sorgfältig Toilette. Harriet hatte heute einen schweren Stand mit ihr. Zum ersten Mal war es ihr sehr wichtig, wie sie aussah, und sie wußte nicht, welches Kleid sie wählen sollte.

Endlich entschied sie sich für ein ganz schlichtes, weißes Tuchkostüm mit Ärmeln und Einsätzen aus weichem starkfädigem Spitzenstoff. Das Haar trug sie, wie immer, in dicken Flechten am Hinterkopf aufgesteckt und über der Stirn in einem lockigen Scheitel auseinanderfallend.

Als sie fertig vor dem Spiegel stand, sah ihr eine sehr reizende junge Dame entgegen.

Es fehlte noch eine Viertelstunde bis fünf Uhr. Aber ungeduldig suchte sie den Salon auf, wo der Tee nachmittags serviert wurde. Hier fand sie Tante Kora, die eben dem Diener befahl, den Teewagen hereinzurollen, der mit allem besetzt war, was zu einem Fünfuhrtee gehörte.

Wie in England, wurde auch in Kanada sehr viel Wert auf den Fünfuhrtee gelegt. Und in den meisten Familien erwartete man zum Tee ganz zwanglos die Freunde des Hauses, wobei man feste Tage für den Empfang ausmachte.

In der Hartauschen Villa hatte man heute solche Besuche nicht zu erwarten, außer Mr. Salten.

Winnifred ging unruhig in den Zimmern umher, die in einer langen Flucht nebeneinander lagen. Nun trat auch Peter Hartau ein, der aus dem Geschäft nach Hause kam.

Winni flog ihm entgegen und umarmte ihn. Er merkte sehr wohl, wie erregt sie war, gab sich aber den Anschein, als entgehe es ihm.

»Mr. Salten noch nicht da?«

»Nein, Vater.«

Hartau sah nach der Uhr. »Es fehlen noch zwei Minuten an fünf Uhr. Du weißt, daß Mr. Salten sehr pünktlich ist.«

»Daran erkennt man den deutschen Offizier«, bemerkte Tante Kora.

Und kaum hatte die kleine Pendeluhr auf dem Kaminsims fünf helle feine Schläge getan, als ein Diener meldete: »Mr. Salten befindet sich im kleinen Empfangszimmer.«

Hartau winkte dem Diener ab. Winni wollte sich an des Vaters Arm hängen und mit ihm gehen. Aber Tante Kora sagte bestimmt: »Winni, wir erwarten Mr. Salten hier.«

Peter Hartau nickte Winnifred lächelnd zu. »Ich bringe ihn gleich herüber.« Damit ging er hinaus.

Als er das kleine Empfangszimmer betrat, stutzte er einen Augenblick, dann trat er lachend auf Salten zu, den die Erregung blaß gemacht hatte. »Beinahe hätte ich Sie nicht erkannt, Mr. Salten. Sie sehen sehr verändert aus. Der Pelzjäger ist ein Salonmensch geworden. Wie geht es Ihnen?«

Salten sah ihn mit brennenden Augen an. »Gut, da Sie mich mit der alten Güte und Freundlichkeit aufnehmen.«

»Hatten Sie das anders erwartet?« fragte Hartau humorvoll.

»Wenn man ein kostbares Geschenk erhalten hat, fürchtet man, es zu verlieren.«

»Aber man braucht nicht zu fürchten, daß der Geber das Geschenk zurücknimmt. Nun kommen Sie aber zu den Damen.«

»Ich hoffe, Miß Hartau befindet sich wohl.«

»Ich danke. Seit gestern leidet sie an einer nervösen Ungeduld. Aber das wird jetzt schnell vorübergehen.«

»Ich kam erst gestern abend und mußte mir heute vormittag erst meine Sachen vom Spediteur holen lassen. Sonst hätte ich mich früher gemeldet.«

Hartau führte Salten, ihm die Hand auf den Arm legend, durch mehrere Zimmer, die alle mit vornehmem Geschmack ausgestattet waren. Und dann standen sie vor Winnifred und Tante Kora.

Die Blicke der beiden jungen Menschen trafen aufleuchtend ineinander. Aber höflich wartete Salten, bis er Tante Kora vorgestellt war und sie mit einem Handkuß begrüßt hatte, ehe er sich an Winnifred wandte.

Sie reichte ihm freimütig die Hand. »Herzlich Willkommen in Montreal, Mr. Salten.«

Er fühlte das leichte Beben ihrer Hand in der seinen und umschloß sie mit einem warmen, festen Druck. Er konnte nicht anders.

»Ich danke Ihnen sehr für dies Willkommen, Miß Hartau.«

»Sie sind gestern abend hier angekommen?«

»So ist es.«

»Und wie hat Nelli Bridge den Abschied von Ihnen ertragen?«

Er lächelte. »Die gute Seele hat geweint und mich mindestens für drei Tage mit Reiseproviant versehen. Ich durfte es nicht zurückweisen.«

Winnifred lachte herzlich. »O nein, das hätte Nelli gekränkt.«

Tante Kora lud zum Sitzen ein. Man plauderte zunächst etwas befangen. Tante Kora war das fremde Element, das ein wenig störte. Aber Winnifred und ihr Vater sorgten schnell für einen freien, herzlichen Ton. Salten atmete auf.

Es störte ihn nun nicht mehr, daß ihn Tante Kora einem förmlichen Verhör unterzog. Aus gelegentlichen Äußerungen von Vater und Tochter hatte er entnommen, daß Tante Kora keine sehr wichtige Persönlichkeit war. Außerdem hatte er ja brieflich von Hartau Direktiven bekommen, was er der alten Dame zu sagen hatte, und so fiel dies Verhör zufriedenstellend aus.

Im Laufe der Unterhaltung machte Salten eine Bemerkung über das schöne, vornehme Haus des Pelzkönigs.

»Sie müssen sich einmal gründlich im ganzen Haus umsehen, Mr. Salten, damit Sie sich heimisch bei uns fühlen lernen; mindestens so heimisch, wie in unserm kleinen Waldhaus«, sagte Hartau lächelnd.

»Es ist sehr gütig, daß Sie mir das erlauben wollen.«

»Aber selbstverständlich. Meine Tochter wird Sie gern herumführen.«

Saltens und Winnifreds Blicke fanden sich.

Die vier Menschen saßen plaudernd wohl eine Stunde zusammen, als Hartau telefonisch in Geschäften abgerufen wurde. »Ich bin genötigt, zu einer kurzen Konferenz zu fahren, Mr. Salten, aber ich bin in einer Stunde spätestens zurück und hoffe, Sie noch hier anzutreffen, da ich noch einiges mit Ihnen besprechen möchte.«

Salten verneigte sich erfreut. »Bitte, verfügen Sie über mich.«

»Du könntest Mr. Salten inzwischen im Haus herumführen, Winni. Da wir stark auf Ihre Gesellschaft rechnen, Mr. Salten, können Sie sich gar nicht rasch genug bei uns einleben.«

Hartau bekam zum Dank für dieses Arrangement einen dankbaren Blick aus zwei jungen Augenpaaren.

Tante Kora fand es zwar unpassend, daß Winni mit dem jungen Mann allein durch das Haus ging, aber sie war nun schon gewöhnt, daß hier andere Sitten herrschten als in Deutschland. Sie sagte nur wie entschuldigend zu Salten: »Sie werden sich auch erst an die etwas freien Sitten dieses Landes gewöhnen müssen. Hier ist manches erlaubt, was bei uns verboten ist.«

»Ich bin überzeugt, gnädige Frau, daß ich mir diese Auszeichnung verdienen muß.«

Hartau verabschiedete sich und ging.

Winnifred wandte sich lebhaft an Salten. »Nun kommen Sie, Mr. Salten, wir müssen uns beeilen, wenn wir in einer Stunde den Rundgang durch das Haus beenden wollen. Es gibt vieles zu sehen an Bildern und Kunstgegenständen.«

Winnifred führte ihn erst die Treppe hinunter und von der Halle aus in die großen Repräsentations- und Gesellschaftsräume.

»Sehen Sie, Mr. Salten, wenn Sie uns ein gleichgültiger Besucher wären, dann hätte sie der Diener hier in diesen offiziellen Empfangsraum geführt«, sagte sie, als sie einen großen, sehr eleganten, aber wenig intimen Raum betraten.

Er sah sie lächelnd an. »Dann bin ich sehr froh, daß ich nicht in dieses Zimmer geführt wurde. Aber wie wußte der Diener, der mich führte, daß ich kein gleichgültiger Besuch bin?«

»Wir erwarteten Sie doch, und ich habe angeordnet, daß Sie oben in das kleine Empfangszimmer geführt wurden. Nun weiß die Dienerschaft gleich, daß Sie zu den guten Freunden des Hauses gehören.«

Sie sah unsagbar reizend aus mit diesem leicht schelmischen Ausdruck, durch den doch eine verlorene Weichheit schimmerte.

»Wie soll ich mir nur all Ihre Freundlichkeit verdienen, Miß Hartau?« fragte er leise.

Sie blickte ihm ernst ins Gesicht. »Wollen Sie sich noch mehr Verdienste um mich erwerben? Sie wissen doch, was ich Ihnen zu danken habe: mein Leben.« Und sie wurde ein wenig bleich und schauderte zusammen.

»Ihr Leben, das Sie meinetwegen aufs Spiel setzten«, stieß er hervor.

Mit einem scheuen, hilflosen Blick sah sie in sein schmales, edles Gesicht, das einen hellen Bronzeton hatte, und in seine tiefliegenden grauen Augen, die warm aus diesem Gesicht herausleuchteten. Mit einer jähen Bewegung schüttelte sie den Kopf.

»Davon wollen wir nicht mehr sprechen. Ich träume noch zuweilen des Nachts davon. Und ich bin sehr froh, daß ich Sie nun nicht mehr da oben in der Wildnis weiß.«

Sie waren durch mehrere Räume gegangen, deren Zweck ihm Winnifred erklärte. Dann traten sie in den großen Festsaal. Hier waren mehrere Diener beschäftigt, den Parkettfußboden blank zu reiben.

Winnifred gab ihnen durch einen Wink zu verstehen, daß sie sich entfernen sollten.

Salten sah lächelnd auf sie herab. »Wie eine junge Königin erscheinen Sie mir hier in diesem stolzen Haus, Miß Hartau. Ich frage mich, ob die junge Dame an meiner Seite wirklich dieselbe ist, die oben im Waldhaus in der Küche gestanden hat, um die Mahlzeiten zu bereiten.«

Sie blieb stehen. »Sie wollen doch damit nicht sagen, daß Sie mit der neuen Miß Hartau unzufrieden sind?«

»Nein, gewiß nicht.«

»Sonst wäre ich gleich in die Küche gegangen. Übrigens werde ich Sie nachher auch durch unsere Wirtschaftsräume führen. Sie können da Vergleiche ziehen zwischen diesen und denen des Waldhauses.«

»Ich werde mir alles mit großem Interesse ansehen. Dies alles ist doch Ihre eigentliche Welt. Hier sind Sie die Pelzkönigin, die Tochter des Pelzkönigs, und da oben im Urwald waren Sie ein schlichtes Waldfräulein. Freilich, eine unsichtbare Krone haben Sie auch da getragen, gleich, als ich Sie das erstemal sah.«

»Wirklich?« fragte sie schelmisch.

»Ja, die goldene Krone der Waldkönigin.«

»Wofür hielten Sie mich, als ich damals so plötzlich vor Ihnen stand?«

»Für einen zur Wirklichkeit gewordenen lichten Traum.«

Sie errötete. »Können alle deutschen Männer so hübsche Komplimente machen?«

Er sah sie ernst an. »Ich mache keine Komplimente, sondern spreche nur aus, was ich empfinde.«

Sie ging schnell vor ihm her und winkte den draußen stehenden Dienern, an ihre Arbeit zurückzukehren.

Und so schritten sie nebeneinander weiter, beide das Herz voll verhaltener Seligkeit. Und die Stunde bis zu Hartaus Rückkehr war vorüber, ohne daß sie mit der Besichtigung des Hauses zu Ende gekommen wären.

Peter Hartau zog sich dann mit Salten in sein Arbeitszimmer zurück. Die Herren besprachen Geschäfte.

Zuerst legte Salten die Liste der von ihm erbeuteten Felle vor, Hartau prüfte sie und machte einen ungefähren Überschlag, was Salten an Gehalt und Prämien ausgezahlt bekommen würde. Es war eine ansehnliche Summe, und Salten sagte lächelnd:

»So viel habe ich während meiner ganzen Offizierslaufbahn, alles zusammengerechnet, nicht verdient, wie in diesem einen Winter.«

»Nun – schwere Arbeit muß gut bezahlt werden. Sie haben uns viel Nutzen gebracht, und so ist es selbstverständlich, daß Sie daran partizipieren. Jedenfalls haben Sie nun einen kleinen Fundus, der Ihnen gestattet, sich hier in angemessener Weise einzurichten. Ich rate Ihnen, in einem Pensionshaus Wohnung zu nehmen. Da finden Sie eine Art Heim, und ich gebe Ihnen eine Adresse, wo Sie gut aufgehoben sind.«

»Das nehme ich mit Dank an, Mr. Hartau.«

»Gut! Und nun wollen wir über Ihre neue Position in der Firma Peter Hartau sprechen. Ich werde Sie sehr notwendig brauchen.«

»Das ist mir lieb.«

»Sie sollen mich vor allen Dingen in den mir bei meinem Alter immer lästigeren Repräsentationspflichten entlasten. Hier in Montreal werde ich sie auch in Zukunft selbst ausüben, aber es ist bei unsrer Geschäftsführung Usus, daß die auswärtigen Kunden jährlich von mir besucht werden, damit man im guten Einvernehmen bleibt und Wünsche austauschen kann. Selbstverständlich werden alle diese Kunden von unsern ständigen Reisenden besucht, aber unabhängig davon ist immer eine jährliche Repräsentationsreise. Natürlich kommen dabei nur wichtige Kunden in Frage, die dauernd große Posten von uns beziehen. Dies Amt habe ich bisher selbst bekleidet, weil ich keine geeignete Persönlichkeit fand, die mich ersetzen konnte. Und die habe ich in Ihnen gefunden. Trotz Ihrer Jugend stellen Sie etwas vor. Sie sind ein intelligenter Mensch, beherrschen, wie ich weiß, einige Sprachen, Sie sind eine vornehme, sympathische Erscheinung mit erstklassigen Umgangsformen und besitzen die nötige Energie und das bestimmte, ruhige Auftreten, das vonnöten ist. Auch können Sie mir später die Reisen in den Urwald abnehmen. Wie das Einstellen der Pelzjäger gehandhabt wird, haben Sie selbst erlebt, und was Sie da oben an praktischen Erfahrungen gesammelt haben, können Sie zum Nutzen meiner Firma anbringen. Kurzum also, ich habe in Ihnen den mir zusagenden Repräsentanten meiner Firma gefunden. Sie werden allerdings in verschiedenen Zwischenräumen immer einige Wochen von Montreal entfernt sein, aber das schadet nichts. Winnifreds wegen ist es mir sogar lieb, Sie verstehen mich?«

»Gewiß, Mr. Hartau.«

»Ihr Verhältnis zueinander bedarf großer Zartheit, und

die Wartezeit, die ich für nötig halte, ist lang, da ist es gut, wenn Sie nicht dauernd zusammen sind. Und wenn es später zu einer Verbindung zwischen Ihnen und Winnifred kommt, dann kann diese Sie ruhig ab und zu auf Ihren Reisen begleiten. Es wird ihr lieb sein, auf diese Weise etwas von der Welt kennenzulernen. Was sagen Sie zu diesem Vorschlag? Sind Sie einverstanden?«

Salten hatte aufmerksam zugehört. Ein wenig benahm es ihm den Atem, was Peter Hartau da vor ihm ausbreitete.

»Wenn Sie meinen, Mr. Hartau, daß ich diese Position zu Ihrer Zufriedenheit ausfüllen kann, dann würde ich mit Freuden zusagen; daß ich all meine Kräfte in Ihre Dienste stellen würde, ist selbstverständlich.«

»Ich weiß es. Vorläufig müßten Sie natürlich einige Monate hier in unserm Betrieb arbeiten und den Gang der Geschäfte kennenlernen, das ist nötig, damit Sie den ganzen Betrieb übersehen können. Ich selbst werde Ihren Werdegang leiten, denn, ganz offen, ich will mir in Ihnen einen Nachfolger erziehen, dem ich mein Lebenswerk in die Hände legen kann.«

Salten war tief bewegt. Wortlos faßte er Peter Hartaus Hand und drückte sie mit seinen beiden Händen, so fest er konnte.

Dieser nickte Salten zu. »Wir verstehen uns. Sie brauchen mir nichts zu sagen. Ich weiß, was ich Ihnen biete, aber Sie sollen mir nur eins dafür schuldig sein: das Glück meiner Tochter.«

Mühsam faßte sich Salten. »Ich will mein ganzes Leben, meine ganze Kraft daransetzen, diese Schuld abzutragen«, sagte er erregt.

Mit festem Druck gab Hartau seine Hand frei. Dann fuhr er fort: »Ich habe die Absicht, Sie nach einigen Monaten zuerst nach Schweden zu schicken. Ich selbst habe die Reise dorthin immer verschoben, weil ich sie mit einer Reise nach Deutschland verbinden wollte. Jetzt sollen Sie mir das abnehmen. Ich gebe Ihnen die nötigen Instruktionen sowie Adressen und Empfehlungen mit. Und von Schweden aus sollen Sie in meinem Auftrag nach Deutschland reisen. Mit Deutschland habe ich bisher noch keine Geschäftsverbindung angeknüpft. Aber ich plane eine solche und wollte die Sache diesen Herbst in Angriff nehmen. Ich habe meiner Tochter für diesen Herbst eine Reise nach Deutschland versprochen. Und Sie sollen dann in Deutschland mit uns zusammentreffen. Sind Sie eher zur Stelle als wir, dann können Sie schon ein wenig vorarbeiten. Auch dafür rüste ich Sie mit Instruktionen aus. Sie gehen also, denke ich, Anfang Juni nach Schweden und treffen Ende Juli in Deutschland ein. Dort können Sie erst Ihre Frau Mutter besuchen und gehen dann nach Leipzig und Berlin, um geschäftliche Beziehungen anzuknüpfen. Ende August treffen wir in Berlin zusammen. Wir werden zusammen die Leipziger Herbstmesse besuchen, wo wir den deutschen Pelzhandel an der Quelle studieren können. Es ist mir lieb, wenn ich mit Ihnen zusammen in Deutschland arbeiten kann. Oder möchten Sie nicht so bald dorthin gehen?«

Salten sah ihn groß an. »Doch, Mr. Hartau, sehr gern. Jetzt ist es ja etwas anderes, weil ich in einer festen Position wirken kann. Und – ich kann meine Mutter wiedersehen.«

»Vielleicht haben auch wir das Vergnügen, Ihre Mutter kennenzulernen, meine Tochter und ich.«

»Werden Sie längere Zeit in Deutschland bleiben?«

»Nun, ich denke, Winnifred wird sich nicht sehr lange dort aufhalten wollen. Sie soll die Zeit bestimmen. Aber ich glaube, wenn wir unsre Geschäfte erledigt haben, wird auch Winnifred bereit sein, uns nach Kanada zurückzubegleiten. Wenn wir hier wieder eintreffen, gehen wir bald nach der Hudsonbai. Ich will Sie dann da oben in Ihr neues Amt einführen und hoffe Ihnen später die Geschäfte dort allein überlassen zu können. Na – und dann ist schon ein Jahr der Wartezeit um, dann wollen wir weitersehen. Wenn nichts Ernstliches dazwischenkommt, werden wir dieses Programm festhalten. Jedenfalls sind Sie von heute an als Repräsentant der Firma Peter Hartau fest angestellt. Haben Sie noch irgendwelche Einwendungen zu machen?«

»Nein, Mr. Hartau. Ich kann mich nur darauf beschränken, dankbar und ergeben mein Geschick in Ihre Hände zu legen, und im übrigen all meine Kräfte einzusetzen, um Ihnen auch wirklich zu nützen und Ihr Unternehmen zu fördern. Ich will nicht nur Ihre Güte entgegennehmen, sondern auch für alles, was Sie an mir tun, Gegenwert schaffen.«

»Das ist ja bei Ihrem Charakter selbstverständlich.«

»Ich danke Ihnen für das Vertrauen. Daß ich es noch gar nicht fassen kann, welches Glück Sie mir bieten, werden Sie verstehen. Viele andre an meiner Stelle sind in der Not des Lebens umgekommen und hatten vielleicht nichts Schlimmeres getan. Mir soll mein Vergehen zum Segen ausschlagen. Sie müssen verstehen, wie mir zumute ist, und daß ich mir nichts sehnlicher wünsche, als Ihnen meine Dankbarkeit beweisen zu können.«

Hartau lächelte. »Nun ja, ich kann es Ihnen schon nachfühlen. Ich denke, in Ihrer neuen Position werden Sie besser am Platze sein und Nützlicheres schaffen, als in Ihrem ehemaligen Berufe drüben, der Sie nie befriedigt hat.«

Mit leuchtenden Augen sah ihn Salten an.

»Man kann viel, wenn man ernstlich will, und all mein Wollen soll sich von heute an darauf konzentrieren, daß ich meine neue Stellung zu Ihrer Zufriedenheit ausfülle.«

Sie schüttelten sich die Hände, dann sagte Hartau lächelnd:

»Nun wollen wir auch an Geld denken. Sie sollen wissen, wie hoch sich Ihr Gehalt, Ihre Diäten und dergleichen belaufen. Bei Geschäftsabschlüssen erhalten Sie natürlich auch Ihren prozentualen Anteil. Sie sollen ganz unabhängig auf eigenen Füßen stehen, so daß Sie auch für den Fall, daß nichts aus Ihrer Verbindung mit meiner Tochter werden würde, gesichert sind, wenn ich auch nicht annehme, daß dieser Fall eintreten könnte.«

Und er nannte Salten die Summen, die in Frage kamen. Diesem wirbelte der Kopf ein wenig. Sie übertrafen seine kühnsten Erwartungen. Nie hätte er sich träumen lassen, solch ein Einkommen zu beziehen. Peter Hartau vergaß bei alledem nicht, daß Rudolf Salten der Lebensretter seiner Tochter war, ganz abgesehen davon, daß er in ihm seinen künftigen Schwiegersohn sah.

Als alles geregelt war, verabschiedete Hartau Rudolf Salten. »Sie werden noch allerlei zu ordnen haben. Ich will Sie heute nicht länger aufhalten. Meine Damen und ich besuchen heute abend die Oper. Sie werden mich schon erwarten, ich sehe, es ist höchste Zeit. Morgen früh um zehn Uhr erwarte ich Sie in meinem Geschäftsbüro, um Sie einzuführen. Alles Weitere findet sich.«

Salten verabschiedete sich. Seine Dankbarkeit für Hartau war grenzenlos.

Als er die breite Marmortreppe hinabging, sah er Winnifred in der großen Halle stehen. Sie war bereits in großer Toilette und ein Diener legte ihr eben einen kostbaren Pelzmantel um.

Lächelnd trat sie auf ihn zu.

»Sind Sie endlich fertig mit Ihren Geschäften, Mr. Salten? Wir glaubten schon, mein Vater habe darüber unsern Opernbesuch vergessen.«

»Ich bitte um Entschuldigung, wenn ich die Ursache war, daß Sie warten mußten«, sagte er, sie entzückt betrachtend.

Ja – das war wirklich die junge Pelzkönigin von Montreal. Wie stolz und vornehm das schöne, schlanke Geschöpf aussah in dem kostbaren Pelz, der, offenstehend, die elegante Toilette sehen ließ.

Sie wandte das feine Köpfchen, das im Schein der elektrischen Lampen goldig schimmerte, nach der Treppe, auf der eben Tante Kora in einer etwas steifen Pracht erschien.

»Es ist ja noch nicht zu spät, Mr. Salten. Schade, daß Sie uns nicht begleiten können, aber diese Vorstellung ist schon seit Wochen ausverkauft, ein berühmter Tenor gastiert. Werden wir Sie morgen sehen?«

»Sie wissen, daß Sie ganz über mich verfügen können, Miß Hartau, solange meine Zeit nicht den Geschäften gehört.«

»Das werde ich mir zunutze machen. Ich spreche mit meinem Vater darüber, der kann Ihnen Bescheid sagen.«

»Ich bitte darum.«

Jetzt trat Tante Kora heran. Salten sprach noch einige Worte mit ihr. Dann küßte er ihr zum Abschied die Hand und verabschiedete sich auch von Winnifred.

Ein Diener brachte ihm Hut und Paletot. Salten entfernte sich mit einer Verbeugung gegen die Damen. Sein letzter Blick galt der schlanken, jungen Pelzkönigin im kostbaren Pelzmantel, mit dem flimmernden Goldhaar.

Aufatmend trat er ins Freie. Obwohl der April schon begonnen, lag Montreal noch im tiefsten Winterkleid. Der Garten, der die Villa Hartau umgab, hatte noch eine dichte Schneedecke von leuchtendem Weiß. Der Schnee knirschte unter Saltens Füßen, als er zum Gartentor ging.

Jenseits desselben blieb er stehen und schaute nach der weißen Marmorvilla, die sich in plastischer Schönheit vor dem Mont Royal im Hintergrund abhob.

Sein Herz klopfte rasch und laut. War denn nicht alles ein Traum, was er erlebte? Stand da nicht ein Märchenschloß, das in Nichts zerfließen würde? War er wirklich als Repräsentant der Firma Peter Hartau mit einem fabelhaft hohen Gehalt angestellt? Und hatte er wirklich die Liebe der reizenden Pelzkönigin erworben? Wer war er denn, dem all dies Glück in den Schoß fallen sollte?

Aufatmend reckte er sich und strich sich über die Augen.

Aber es blieb alles stehen, verflog nicht wie ein Zauber. Da drüben fuhr jetzt ein elegantes Auto vor das hellerleuchtete Portal. Dann erblickte er die Silhouetten des Pelzkönigs und der Pelzkönigin. Sie folgten der kleinen, fast in ihrem Pelz verschwindenden Tante Kora.

Gleich darauf fuhr der Wagen an. Er trat ins Gebüsch zurück und blieb stehen, bis er vorüber war.

»Ich muß mir ja das alles erst verdienen«, sagte er aufatmend vor sich hin.

Dann ging er langsam ins Hotel zurück.

XV

Fast zwei Monate waren vergangen. Rudolf Salten hatte sich mit großem Eifer und immer stärker werdendem Interesse in den Betrieb der Firma Hartau eingearbeitet. Peter Hartau, der selbst seine Einführung übernommen hatte, freute sich an seiner schnellen Fassungsgabe und seinem Fleiß. Er erkannte mit Vergnügen mehr und mehr, daß Salten große Intelligenz besaß und eine starkgeistige, energische Persönlichkeit war. Und Salten bekam immer mehr Selbstvertrauen und erkannte jetzt erst, wieviel Kraft und Können in seinem Innern brachgelegen hatten, während er Offizier war. Mit Winnifred war er fast täglich zusammen. Abwechselnd war er in der Marmorvilla zu Mittag, zur Teestunde oder zum Abend eingeladen. Hartau führte ihn auch im Klub ein, und dadurch erlangte Salten Zutritt zur besten Gesellschaft von Montreal. Da er eine interessante und sympathische Erscheinung war, wurde er gut aufgenommen. Und so traf er auch in Gesellschaften mit Winnifred zusammen.

Diese fühlte sich restlos glücklich und zufrieden. Sie

fühlte, daß sie geliebt wurde, wie sie geliebt sein wollte, und ihr Gefühl für Salten vertiefte sich immer mehr. Ihr Vater hatte ihr gesagt, daß Salten Anfang Juni nach Schweden ging, und daß sie ihn erst im August in Deutschland wiedersehen würde. Aber sie fügte sich willig in alles, was der Vater für gut hielt, und genoß vorläufig jede Stunde des Zusammenseins mit Salten wie ein köstliches Geschenk.

Ehe Salten seine Reise antrat, übertrug ihm Peter Hartau zur Probe den Abschluß einiger Geschäfte in Montreal. Es kamen ja immer Vertreter großer Pelzfirmen nach Montreal, um an Ort und Stelle Einkäufe zu machen. Salten erledigte diese Abschlüsse mit einer überraschenden Geschicklichkeit und dabei mit so weltmännischer Gewandtheit, daß Hartau sehr befriedigt war. Salten hatte wirklich eine große Begabung für seine neue Position.

Diese kleinen Erfolge machten ihn schnell sicher. Inzwischen war die Zeit seiner Abreise herbeigekommen. Davor war er noch ein letztes Mal in den intimsten Familienkreis Hartaus eingeladen. Bisher hatte er alle größeren Festlichkeiten in der Marmorvilla mitgemacht und war auch oft als Gast zugegen gewesen.

Tante Kora hatte eine große Vorliebe für ihn entwickelt und freute sich immer, mit ihm plaudern zu können. Da sie wußte, daß ihr Bruder eine Verbindung zwischen Salten und seiner Tochter begünstigte, zeigte sie sich einer solchen ebenfalls gewogen. Soweit es sich mit ihren strengen Formen vereinen ließ, gab sie den beiden jungen Menschen zuweilen Gelegenheit zu einem kurzen Alleinsein.

Und so fand sich auch an diesem letzten Abend vor Saltens Abreise Gelegenheit zu einem Alleinsein des jungen Paares.

»Hast du Mr. Salten schon das Bärenfell in deinem Leseeckchen gezeigt, das heute endlich fertig abgeliefert wurde?« fragte Tante Kora ihre Nichte, als man sich nach Tisch in einem behaglichen Zimmer niederlassen wollte.

Winnifred sah Salten an.

»Nein, noch nicht. Wollen Sie sich die Bärin ansehen, Mr. Salten? Sie wissen doch, daß ich mir von meinem Vater lieber das Fell der Bärin ausgebeten habe statt das des Bären, den Sie auch erlegt haben.«

Salten erhob sich. »Ihr Herr Vater sagte es mir neulich, Miß Hartau. Ich bin sehr gespannt, es zu sehen.«

»Oh, es ist ein wundervolles Exemplar. Kommen Sie, ich zeige es Ihnen.«

Sie führte ihn durch einige Zimmer in einen besonders elegant und behaglich eingerichteten Raum, der zu Winnifreds eigenen Zimmern gehörte. Hier lag das Bärenfell vor einem mit einem Baldachin überdachten Diwan. Ein Tischchen, auf dem verschiedene Bücher von Winnifreds deutscher Lieblingsschriftstellerin lagen, stand neben dem Diwan, auf dem eine ganze Anzahl Kissen aufgestellt waren.

»Sehen Sie, Mr. Salten, dies ist mein Leseeckchen. Sie wissen, ich lese gern und viel. Das tue ich immer hier. Und deshalb wollte ich das Bärenfell hierher haben. Fassen Sie es einmal an, wie dicht es ist und wie weich durch die vorzügliche Bearbeitung.«

Sie hatte sich auf dem Diwan niedergelassen. Salten kniete nieder und glitt mit der Hand über das Fell. So kniete er fast zu ihren Füßen. Sie hatte sich in die Ecke des Diwans geschmiegt und stellte ihr Füße auf den Kopf des Bären.

Er mußte an jene Stunde denken, da er die Bärin erlegt, hatte noch den tödlichen Schrecken im Herzen, als er Winnifred kaum zehn Schritt von der Bärin entfernt hilflos hatte am Boden liegen sehen.

Mit einem brennenden Blick sah er zu ihr auf, ohne sich zu erheben.

»Gottlob, daß ich an jenem Tage meiner Hände mächtig war, Miß Hartau. Ich kann noch immer nicht ruhig daran denken, in welcher Situation ich Sie damals im Wald fand.«

Sie schauerte leicht zusammen. »Ach, wir wollen nur daran denken, daß dies Fell jetzt zu meinen Füßen liegt.«

»Es macht mich stolz, daß es Ihr Leseeckchen behaglich macht. Vielleicht erinnert Sie das Fell zuweilen an mich.«

»Dessen bedarf es nicht. Ich werde immer an Sie denken. Werden Sie auch mich nicht vergessen?«

Er faßte ihre Hand und preßte sie an seine Lippen. »Halten Sie das für möglich, Miß Hartau?« Sie hielt seinen Blick aus, obwohl ihr das Blut ins Gesicht stieg.

»Nein, ich halte es nicht für möglich. Ich – ach – Sie wissen ja, daß mich das sehr unglücklich machen würde. Und Sie wollen doch nicht, daß ich unglücklich werde?«

Es lag bei aller Kindlichkeit ein so starkes Empfinden in ihren Worten, daß er tiefbewegt seine Lippen auf ihre Hand drückte.

»Nein, o nein, das will ich nicht. Sie wissen, es würde mir nichts zu schwer sein, wenn ich damit Ihr Glück erkaufen könnte.« Er sprang nach diesen Worten auf, von seinem Empfinden übermannt, und trat einige Schritte von ihr fort.

Erschrocken sah sie ihn an. »Was haben Sie? Weshalb fliehen Sie vor mir?«

Er sah sie mit einem Blick an, der sie erzittern machte.

»Ich bin ja auch nur ein Mensch, und ich habe Ihrem Vater versprochen, keine Unruhe in Ihr Leben zu bringen, nicht davon zu sprechen, was in meiner Seele für Sie lebt. Das Versprechen will ich halten. Aber es ist jetzt vielleicht der letzte Augenblick, in dem wir allein sind. Und deshalb will ich ihn benutzen, Sie zu bitten, daß Sie mir bewahren, was Sie mir bisher entgegengebracht haben, und was mich so namenlos glücklich macht. Wollen Sie mir das versprechen – Winni?«

Dunkle Glut huschte über ihr Antlitz, als er sie zum erstenmal bei diesem Namen nannte. Aber ihr Blick hing groß und strahlend an ihm. »Das will ich Ihnen versprechen. Selbst wenn ich es nicht tun wollte, ich könnte nicht anders. Und wenn ich Sie jetzt lange Jahre nicht wiedersehen würde, ich würde doch in Gedanken immer bei Ihnen sein, solange auch unsre Trennung dauern würde. Aber wir sehen uns ja bald wieder. Im August treffen wir in Deutschland zusammen. Ich weiß wohl, weshalb mein Vater Sie fortschickt und immer wieder fortschicken wird; er will erproben, ob wir unser Empfinden nicht ändern. Aber, nicht wahr, bis ans Ende der Welt könnte er Sie schicken, und solange, wie er wollte, wir werden einander nie vergessen.«

Er sah es feucht in ihren Augen schimmern. Da riß es ihn wieder an ihre Seite. Er kniete auf dem Bärenfell nieder und preßte seine Lippen auf ihre Hand. Und dann sah er in ihre Augen. »Nein, Winni, wir werden einander nie vergessen«, sagte er, ergriffen von ihrer unschuldigen Reinheit.

Dann erhob er sich und trat wieder von ihr zurück, um sich zu fassen. Sie blieb ganz still sitzen und sah ihn nur mit großen, feuchten Augen an.

So verharrten sie eine Weile, Auge in Auge. Endlich sagte er, so ruhig er konnte:

»Nun will ich Sie wieder zu Ihrem Vater zurückführen, Miß Hartau.«

Sie erhob sich sofort. Er reichte ihr den Arm, und sie legte ihre Hand hinein. Eine Weile hielt er die kleine Hand mit einem schmeichelnden Druck fest. Und sie zwangen sich beide tapfer zur Ruhe.

»Freuen Sie sich sehr, Ihre Mutter wiederzusehen, Mr. Salten?« fragte sie.

»Ja, Miß Hartau. Ich hatte so bald nicht darauf gehofft. Wußte ich doch nicht, ob ich je nach Deutschland zurückkehren würde.«

»Ich bin sehr begierig, Ihre Heimat kennenzulernen. Sie müssen dort unser Führer sein, denn Vater wird wohl manches vergessen haben und viel verändert finden.«

»Das glaube ich auch. Sie haben ja gehört, wenn wir zum Beispiel über Berlin sprachen, wie ganz anders er es im Gedächtnis hat. Er hat Deutschland 1880 verlassen, und jetzt haben wir 1914, da ist inzwischen eine lange Zeit vergangen und vieles anders geworden. Und ich freue mich, daß Sie meine Mutter kennenlernen wollen. Sie wird Sie sehr liebgewinnen.«

»Glauben Sie?«

»Das weiß ich gewiß. Wer ihrem Sohne Gutes tut, der ist ihrer Zuneigung sicher. Und Sie und Ihr Vater haben mir so viel Gutes getan.«

Sie waren wieder bei Peter Hartau und seiner Schwester angelangt. Hartau sah forschend in die beiden jungen Gesichter. Er sah wohl den erhöhten Glanz in beider Augen, aber er nickte Salten vertrauend zu.

Eine Stunde später verabschiedete sich Salten. Winnifred war ganz tapfer und zuversichtlich. Nur als Salten noch einmal ihre Hand mit festem, warmem Druck in der seinen hielt und ihre Augen noch einmal ineinanderleuchteten, flog plötzlich ein leichtes Erblassen über Winnifreds Gesicht. Und als er dann schnell davonging, hatte sie ein Gefühl, als müsse sie ihn halten, als dürfe sie ihn nicht fortlassen. Sie umklammerte den Arm ihres Vaters wie schutzsuchend.

»Was ist dir, Winni?« frage er besorgt.

Sie richtete sich schon wieder lächelnd auf. »Ach, es war ein ganz törichtes Angstgefühl, das mich erfaßte. Mir war wieder zumute, als gehe er in eine große Gefahr. Aber das ist wirklich dumm. Nicht wahr, Vater, es kann ihm doch nichts geschehen?«

»Du mußt nicht zu ängstlich sein, Winni. Was soll ihm denn geschehen? Er macht eine Geschäftsreise, wie ich sie oft gemacht habe. Wir stehen alle in Gottes Hand.«

Sie lächelte und atmete auf.

»Es ist auch schon wieder vorüber, Vater.« Sie sagten

einander gute Nacht. Und als Winnifred zur Ruhe gegangen war, sagte sie leise vor sich hin:

»Wir werden einander nicht vergessen.« Und sie ahnte nicht, daß Rudolf Salten einer schweren Gefahr entgegenging, und daß ihr eine lange, schmerzliche Trennung von ihm bevorstand.

Rudolf Salten hatte seine erste Geschäftsreise als Repräsentant der Firma Peter Hartau hinter sich und in Schweden ausgezeichnete Erfolge gehabt, die er mit großer Befriedigung nach Montreal meldete. Herr Aage Holström, einer der schwedischen Geschäftsfreunde der Firma Hartau, fand besonders Wohlgefallen an Salten und bat ihn, einen Abend in seiner Familie zu verleben. Salten sagte gern zu. Die Dame des Hauses, eine weißhaarige, ehrwürdige Matrone, empfing ihn sehr liebenswürdig, und der Hausherr stellte ihn einigen Gästen vor. Als einer dieser Gäste hörte, daß Salten ein Deutscher war, sagte er zu ihm:

»Hoffentlich hat die Katastrophe, welcher der österreichische Thronfolger und seine Gemahlin zum Opfer fielen, nicht auch für Deutschland unangenehme Folgen.«

»Hoffentlich nicht. Es ist wohl auch nicht zu befürchten«, erwiderte er.

»Nun, es liegt viel politischer Zündstoff in der Luft, und welcher Funke ihn zur Entzündung bringt, ist nicht vorauszusehen«, warf Aage Holström ins Gespräch. Aber man kam dann auf ein anderes Thema. Und Salten dachte nicht mehr an diese Worte.

Er erledigte seine letzten Geschäfte in Schweden und reiste nach Deutschland. Am 27. Juli kam er in Berlin an, fuhr aber sogleich weiter nach Hannover, um seine Mutter wiederzusehen.

Er hatte ihr telefonisch sein Kommen gemeldet. Sie wußte, daß er in Geschäften für die Firma Hartau unterwegs war.

Es gab ein glückliches Wiedersehen zwischen Mutter und Sohn. Die alte Dame war ganz aufgelöst vor Freude und konnte es noch gar nicht fassen, daß sie ihren Sohn wieder in den Armen hielt. Salten verprach ihr, einige Tage in Hannover zu bleiben. Er mußte mit ihr in bekannten Familien Besuche machen. Sie war stolz auf ihren stattlichen Sohn. Alle Bekannten glaubten, er habe seinen Abschied genommen, weil sein Onkel ihm keine Zulage mehr gab. Über dessen unvernünftige Heirat war man allseitig entrüstet.

Aber Salten suchte am Tage nach seiner Ankunft seinen Onkel auf. Dieser empfing ihn ziemlich unfrei, und seine junge Frau, die in überladenem Putz noch viel gewöhnlicher aussah als damals in ihrem Arbeitskleid, wich nicht von seiner Seite. Sie beobachtete Salten mißtrauisch und betonte, daß »Männe«, so nannte sie ihren Mann, um keinen Preis aufgeregt werden dürfe. Männe sei sehr leidend und sehr nervös. Sie fürchtete, Salten würde sich bei seinem Onkel wieder einschmeicheln wollen. Das wollte sie verhüten. Sie ließ sich das Erbe nicht streitig machen. Salten lag nichts ferner als das. Er zog seine Brieftasche hervor und sagte: »Ich hatte dir angekündigt, Onkel Ludwig, daß ich dir sobald wie möglich meine Schuld abzahlen wolle. Hier ist die genaue Berechnung dessen, was du mir gezahlt hast. Es ist zusammen eine Summe von vierundzwanzigtausend Mark. Hier lege ich dir die erste Rate von dreitausend Mark vor. Ich werde dir so viel, wie ich von meinem Einkommen erübrigen kann, jedes Jahr zurückzahlen, bis ich nicht mehr dein Schuldner bin.«

Der Onkel war nun doch etwas beschämt und schob das Geld zurück. »Was denkst du, geschenkt ist geschenkt. Wenn du etwas erübrigen kannst, gib es deiner Mutter.«

»Für meine Mutter werde ich auch ohnedies etwas tun können. Du mußt das Geld zurücknehmen, denn du hast ausdrücklich gesagt, daß du es mir nur gegeben hast unter der Voraussetzung, daß ich Offizier bleibe.«

Ehe der Onkel etwas erwidern konnte, legte sich die kleine und ungepflegte Hand der jungen Frau auf das Geld.

»Natürlich mußt du es zurücknehmen, Männe, wir können es doch gut brauchen. Du kannst dann die Badereise machen, die dir der Arzt verordnet hat, und ich kann dich begleiten.«

»Nein, nein, ich nehme es nicht, geschenkt ist geschenkt«, trotzte der alte Herr.

Die junge Frau nahm aber die drei Tausendmarkscheine an sich und sah ihren Gatten durchdringend an. Da ließ er es geschehen, daß sie das Geld im Schreibtisch verwahrte.

Salten fühlte etwas wie Mitleid mit seinem Onkel. Auf Rosen schien er in dieser Ehe nicht gebettet zu sein.

Leichten Herzens verabschiedete er sich und ging zu seiner Mutter zurück.

Und in einer traulichen Plauderstunde sprach er ihr von Winnifred Hartau, von seinen Hoffnungen und Wünschen und von seiner Glückseligkeit über Peter Hartaus großherzige Einstellung zu seiner Liebe.

Seine Mutter lauschte mit klopfendem Herzen und konnte ihre Freudentränen, durch die aber doch ihr goldener Humor leuchtete, nicht zurückhalten.

»Mein lieber Junge, so hell und klar liegt nun deine Zukunft vor meinen Augen. Gott segne Peter Hartau und seine Tochter. Hoffentlich ist es mir vergönnt, sie kennenzulernen. Nun sind alle Sorgen von meinem Herzen herunter, und ich kann wieder unbekümmert in den Sonnenschein hinauslachen«, sagte sie.

Aber das sollte ihr bald wieder vergehen, der immer tapfern und wohlgemuten Frau, denn wenn auch der wirkliche Himmel an jenen Tagen wolkenlos herniederblaute, umzog sich der politische Himmel Deutschlands mit drohenden Wolken. Die Katastrophe, die ganz Europa in Flammen setzen sollte, brach herein, als Salten noch bei seiner

Mutter in Hannover war. Der Krieg wurde erklärt.

Für Rudolf Salten gab es keine Wahl, er meldete sich sofort wieder bei seinem Regiment in Berlin. Jetzt konnte das, was ihn drängte, seinen Abschied zu nehmen, nicht zwischen ihm und seiner Pflicht stehen. Aber ehe er nach Berlin abreiste, kabelte er nach Montreal:

»Deutschland Kriegszustand. Tue meine Pflicht. Brief folgt. Salten.«

Dem Telegramm ließ er sogleich ein Schreiben folgen an Peter Hartau, und diesem Schreiben legte er ein Briefchen an Winnifred bei.

Der Brief an Peter Hartau lautete:

»Mein verehrter väterlicher Freund und Gönner! Deutschland ist im Kriegszustand. Es bleibt mir keine Wahl, ich stelle mich noch heute bei meinem alten Regiment. Mit welchen Gefühlen ich in diesen Krieg ziehe, kommt nicht in Betracht. Aber all meine Sorgen gelten Ihrer Tochter Winnifred. Bitte, bereiten Sie sie so schonend wie möglich vor. Ich weiß, daß ihr diese Nachricht Schmerzen bringen wird. Wenn ich noch nicht gewußt hätte, wie sehr ich sie liebe, jetzt wäre es mir klar geworden.

Gott mag helfen, daß ich diesen Krieg gesund überstehe. Ein Glück, daß Sie nicht schon die Reise hierher angetreten hatten. Sollte mir das Schicksal grollen und mich den Krieg nicht überleben lassen, dann bitte ich Sie herzlich, geben Sie Winnifred den einliegenden Brief. Sie dürfen ihn vorher durchlesen, damit Sie wissen, ob es gut für sie ist, wenn sie ihn liest. Nur ihr Glück und Wohl habe ich dabei im Auge.

Ist mir aber Schlimmeres beschieden als der Tod, ich meine, wenn der Krieg mich zum Krüppel macht, dann werde ich nichts mehr von mir hören lassen, dann will ich für Winnifred gestorben sein. Es war wohl zu viel des Glücks über mich gekommen, nun soll es mir erschwert oder genommen werden. So muß ich es ansehen.

Wie es auch sei, ich trage, was mir beschieden ist, denn ich will der Liebe Winnifreds wert bleiben. Sie haben mir so oft gesagt, mein väterlicher Freund, ohne Gottes Willen geschieht nichts, und was uns bestimmt ist, können wir nicht abwenden. Ich würde mich innig freuen, wenn Sie mich für wert halten, mir zuweilen Nachricht zu geben. Dann adressieren Sie an meine Mutter. Sie wird, so gut es geht, auf dem laufenden bleiben, wo ich bin, und mir Ihre Post nachsenden. Die geschäftlichen Berichte von Schweden werden in Ihren Händen sein, und ich hoffe, mir Ihre Zufriedenheit erworben zu haben. Hier in Deutschland habe ich noch keine Beziehungen geschäftlicher Art anknüpfen können. Hoffentlich kann ich es bald nachholen. Ich war mit so großer Freude bei meinem neuen Beruf.

Meines Herzens innigste Wünsche und meine schmerzlichen Gedanken sind bei Ihnen und Winnifred. Gott erhalte ihr den Frieden ihres Herzens, dann soll alles gut und recht sein.

In dankbarer Ergebenheit

Ihr Rudolf Salten.«

An Winnifred schrieb er:

»Meine Winni! Einmal laß Dich so von mir nennen. Mein Mund ist ja stumm geworden, wenn Du diese Zeilen erhältst. So laß Dir einmal sagen, wie lieb ich Dich habe, wie stolz und glücklich Du mich durch Deine Liebe gemacht hast. Denn wenn wir es auch nie ausgesprochen haben, so haben wir es doch gewußt, wie sehr wir uns liebten. Und wenn uns jetzt ein neidisches Schicksal auseinanderreißt, so werden meine letzten Gedanken zu Dir fliegen und Dir sagen: Wir werden einander nie vergessen. Vielleicht wäre unser Glück zu groß geworden für eine Menschenbrust.

Laß Dich nicht niederwerfen, wenn ich falle, sei tapfer und trage, was das Schicksal über Dich verhängt. Du hast eine starke Stütze an Deinem Vater, dem meine ganze Verehrung gilt. Ein kleines Bildchen von Dir, das ich Dir eines Tages geraubt habe, trage ich auf meinem Herzen, in einem Medaillon, das mir meine Mutter gab mit ihrem Bild. Dazu habe ich das Deine getan.

Und zwischen den beiden lieben Bildern liegt das versiegelte Blättchen von Nelli Bridge. Du weißt, ich erzählte Dir von ihrer Weissagung. Es sollte mich wie ein Talisman schützen. Sie sagte mir, zwischen meinem Glück und mir sei noch ein weiter Weg, und ich müsse erst noch etwas Großes und Schweres erleben, ehe ich ein volles Glück finden würde. Das Große und Schwere ist da, der Krieg. Aber ob ich darüber zu meinem Glück gelange? Jedenfalls grüße die gute Nelli Bridge und tröste sie, wenn ihre Karten doch gelogen haben. Sie hat es gut gemeint.

Und nun leb wohl, meine süße, kleine Königin, mein lichter Traum vom Glück. Wir werden einander nie vergessen! Weißt du noch? Gedenkst Du der Stunde, da Du mir dies sagtest? Wie schwer war es da, Dich nicht zu küssen, so schwer wie damals, als ich Dich auf meinen Armen trug. Nun tue ich es doch – im Geist. Und muß ich sterben, wird mich Dein Bild umschweben. Leb wohl, Winni, meine Winni – alles Glück der Welt für Dich.

Bis in den Tod

Dein getreuer Rudolf.«

Ein zitternder Atemzug entfloh Saltens Brust, als er diesen Brief beendet hatte. Er starrte mit heißen Augen vor sich hin. Jetzt sterben müssen war bitter. Aber es erschien ihm fast gewiß. So ein großes Glück wie der Besitz Winnis konnte nicht für ihn geschaffen sein.

Nun galt es, noch Abschied von der Mutter nehmen. Er

war schwer. Diesmal half der sonst so tapfern Frau kein sonniger Gedanke über das große Leid weg, das Millionen Mütter mit ihr trugen. Es war so hart für sie, den Sohn, den sie kaum mit ihres Herzens Kraft dem Tod abgerungen hatte, wieder dem Tod entgegengehen zu sehen.

Salten mußte sich schließlich losreißen aus ihren Armen.

Er reiste nach Berlin und stellte sich seinem Regiment. Zwei Tage später trat er mit seinen Kameraden die Fahrt nach der Westfront an.

Und als er auf dem Bahnhof stand und seine Leute an sich vorüberziehen ließ, stockte plötzlich sein Herzschlag. Mitten unter seinen Leuten sah er ein Gesicht, das ihn an die dunkelste Stunde seines Lebens erinnerte. Seinem Regiment war der Vizefeldwebel Georg Fein zugeteilt worden, jener Mann, dem er sein falsches Ehrenwort gegeben hatte.

Die Augen Georg Feins trafen mit einem seltsamen Ausdruck in die seinen. Ihm war, als habe er einen Faustschlag ins Gesicht erhalten.

Und während der ganzen Fahrt sah er immer wieder dies Gesicht und weiter, während des ganzen Krieges, monatelang, jahrelang. Immer blieb Georg Fein in seiner Nähe.

Sie sprachen kein Wort zusammen, wenn es nicht dienstlich geschehen mußte. Aber in Georg Feins Augen schien immer dieselbe Frage zu liegen: Warum lebst du noch?

Salten litt namenlos unter dem Bewußtsein, daß dieser Mann seine Ehre in der Hand hielt.

Das dauerte reichlich zwei Jahre.

Aber eines Tages wurde das alles anders.

Das Regiment hatte einen heißen Gefechtstag hinter sich. Die Abteilung, zu der Salten und Georg Fein gehörte, wurde gegen Abend in Ruhestellung zurückgenommen. Aber draußen knatterte unausgesetzt das Maschinengewehrfeuer des Gegners und bestrich das Gelände.

Da hörte Salten einen Soldaten zum andern sagen:

»Der Vizefeldwebel Fein hat einen Schuß abgekriegt, ich sah ihn fallen, konnte ihm aber nicht helfen, obwohl er mich bat, ihn mitzunehmen. Er ist ja so schwer. Mit so einer Last kommt man nicht voran, und die Geschosse flogen um uns her.«

Salten wandte sich an den Soldaten. Er ließ sich genau die Stelle beschreiben, wo Fein gefallen war. Und dann ging er noch einmal hinaus in den Kugelregen, ganz allein und suchte nach Georg Fein, unbekümmert um das mörderische Treiben. Er fand ihn an der bezeichneten Stelle und hörte ihn stöhnen. Da beugte er sich nieder und hob ihn empor. Und ihn mit seinem Leibe decken, schleppte er ihn nach rückwärts in den Unterstand. Von hier trug er ihn mit einem Soldaten nach der Ambulanz.

Georg Fein hatte einmal aufgesehen in das seltsam versteinerte Gesicht Saltens. Dann war er bewußtlos geworden.

Als er aber dann in der Ambulanz verbunden worden war und wieder zu sich kam, sagte der Arzt: »Sie wären verloren gewesen, wenn Oberleutnant Salten Sie nicht mit Gefahr seines eigenen Lebens aus dem dichtesten Kugelregen hereingeholt hätte. Eine halbe Stunde später wären Sie verblutet.«

Darüber hatte Fein nachgedacht.

Und er hörte noch mancherlei über Saltens Heldentat. Seine Leute hatten ihn mit einem Hurra empfangen, als er wieder zu ihnen trat. Sie waren alle Zeuge gewesen, daß Salten den Vizefeldwebel Fein hereingeholt hatte.

Da ließ Georg Fein den Oberleutnant Salten an sein Lager bitten.

Nun erwartete er den Mann, den er so lange gehaßt hatte. Während des ganzen Krieges hatte er auf eine günstige Gelegenheit gewartet, ihn zu blamieren. Nur seine Feigheit hatte ihn daran gehindert. Fein war einer von den Männern, die vor jedem neuen Gefecht ihre Feigheit neu besiegen müssen. Es ging über sein Verständnis, daß Salten nochmals, ohne es zu müssen, in den Kugelregen hinausgegangen war, um ihn, gerade ihn, zu retten. Salten mußte doch wissen, daß er sein Feind war. Und trotzdem hatte er ihn gerettet, mit höchster Lebensgefahr gerettet?

Das hatte einen starken Eindruck auf Georg Fein gemacht.

Und als Salten nun an seinem Lager stand, sah er ihn mit verändertem Ausdruck an. Sie waren allein, niemand konnte sie hören.

»Warum haben Sie mich vom Tod errettet, Herr Oberleutnant?« fragte er.

Salten sah ihn fest an. »Weil ich eine alte Schuld an Ihnen gutzumachen habe, Sie wissen es.«

Eine ganze Weile sah Fein schweigend zu ihm hoch. Dann sagte er rauh: »Ein andrer an Ihrer Stelle wäre froh gewesen, wenn ich draußen verreckt wäre. Und Sie holen mich herein, aus dem dicksten Kugelregen. Das macht Ihnen so leicht keiner nach. Und – von mir brauchen Sie nun nichts mehr zu fürchten, wenn Sie auch nach dem Krieg wieder Offizier bleiben wollen. Ich würde mir lieber die Zunge abbeißen, als etwas über jene Affäre zu sagen. Und ich meine, meine Frau, die wird auch nichts verraten. Sie starb an einer Blutvergiftung, noch ehe ich von ihr geschieden war. Und ich weiß, sie hat Ihnen keine Ruhe gelassen. Sie waren ja nicht der einzige. Na also, Sie können ruhig Offizier bleiben. Ich gebe Ihnen Ihr Ehrenwort wieder zurück. Ich habe es niemals von Ihnen empfangen. Es war ja nur eine Erpressung.«

Salten atmete tief auf. Georg Feins Worte lösten eine Last von seiner Seele. Schon als er Fein aus dem Kugelregen heraustrug, sagte er sich selbst: »Jetzt wirst du entsühnt. Wenn du deinem Feind das Leben rettest unter Gefahr deines eigenen, dann hast du gutgemacht, was du getan hast.« Und nun sagte ihm Fein dasselbe.

Seine Augen leuchteten auf. »Offizier bleibe ich nicht. Ich wollte mich nur meiner Pflicht nicht entziehen. Aber ich danke Ihnen für Ihre Worte. Um meiner Mutter willen konnte ich mich damals nicht selbst richten.«

»Gott sei Dank, daß Sie es nicht getan haben, sonst wäre ich jetzt elend draußen umgekommen.«

»Ich bitte Sie, verzeihen Sie mir, was ich im jugendlichen Leichtsinn an Ihnen gesündigt habe.«

Da reichte ihm Fein die Hand. »Ich habe verziehen, in dem Moment, als ich erkannte, wer mich da draußen aufhob und wegtrug. Früher habe ich Ihnen gegrollt, aber das ist nun vorbei. Wer das fertigbringt, was sie heute an mir getan haben, der ist ein wirklicher Ehrenmann.«

Salten faßte seine Hand. »Ich danke Ihnen. Und ich wünsche Ihnen gute Besserung. Hoffentlich werden Sie bald gesund.«

Georg Fein machte ein seltsames Gesicht. »Wenn ich nicht wieder hinaus müßte! Mir graut vor da draußen. Ich bin kein Held, bin es nie gewesen. Deshalb muß ich Sie so bewundern, daß Sie freiwillig hinausgingen, noch dazu, um einen Feind zu retten.«

»Ich rettete ja keinen Feind, sondern einen Menschen, dem ich ein Unrecht zugefügt hatte und an dem ich etwas gutzumachen hatte.«

»Nun, mag es sein, wie es will, jetzt bin ich jedenfalls Ihr Schuldner.«

Da kam die Krankenschwester wieder in das Zelt und machte der Unterredung ein Ende.

Salten verabschiedete sich schnell und ging hinaus. Draußen unter dem Sternenhimmel weitete sich seine Brust. Saltens Gedanken flogen zu der fernen Geliebten.

Seit diesem Abend hat Salten Georg Fein nicht wiedergesehen.

Und während des ganzen Krieges blieb Salten wie durch ein Wunder verschont. Es war, als schreite ihm ein Schutzengel zur Seite. Ein einziges Mal hatte ihn eine Kugel getroffen. Sie hatte das Medaillon mit dem Bild seiner Mutter und Winnis ganz plattgedrückt und war darauf sitzengeblieben.

Er hatte nur einen dumpfen Schlag gegen seine Brust gespürt. Erst, als er nach diesem Gefecht zur Ruhe kam, zog er das Medaillon hervor und sah, daß sein Rock durchlöchert war und daß die Kugel platt in der Vertiefung des ganz verbeulten Medaillons saß. Er löste das Geschoß und versuchte das Medaillon zu öffnen. Zu seiner Freude waren die beiden Bildchen unversehrt geblieben, ebenso der versiegelte Zettel von Mrs. Bridge. Nur das Siegel war zersprungen und teilweise abgebröckelt.

Sorgsam barg er das Medaillon mit seinem Inhalt wieder auf seinem Herzen. Sonst überstand er den Krieg ohne Schaden. Seine Kräfte wurden im Gegenteil durch die Strapazen gestärkt.

Aber als Jahr um Jahr verging, ohne daß dieser furchtbare Krieg ein Ende nahm, schnürte ihm oft die Sehnsucht nach Winnifred das Herz zusammen. Es war ihm zwar gelungen, ab und zu über Schweden und seine Mutter ein Lebenszeichen von ihr zu erhalten, und auf demselben Wege konnte auch er kurze Berichte über sein Wohlbefinden geben, aber diese Briefe wurden sehr vorsichtig abgefaßt, da sie alle die Zensur passieren mußten. Alles, was er von den beiden geliebten Menschen drüben in Kanada wußte, war, daß sie lebten, gesund waren und seiner in Treue gedachten. Und mehr konnte er ihnen von sich selbst auch nicht berichten lassen. Aber das war doch immerhin etwas und ein leiser Trost für ihn in allen Nöten.

Jedenfalls sehnte auch er, wie alle Menschen, das Ende des Krieges herbei.

XVI

Winnifred Hartau war nicht mehr das übermütige frohe Geschöpf, als das Rudolf Salten sie kennengelernt hatte. Über vier Jahre waren vergangen, seit sie von ihm Abschied nahm. Und in diesen Jahren hatte sie tausend Schmerzen gelitten um den Mann ihrer Liebe. Das hatte sie sehr verändert.

Als ihr der Vater damals schonungsvoll mitteilte, daß Deutschland im Kriegszustand sei und Salten als ehemaliger Offizier sofort eingezogen wurde, da war Winnifred zum erstenmal in ihrem Leben ohnmächtig zusammengesunken. Und als sie aus dieser Ohnmacht erwachte, hatte sie wochenlang still und bedrückt dahingelebt und nur Interesse gehabt für die Ereignisse am Kriegsschauplatz. Ihr Vater gab ihr erst an ihrem zwanzigsten Geburtstag, dem Tag, an dem sich ihr Glück hätte erfüllen sollen, den Brief, den Salten am Tag des Kriegsausbruches an ihn geschrieben hatte. Das an Winnifred gerichtete Schreiben, das diese erst nach seinem Tode erhalten sollte, barg er in seinem Schreibtisch, und er hoffte und wünschte, daß er es seiner Tochter nie würde ausliefern müssen.

Anfänglich hatte er, wie alle Menschen, gehofft, daß dieser furchtbare Krieg bald ein Ende nehmen müsse. Als aber Jahr um Jahr verging, da bedrückten schwere Sorgen sein väterliches Herz. Er sah und fühlte, wie Winnifred unter der langen Trennung von dem Geliebten litt und wie ihre Liebe immer tiefer und schmerzlicher wurde. Sie würde nie einen anderen Mann lieben als Salten, das wußte er gewiß.

Sie war zwar äußerlich wieder ruhiger geworden und beherrschte sich tapfer, ihrem Vater zuliebe, aber er wußte doch, wie es in ihr aussah.

Peter Hartau hatte dann wenigstens einen Weg gefunden, der es ermöglichte, mit Salten in einer gewissen Verbindung zu bleiben. Er schrieb an den schwedischen Geschäftsfreund, Aage Holström, und bat ihn, an Saltens Mutter Nachricht gelangen zu lassen. Er möge ihr melden: Peter Hartau und seine Tochter sorgen sich innig um Rudolf Salten und bitten herzlich, ihm Grüße zu bestellen und ihn zu veranlassen, an Aage Holström in Stockholm Nachricht zu geben über sein Befinden.

Als Saltens Mutter von Holström wirklich diese Nachricht erhielt, schrieb sie sofort einen Feldpostbrief an ihren Sohn und legte diese Mitteilung bei.

Salten freute sich unsagbar über diese indirekte Nachricht und schrieb sogleich an Aage Holström. Er bat ihn, Peter Hartau zu melden: Rudolf Salten ist gesund, dankt innigst für liebe Grüße und denkt sehnsüchtig an Peter Hartau und seine Tochter. Wir werden einander nie vergessen.

Als Peter Hartau durch Holström diese Nachricht bekam und Winnifred das Schreiben reichte, stürzten ihr die Tränen aus den Augen. In tiefster Erregung las sie die Worte: Wir werden einander nie vergessen.

Ach, sie wußte sich so gut der Stunde zu erinnern, da sie diese Worte zu Salten gesprochen hatte.

Und nun war nach vier Kriegsjahren der Winter wieder eingezogen. In Montreal rüstete die Gesellschaft zum Eissport. Der Lorenzostrom hatte wieder eine Eiskruste und der Mont Royal trug eine Schneekuppe.

Da trat eines Tages Peter Hartau erregt in das Speisezimmer, in dem ihn Winnifred und Tante Kora erwarteten.

»Winni, ich bringe Kunde aus Deutschland!«

Sie flog auf ihn zu und sah ihn mit großen Augen unruhig an. »Eine gute, Vater?«

»Für dich gewiß! Deutschland hat sich zur Republik erklärt. Der Kaiser ist abgesetzt worden und nach Holland geflohen. Also jedenfalls wird der Krieg nun zu Ende sein.

Und da wir wissen, daß Salten endlich im September einen längeren Erholungsurlaub hatte, den er in Hannover bei seiner Mutter verlebte, ist anzunehmen, daß er lebt und gesund ist.«

Fast wäre Winnifred ein zweites Mal in Ohnmacht gefallen – vor Freude. Aber sie klammerte sich an den Vater und sah ihm mit den großen, leidvollen Augen ins Gesicht.

»Vater, lieber Vater, soll endlich wieder Ruhe in mein Herz ziehen? O wie grausam war diese Zeit!«

Er streichelte ihr Haar. »Sei getrost, mein Kind, auf Regen folgt Sonnenschein. Wir dürfen jetzt wenigstens hoffen. Ich schreibe sofort an Holström und bitte ihn, uns möglichst auf dem laufenden zu halten.«

Schon einige Wochen später erhielten sie Nachricht, daß Salten gesund sei und den Soldatenrock ausgezogen habe. Er warte nur auf völligen Friedensschluß.

Hartau gab ihm über Aage Holström Antwort, und als Vater und Tochter in diesem Winter von der Hudsonbai zurückkamen, erhielten sie die ersten direkten Nachrichten von Salten, allerdings auch über Schweden. Salten schrieb:

»Mein verehrter väterlicher Freund! Endlich hoffe ich, Ihnen ein Schreiben übermitteln lassen zu können. Die Briefzensur nach neutralen Ländern ist vorläufig aufgehoben worden, und Aage Holström wird Ihnen diesen Brief zukommen lassen können. Mit inniger Dankbarkeit gegen das Schicksal habe ich gehört, daß Sie und Winnifred gesund sind und meiner noch in Treue gedenken. So will ich gern alles gelitten haben, was das Schicksal mir auferlegte. Hier geht leider noch alles drunter und drüber. Unsere junge Republik weiß nicht, wohin sie treiben will – oder soll. Es droht uns vielleicht noch der ärgste aller Kriege, der Bruderkrieg. Aber daran würde ich nie teilnehmen und brauche es auch gottlob nicht zu tun. Ich bin nicht mehr

Offizier und halte mich jetzt in Ruhe und Stille bei meiner Mutter auf, die glücklich ist, daß ich diesen Krieg gesund überstanden habe. Ich möchte lieber heute als morgen mein Bündel schnüren und nach Kanada aufbrechen. Aber ich muß erst wissen, ob ich dort Aufnahme finde. Jedenfalls muß ich den völligen Friedensschluß abwarten, der hoffentlich bald erfolgen wird.

Ist es Ihnen recht, wenn ich jetzt hier die Beziehungen anzubahnen versuche, die ich vor dem Krieg nicht anknüpfen konnte? Ich könnte damit die Wartezeit überbrücken, um für Ihre Firma tätig zu sein. Für ein untätiges Leben bin ich nicht geschaffen. Und nun zu dem, was mir am meisten am Herzen liegt: Wie geht es Winnifred? Denkt sie noch an mich, wie vor Jahren, als ich Abschied nahm? Ich wage es kaum zu hoffen, und doch – wenn ich an Winnifred Hartau denke, meine ich, sie müßte eine von den Frauen sein, die unbedingte Treue halten können im Herzen.

Hoffentlich erhalte ich bald einige Zeilen von Ihnen über Schweden. Gott segne Aage Holström dafür, daß er eine Verbindung zwischen uns aufrechterhielt, sonst wäre ich verzweifelt.

Für heute will ich schließen, mein verehrter väterlicher Freund. Mit Sehnsucht erwarte ich Nachricht von Ihnen. Ich begrüße Sie herzlich und verehrungsvoll, küsse Ihrer Frau Schwester die Hand und bitte Sie innig, Winnifred zu sagen, daß ich nur eine Sehnsucht kenne – sie wiederzusehen.

Ihr ergebener Rudolf Salten.«

Winnifred war glückselig über diesen Brief. Ihr Vater antwortete sofort. Und sie brachte ihm ein Kärtchen und bat, es seinem Briefe beizulegen. Auf diesem Kärtchen stand:

»Winnifred Hartau kann Treue halten. Wir werden einander nie vergessen.«

Hartau hatte an Salten geschrieben, er möge immerhin

versuchen, mit großen deutschen Pelzfirmen Verbindung aufzunehmen. Wenn Deutschland auch vielleicht noch sehr lange darauf warten müsse, etwas anderes als Notwendiges einzuführen, so könne man doch für später vorarbeiten.

»Ich hoffe, mein lieber junger Freund, daß Sie nun bald zu uns zurückkehren können, denn mich verlangt doch sehr nach einiger Ruhe und Entlastung. Bleiben Sie aber in Deutschland, bis ich Sie auffordere, herüberzukommen, oder bis ich selbst mit Winni hinüberkomme. Vielleicht läßt sich auf letztere Art schneller ein Wiedersehen zwischen uns herbeiführen, und dann will ich Winni und Sie nicht unnötig länger quälen. Die Probezeit habt ihr ja beide überstanden, und Gott gebe, daß euch beiden nun endlich die Sonne wieder scheint. Ich werde inzwischen hier meinen ganzen Einfluß aufwenden, um Ihnen die Einreise nach Kanada zu ermöglichen und Ihnen im öffentlichen Leben die Stellung zu sichern, die meinem Schwiegersohn zukommt. Auf hoffentlich baldiges Wiedersehen.

Ihr Peter Hartau.«

Salten erhielt dieses Schreiben, als er von einem Besuch der Leipziger Messe zurückkehrte. Dort hatte er eifrig und erfolgreich für die Firma Hartau vorgearbeitet. Es war die Herbstmesse 1919 gewesen.

Als er nun Hartaus Brief erhielt, erfaßte ihn eine große Erregung. Es erschien auch ihm einleuchtend, daß ein Wiedersehen zwischen ihm und Hartau und seiner Tochter eher in Deutschland stattfinden könne. Trotz des Friedensschlusses gab es doch noch eine Menge Formalitäten zu erledigen. Salten hatte bei seiner Mutter Wohnung genommen.

Und wieder vergingen, unter fleißigem Briefwechsel freilich, einige Monate. Der Winter ging zu Ende, und der Frühling zog ins Land.

Und an einem hellen, lachenden Frühlingstag erhielt Salten endlich beglückende telegraphische Nachricht:

»Soeben Hamburg eingetroffen. Erwarten Sie morgen nachmittag vier Uhr, Hotel Adlon, Berlin.

Hartau.«

Salten schlug das Herz wie ein Hammer in der Brust. Er umarmte seine Mutter. »Mutter! Sie kommen! Mr. Hartau und Winnifred! Morgen früh fahre ich nach Berlin.«

Die Mutter streichelte seine Hand.

»Mein lieber, lieber Junge, hoffentlich hat nun alle Not ein Ende.«

»Auch für dich wird sie ein Ende haben, Mutter, du folgst mir nach Kanada. In Deutschland lasse ich dich jetzt nicht zurück.« Die alte Dame schüttelte den Kopf.

»So alte Bäume, wie ich einer bin, soll man nicht mehr entwurzeln, mein Sohn.«

Er zog die schlanke, schmal gewordene Frau in seine Arme.

»Wenn ich drüben erst festen Fuß gefaßt habe, hole ich dich. In unserer Liebe sollst du neue Wurzeln schlagen.«

Sie lehnte ihr Gesicht an seine Schulter. »Mein Rudolf, wenn ich dein Glück noch mit eigenen Augen sehen könnte – es wäre schön.«

Er küßte sie herzlich. »Sieh nur erst meine Winni, Mutter, dann wollen wir weiter über alles reden. Ach, Mutter, Winni kommt! Sie ist schon in Deutschland! Kannst du mir nachfühlen, was ich bei diesen Gedanken empfinde?«

Aufgeregt packte Salten seine Sachen. Die Mutter redete ihm selbst zu, er möge schon diesen Abend nach Berlin fahren, damit er auch pünktlich an Ort und Stelle sei.

Er ließ sich nur zu gern dazu bereden, denn er fand keine Ruhe mehr.

XVII

Peter Hartau war mit seiner Tochter im Hotel Adlon abgestiegen. Er hatte, im Verein mit mehreren Deutschamerikanern, eine Hilfsaktion für Deutschland ins Leben gerufen und kam nun, um dieselbe in die Wege zu leiten. Winnifred war als Vertreterin der deutschamerikanischen Frauenhilfe abgesandt worden.

Peter Hartau hatte selbst eine große Summe gezeichnet, um die Not der hungernden Kinder zu stillen. Vater und Tochter waren von mehreren anderen männlichen und weiblichen Abgesandten der Deutschamerikaner begleitet.

Sie wurden im Hotel Adlon von einer Vertretung der deutschen Regierung begrüßt. Es gab einen feierlichen Akt, wobei Mr. Hartau in kurzen kernigen Worten erklärte, was die Hilfsaktion bezwecke. Er bat, im Sinne seiner Begleiter von allen weiteren festlichen Veranstaltungen abzusehen. Sie seien einzig dazu gekommen, zu helfen. Zeit, Geld und Liebesgaben sollten nur der notleidenden Bevölkerung zugute kommen. Es sei nicht die Zeit, Feste zu feiern und lange Reden zu halten. Er bringe die Tat und den Hilfswillen der Deutschamerikaner.

Es wurde nun bloß noch Sachliches besprochen, und dann entfernten sich die Vertreter der Regierung, und die Deutschamerikaner konnten sich in ihr Zimmer zurückziehen. Als Winni mit ihrem Vater allein war, fiel sie ihm um den Hals.

»Du hast herrlich gesprochen, Vater. Hoffentlich können wir wirklich ein wenig die Leiden der Armen lindern. Man hat freilich als Fremder hier in diesem großartigen Hotel nicht den Eindruck, in ein darbendes, vernichtetes Land zu kommen.«

»Ja, mein Kind, ich glaube nur, das sind hier sozusagen Potemkinsche Dörfer. Um das Elend zu finden, muß man hinter die Kulissen sehen und die Stätten aufsuchen, wo das Volk haust, nicht die Gegenden, wo noch begüterte Menschen und zahlungsfähige Ausländer verkehren, wie in diesem Hotel.«

Sie besprachen noch einiges wegen der Hilfsaktion. Dabei sah Winnifred immer wieder nach der Armbanduhr. Der Vater zog ihr lächelnd den Arm herab.

»Es ist erst zwei Uhr, Winni – wir wollen uns umkleiden und speisen. Dann wird es vielleicht langsam Zeit, nach der Uhr zu sehen.«

Sie umfaßte seinen Hals. »Ach, wenn du mir ins Herz sehen könntest. Fünf Jahre habe ich auf das Wiedersehen warten müssen. Die zwei Probejahre, die du mir bestimmtest, sind fünf Probejahre geworden. Habe ich mir mein Glück nicht durch große Geduld verdient?«

Er küßte ihre Stirn. »Ja, mein Kind, das hast du getan. Und damit dir die letzte Wartezeit ein wenig abgekürzt wird, will ich dir einen Brief geben, den Salten mir bei Kriegsausbruch für dich sandte. Ich sollte ihn dir nur geben, wenn er fallen würde. Nach seinem Tod solltest du ihn erhalten. Jetzt, so kurze Zeit vor eurem Wiedersehen, sollst du diesen Brief lesen, ich denke, ich verstoße dadurch nicht gegen seine Wünsche. Weil er es wünschte, habe ich den Brief gelesen, und ich weiß, daß es dich beglücken wird, wie er dir sein Herz darin offen darlegt.«

Sie faßte danach. Er nickte ihr zu. »Eine Stunde lasse ich dir Zeit – dann hole ich dich ab.«

Als Winnifred allein war, las sie Rudolf Saltens Abschiedsbrief. Ach, wie wirkten diese Zeilen auf sie ein, in denen seine ganze Seele lag. Seine ganze große Liebe sprach daraus zu ihr. Sie preßte den Brief, als sie ihn gelesen hatte, zwischen ihre gefalteten Hände und streckte sie wie im Gebet zum Himmel empor.

»Ich danke dir, Vater im Himmel, daß er lebt und gesund ist und daß du dieses Opfer nicht gewollt hast. Hilf mir, mein Glück in Demut zu tragen, denn ich weiß, daß ich es durch nichts verdient habe.«

Und sie barg den Brief auf ihrem Herzen. Eine Stunde später saß sie mit ihrem Vater bei Tisch. Sie speisten nicht in Gemeinschaft mit den anderen Abgesandten, die ebenfalls ihren privaten Angelegenheiten nachgegangen waren. Erst am anderen Morgen sollte die Hilfsaktion ihr Werk beginnen.

Winnifred wurde nun von Minute zu Minute unruhiger. Der Bissen quoll ihr im Mund. Es war ihr eine Qual, still bei Tisch sitzen zu müssen. Und sobald die Mahlzeit beendet war, erhob sie sich.

»Laß uns auf unsere Zimmer gehen, Vater, ich ertrage es nicht, hier so stillzusitzen. Die Unrast treibt mich hinauf. Und ich möchte auch um keinen Preis vor fremden Menschen mit Salten zusammentreffen.«

Ihr Vater nickte lächelnd und sah in ihr blasses, erregtes Gesicht. Sie war nicht mehr das rosig blühende Kind von einst. Alles Unfertige war von ihr abgestreift. Sie war gewachsen, und ihre Bewegungen waren ruhiger geworden, hatten aber die Elastizität und Grazie behalten.

Unruhig ging sie nun durch die Zimmer, die sie mit ihrem Vater bewohnte. Und immer wieder sah sie nach der Armbanduhr.

Aber endlich wurde Salten gemeldet. Hartau gab das Zeichen, ihn eintreten zu lassen in den Salon, der zwischen seinen und Winnifreds Zimmern lag.

Dorthin begab er sich mit seiner Tochter. Diese stand mitten im Zimmer; leise erbebend und mit großen, sehnsüchtigen Augen nach der Tür sehend, durch die Salten eintreten mußte.

Endlich wurde sie geöffnet. Rudolf Salten stand auf der Schwelle. Auch er schien gewachsen, auch sein Gesicht war schmaler geworden. Die schweren Jahre an der Front hatten ihre Zeichen darin zurückgelassen und seine Augen hatten den Blick derer, die draußen gewesen sind und das Grauen kennengelernt haben. Aber es waren doch die alten lieben Augen, die so zärtlich aufleuchten konnten.

Er stand wie gebannt und sah auf die schlanke Mädchengestalt mit den feinen, beseelten Zügen. War das Winni – seine Winni, dies ernstblickende junge Weib mit den großen, bangen Augen?

An ihrem veränderten Erscheinen sah er erst, was zwischen heute und dem Tage lag, da er Abschied von ihr genommen hatte. So verändert war sie, aber noch schöner und liebenswerter als zuvor.

Die Erregung ging mit ihm durch. Sein Herz jauchzte auf; er las in ihren Augen, daß sie sein eigen war mit all ihrem Sein und Wesen. Er breitete die Arme aus und kam auf sie zu. »Winni!«

Sie flog an seine Brust. Und sie umfaßten sich mit einem zitternden Atemzug und preßten die Lippen aufeinander, als könnte es nicht anders sein.

Ihre Herzen schlugen gegeneinander, als müßten sie sich sagen, wie sehr sie sich liebten.

Peter Hartau stand stumm dabei. Seine Augen hatten einen feuchten Schein. Der Anblick dieser beiden jungen Menschen, die das Schicksal so lange grausam getrennt hatte, griff ihm ans Herz.

Endlich lösten sich die beiden Glücklichen aus ihrer Umarmung und sahen sich lange in die Augen.

»Winni, meine Winni! Meine kleine Königin«, flüsterte Salten mit bewegter Stimme.

Sie atmete tief auf, faßte seine Hand und führte ihn zu ihrem Vater. »Lieber Vater, hier ist dein Sohn; nimm auch du ihn an dein Herz«, sagte sie mit tränenerstickter Stimme.

Die beiden Männer umarmten sich und reichten sich dann mit festem Druck die Hand. »Darf ich Ihr Sohn sein?« fragte Salten bewegt.

»Du bist es, mein lieber Rudolf. Gottlob, daß du uns gesund zurückgegeben bist. Und jetzt lasse ich euch ein Weilchen allein, ihr werdet euch mancherlei zu sagen haben.« Damit küßte er Winni auf die Stirn und legte sie in Saltens Arme. Dann ging er ins Nebenzimmer.

Rudolf und Winni waren allein. Er zog sie fest an sein Herz und sah ihr mit heißer Zärtlichkeit in die Augen.

»Meine Winni – wie blaß und schmal ist dein liebes Gesicht geworden. Und deine Augen blicken so anders als früher.«

»Sie haben viel geweint um dich, mein Rudolf.«

Er küßte diese großen, zärtlichen Augen andachtsvoll. »Und ich hätte dich doch so gern vor allen Schmerzen behütet. Es hat mir so weh getan, daß ich es nicht konnte.«

»Ich habe diese Schmerzen liebgewonnen, weil ich sie deinetwegen erlitt. Vater hat mir heute deinen Brief gegeben, den ich nur bekommen sollte, wenn – nein, ich kann es nicht aussprechen. Er hat mich trotzdem sehr glücklich gemacht, dieser Brief. Trägst du mein Bild noch immer auf deinem Herzen?«

Er zog das Medaillon hervor und öffnete es. Da fiel das Zettelchen von Nelli Bridge heraus. Salten hob es lächelnd auf.

»Da ist ja Nelli Bridges Weissagung.« Winnifred lächelte. »Da du nun verlobt bist, mußt du sie öffnen, Rudolf.«

»Nachher soll es geschehen. Ehe ich dich als meine Braut betrachten darf, muß ich dir etwas beichten aus meiner Vergangenheit.«

Sie sah ihn fragend an. »Ist es etwas Schlimmes, Rudolf? Wenn es einen Schatten auf unser Glück werfen kann, sollst du es nicht sagen.«

Er sah ihr mit einem ernsten Blick in die Augen. »Meine Winni wird mir verzeihen können, und ich darf kein Geheimnis vor ihr haben. Aber sieh dir erst dein Bildchen an. Ich habe es immer bei mir getragen.«

Sie betrachtete lächelnd das Medaillon. »Und dies ist das Bild deiner Mutter?«

»Ja.«

»Ein liebes, gütiges Gesicht. Ich werde sie liebhaben, deine Mutter.«

»Das hoffe ich, Winni. Sie liebt dich schon, ehe sie dich kennt.«

»Aber – warum ist dies Medaillon so sehr verbogen?«

Er zog aus seiner Tasche das zusammengedrückte Geschoß und legte es in die Beule des Medaillons.

»Das hätte mein Herz durchbohrt, Winni, wenn ich das Medaillon nicht bei mir getragen hätte.«

Sie erschauerte und umfaßte ihn erschrocken. »Rudolf!«

Innig küßte er sie. »Ich bin ja bei dir, meine Winni!«

Und dann zog er sie neben sich nieder auf einen Diwan und beichtete ihr, so schonend wie möglich, aber ehrlich und rücksichtslos, was geschah, ehe er nach Kanada gekommen war.

»Du bist kein Kind mehr, Winni, und ich muß das erst von der Seele haben«, leitete er seine Beichte ein.

Sie hörte mit atemlosem Interesse zu, und in ihrem Gesicht spiegelten sich die Empfindungen, die seine Beichte in ihr auslösten. Als er geendet hatte, sagte er leise:

»Nun weißt du, Winni, weshalb ich den bunten Rock auszog und in die Wildnis ging. Deinem Vater habe ich das alles gebeichtet an dem Tage, als ich dich im Wald bei der Bärin fand. Wir hatten beide erkannt, daß du mich liebst, wie ich dich liebe, und da war ich deinem Vater Offenheit schuldig. Er war so gut und großherzig zu mir – und hielt mich trotzdem deiner Liebe für wert. Wie ist es mit dir? Wirst du mich weniger lieben können nach dieser Beichte?«

Da warf sie sich an seine Brust. »Mein lieber Rolf, wenn du schon so viel getan hast für die Frau, der nur ein flüchtiger Rausch deiner Sinne gegolten hat, wie gut und sicher muß ich dann in deinem Schutz aufgehoben sein. Ob ich dich weniger liebe? Ach – ich weiß nicht, was du getan haben müßtest, daß dies geschehen könnte. Wenn du mich nur liebst – wenn diese Frau dir nur nichts mehr gilt, dann ist alles gut.«

»Sie galt mir längst nichts mehr, als ich aus der Heimat ging. Im übrigen ist sie tot.«

Sie schmiegte sich an ihn. »Dann wollen wir nie mehr davon sprechen, mein lieber Rolf. Das liegt nun alles hinter uns.«

Er küßte ihre Hände, ihre Augen und ihre Lippen und atmete auf wie erlöst.

Gleich darauf kam Hartau wieder herüber. Salten trat ihm entgegen.

»Vater, ich habe Winni soeben gebeichtet, was mich aus der Heimat trieb. Sie hat mir verziehen.«

»Nicht verziehen, Rolf – ich habe nichts zu verzeihen«, fiel ihm Winni ins Wort.

»Sie ist die Tochter ihres großherzigen Vaters«, sagte Salten.

Hartau lächelte. »Und dir sieht es ähnlich, daß du unbedingt beichten mußtest. War dir nicht genug, was ich dir über diese Angelegenheit sagte?«

Salten faßte Winnis Hand. »Zwischen Winni und mir soll es keine Geheimnisse geben.«

Hartau nickte. »So ist es recht.«

Winni lächelte schelmisch. »Nun wollen wir aber Nelli Bridges Weissagung lesen.«

Lächelnd zog Salten das Zettelchen hervor und entfernte sorgsam das zerbröckelte Siegel.

»Wir wollen es zusammen lesen, Winni«, sagte er.

Und als er den Zettel geöffnet hatte, lasen sie:

»Mr. Salten wird eine Königstochter heimführen, so sagen meine Karten. Ich sage, daß es die Tochter des Pelzkönigs sein wird – Miß Winnifred. Stimmt es? Nelli Bridge.«

Lachend sahen sich die beiden Liebenden an. Und Salten umschlang Winni mit beiden Armen.

»Meine Königstochter! Was sagst du zu der klugen Nelli Bridge?«

»O Rolf, sie hat mir so oft gesagt: Mr. Salten kommt wieder.«

Auch Hartau las lächelnd den Zettel.

»Nelli Bridge scheint doch ein guter Prophet zu sein. Es lohnt sich, ihre Karten zu fragen, wenn man etwas vorhat.«

Und dann saßen die drei Menschen zusammen und besprachen alles Wichtige. In dieser Stunde erzählte Peter Hartau auch seiner Tochter, was ihn einst aus der Heimat getrieben hatte. Als er geendet hatte, umarmte Winni ihren Vater.

»Mein lieber, lieber Vater, wenn ich dich noch mehr lieben könnte, würde es jetzt geschehen. Und der liebe Gott wird schon wissen, weshalb er über dich und Rudolf so Schweres verhängte. Wärst du nicht dadurch aus deiner Heimat vertrieben worden, dann wärst du jetzt nicht der Pelzkönig von Montreal. Und wäre Rudolf nicht nach Kanada gekommen, dann hätten wir uns nicht gefunden.«

Peter Hartau erwiderte ernst:

»Jedes Menschen Schicksal ist vorgezeichnet.«

Winni und Rudolf schrieben noch am selben Tag an Nelli Bridge.

Winni schrieb: »Liebe gute Mrs. Bridge! Heute habe ich mich mit Mr. Salten verlobt. Wir haben Ihre versiegelte Weissagung gelesen, und Sie wissen nun, daß Ihre Karten und Ihre klugen Augen recht hatten. Unsere Hochzeitsreise wollen wir nach der Hudsonbai machen und die ersten Wochen unsrer Ehe im Waldhaus verleben. Wann das geschehen wird, teilen wir Ihnen mit.

Ihre Winnifred Hartau.«

Darunter schrieb Salten:

»Liebe Mrs. Bridge! Ich bin der Ansicht, daß dies sehr bald geschehen muß. Also hoffentlich auf baldiges Wiedersehen! Mit herzlichem Gruß, auch an Mr. Bridge,

Ihr Rudolf Salten.«

Einige Tage später reiste das Brautpaar mit Peter Hartau nach Hannover zu Saltens Mutter. Die beiden Frauen gefielen einander sehr, und ihre Liebe zu Rudolf bildete ein festes Bindeglied zwischen ihnen.

Im Wohnzimmer der Frau Geheimrat wurde nun besprochen, daß diese ihren Hausstand auflösen und sich bereit halten sollte, mit ihrem Sohn und Hartaus nach Kanada zu gehen.

Wie die Verhältnisse jetzt in Deutschland lagen, wollte man die alte Dame nicht allein und schutzlos zurücklassen. Diese liebevolle und opferfreudige Mutter, die immer nur Liebe gesät hatte, sollte nun auch Liebe ernten.

Am nächsten Tag kehrte Peter Hartau mit dem Brautpaar nach Berlin zurück. Salten war für die Hilfsaktion eine tüchtige Stütze, da er die Verhältnisse genau kannte. Er stellte seine ganze Kraft in den Dienst der guten Sache.

Und bei einer Konferenz traf Salten in Gesellschaft Peter Hartaus auf Georg Fein, der einem Komitee angehörte, das mit der Hilfsaktion zu tun hatte.

Er begrüßte Salten sehr lebhaft, und dieser stellte Fein seinem Schwiegervater vor mit den Worten: »Lieber Vater, dies ist Herr Georg Fein, der Mann, dem ich mein Ehrenwort verpfändet habe.«

Fein wehrte hastig ab. »Wieso? Ich weiß von nichts. Ich weiß nur, Mr. Hartau, daß ich Ihnen zu so einem Schwiegersohn gratulieren kann.«

Hartau sah etwas erstaunt von einem zum andern. »Ich

weiß durch meinen Schwiegersohn von dieser Angelegenheit und bin daher einigermaßen erstaunt, die Herren in so gutem Einvernehmen zu sehen.«

Fein blickte Hartau kopfschüttelnd an. »Die dumme Ehrenwortgeschichte kennen Sie, und das andere – ich meine, unsre Aussöhnung und wodurch sie zustande kam, hat Ihnen Ihr Herr Schwiegersohn nicht erzählt?«

»Nein, ich höre jetzt das erste Wort davon.«

»Nun, dann muß ich es Ihnen wohl erzählen. Also ich war einmal sein erbitterter Feind und wartete nur auf den Moment, wo ich ihm schaden konnte. Das wußte er. Zwei Jahre waren wir draußen im Feld. Tag für Tag beieinander. Und als mich endlich eine feindliche Kugel erwischte, und jeder andre an seiner Stelle froh gewesen wäre, daß ich aus dem Wege geräumt war, hat er mich unter eigner Lebensgefahr aus dem dichtesten Kugelregen in Sicherheit gebracht und mir so das Leben gerettet. So hat er sich dafür gerächt, daß ich das Ehrenwort von ihm erpreßte. Seit jener Stunde kenne ich keinen Menschen, dem ich mehr Hochachtung entgegenbringe als ihm.«

Mit einem warmen Blick sah Hartau in Saltens verlegenes Gesicht. »Das hast du uns unterschlagen? Ich werde es Winni erzählen müssen, wie du mit deinen Feinden umgehst – du Prachtmensch. Was haben da erst deine Freunde von dir zu gewärtigen?«

Georg Fein nickte. »Jawohl, er ist ein Prachtmensch, und ich kann Ihnen, wie gesagt, nur zu so einem Schwiegersohn gratulieren.«

Als die Herren von dieser Sitzung zum Hotel zurückkehrten, sagte Hartau zu seiner Tochter: »Dein Verlobter hat doch Geheimnisse vor dir, Winni.«

Sie sah fragend von ihrem Vater auf ihren Verlobten, dessen Stirn sich gerötet hatte. »Was sind das für Geheimnisse, Vater?«

Hartau erzählte, was er von Georg Fein gehört hatte.

Als er geendet hatte, umfaßte Winni Saltens Hals und sah ihn mit feuchten Augen an. »Rolf, dachtest du nicht an mich, als du dich, eines Feindes wegen, in so große Gefahr begabst?«

Er preßte sie an sich. »Ja, Winni, gerade weil ich an dich dachte, tat ich das. Denn ich wußte, daß es mich vor mir selbst reinwaschen würde, wenn ich diesem Mann das Leben rettete. Ich holte mir meine verlorene Ehre mit Georg Fein aus dem Kugelregen.«

Sie küßte ihn und sah lange in sein schmales, edles Gesicht. »Mein Rolf, je mehr ich dich kennenlerne, desto mehr muß ich dich lieben.«

Ein halbes Jahr später hielt die Pelzkönigin von Montreal Hochzeit. Hartaus Einfluß war es gelungen, für seinen Schwiegersohn und Geschäftsnachfolger in Kanada eine gesicherte Position zu schaffen. Salten mußte sich natürlich naturalisieren lassen. Dank des Pelzkönigs Beziehungen zu den obersten Behörden ging das alles glatt vonstatten.

Saltens Mutter hatte sich inzwischen ganz gut in die neuen Verhältnisse eingelebt, und Tante Kora war sehr froh, in ihr eine Freundin und Gefährtin zu finden. Die beiden alten Damen standen sehr gut miteinander.

Die Hochzeit der Pelzkönigin wurde mit aller Pracht gefeiert, die den Verhältnissen ihres Vaters entsprach, und ein wunderbares Eisfest bildete den Abschluß der Hochzeitsfeier. Danach ging das junge Paar auf einige Wochen in das schlichte, stille Waldhaus. Sie lebten in aller Einfachheit. Winni spielte mit reizender Würde die Hausfrau und erblühte in ihrem jungen Glück von neuem.

Nelli Bridge hatte natürlich das Waldhaus zum Empfang des jungen Paares herrlich geschmückt, und die Freude über den Anblick der beiden glücklichen Menschen leuchtete hell aus ihren Augen und verschönte das häßliche Gesicht.

Oft stiegen Rudolf und Winni zusammen zu Winnis Lieblingsplatz hinauf. Eng umschlungen blickten sie dann über den verschneiten Wald nach der Bai hinüber.

»Hier fand ich mein Glück, Winni.«

»Und ich das meine, Rolf.«

Und sie küßten sich innig und sahen sich mit leuchtenden Blicken an.